棄婦超搶手 3

風文創 1171

瀟瀟清泉 著

目錄

第二十一章

忙碌和緊張中，日子一晃來到六月二十五，今天江府要去孟府安床。

做家具的時間短，哪怕請了不少工匠，做工也不可能太精細複雜。江家準備的木頭是楠木，後來孟辭墨又私下送了一點黃花梨，做出來的成品也只能說湊合。

好在這些東西提前送，也不影響江家嫁閨女十里紅妝的氣派。

江洵又請了一天假，同江晉一起帶人去孟府安床。

自從江晉謀了差事，為江意惜做事比之前上心多了，江大奶奶也熱情了許多。

之後便有親戚朋友陸續來添妝。

二十六這天上午，鄭夫人謝氏帶著鄭婷婷和鄭晶晶兩姊妹來江家為江意惜添妝。

江老太太由三夫人扶著迎出如意堂。

幾人落坐客氣一番後，謝氏笑道：「江二姑娘溫婉討喜，不止我家婷婷和晶晶跟她玩得好，大長公主和我也非常喜歡她。她要出嫁了，大長公主和我都要給她添妝。」

這一個月以來，宜昌大長公主府的夏嬤嬤又來過江府兩次，都是來要補湯。她說大長公主喝了江意惜煲的補湯後，身體已經好多了。江意惜非常盡心地煲，連湯帶罐地送給她們。

添妝要去人家院子添，老太太和三夫人、大奶奶就陪著鄭家母女去了灼園。

她們一進院子，照樣受到啾啾熱情的歡迎。

最先進來的是謝氏和老太太。

不是美人，啾啾就叫道：「吃肉肉、扎針針。」

隨後是鄭婷婷姊妹和幾個丫頭進來。

啾啾又叫道：「花兒、花兒，北方有佳人……」

謝氏已經聽說過啾啾的妙處，哈哈笑道：「這個小東西還認人呢！我們進來就扎針，小娘子進來就喊花兒。」

說得眾人大樂。

江意惜親自為幾位長輩奉上茶。

鄭晶晶又猴急地問：「江二姊姊，花花呢？」

江意惜笑道：「去山裡玩了。」前幾天花花鬧著要進山裡玩，江意惜想著嫁進孟家後用花花的時間多，小東西就不容易出去了，便讓牠去了。牠走之前還是把避香珠取了下來，避香珠會把花花的「仙氣」遮住，若戴著，小東西容易受野物攻擊。

愚和大師說玄雕至少這一年不會來這裡，這一年她也就比較放心讓小東西出去玩。

平時客人們來了都會先圍著廊下的啾啾逗一陣，而今天客人直接進了屋，啾啾又覺得自己受到了怠慢，開始罵人。「滾！壞人、壞人！回家，軍棍侍候……」

又逗得眾人大笑。

謝氏笑了一聲就驚得張大嘴巴，又趕緊捂住嘴說道：「這聲音、這聲音……」

鄭婷婷笑道：「娘，我也覺得這個聲音有些熟，像誰的？」

謝氏笑著搖了搖頭。「是有些熟悉，我也想不起來像誰。」

江意惜笑道：「這是孟祖父送我的，說是一位老下屬孝敬他的。」

謝氏了然。原來如此，怪不得……

這時幾個丫頭拿進來幾個錦盒，幾個婆子抬進了幾個箱子。

先拿大長公主的添妝，是一只赤金盤螭七寶瓔珞圈；謝氏的添妝是兩套赤金嵌寶頭面、一個紅珊瑚擺件、一架蘇繡雙面繡紫檀架炕屏、一套五彩瓷茶具、四疋妝花羅；鄭婷婷的添妝是一串紅珊瑚手串；鄭晶晶的添妝是兩條漂亮帕子。

這些東西都是上上品，至少值個一千多兩銀子。江意惜紅著臉道了謝。

老太太明白了，敢情鄭家的謝禮是單送江意惜一個人的！她氣得臉色潮紅，還不敢表露出來，趕緊端起茶碗假裝喝茶，以掩飾自己的窘態。

謝氏母女走後，老太太就沈了臉，也不回如意堂，就坐在灼園廳屋生悶氣。

江意惜極其厭煩老太太的貪財，但出嫁前也不想惹得她不高興。這個娘家再不堪，現在還不能撕破臉。實在是將來面對的付氏更棘手，該娘家出面的時候必須得讓他們出面。何況江洵要繼續在這裡生活，還有他的親事。

江意惜早已想到有這一齣，她笑道：「聽有貴哥說，前些日子通林縣城來了一個喜花的南方商人，我就讓他把一盆番外來的三角花和兩盆珍品蘭花賣給那個商人，賣了八百兩銀子呢！我和弟弟從小失去母親，前幾年又失去父親，多得祖母照拂，孫女無以為報，便讓人買了一支人參、一架青玉山水插屏、一套官窯粉瓷茶具送予祖母。」

幾個下人把東西抬出來。人參是前幾天買的，青玉插屏和粉瓷茶具是上年治好孟辭墨和李珍寶的眼睛，他們送的。另外，又把鄭夫人送的妝花羅留下兩疋。

老太太方露出笑容，拉著江意惜的手說道：「祖母一直知道妳是孝順的好孩子。唉，妳和洵兒也是可憐了，祖母對你們一直上心著呢！」

江意惜說的反話，老太太也好意思順著說。

老太太為了表示對江意惜的疼愛和不捨，這天晚上還在灼園吃了晚飯，江意惜又讓人把三夫人和大奶奶請來。

晚飯前江洵回來了。他請了四天假，從明天到江意惜回門那天。

戌時初才把眾人送走，灼園終於清靜下來。

江意惜表面平靜，心裡都快急死了。

下晌她就感覺到光珠外面的水氣越來越濃，這是花花哭了，哭得還非常傷心。

江意惜不知花花出了什麼事，說好明天小傢伙回來，也等不及了，下晌就悄悄差水靈去找江大，讓江大去扈莊一趟。若是花花還沒回去，就去孟家莊找幾個人，一起進山看看。

因為擔心小傢伙的安全，江意惜連覺都沒睡好。想著以後還是少放小傢伙單獨出去玩，萬一有老和尚沒算到的怪物怎麼辦？

二十七日，今日是江意惜在江家的最後一天。上午，三夫人、江大奶奶、江家三位姑娘都來添了妝，之後江意慧也來了。她今天會在娘家住一天，明天喝完喜酒再回去。

三夫人送的是一對和闐玉手鐲，江大奶奶送的是一支金簪，江意慧送的是玉簪，江意言是一方帕子，江意柔是一條絲羅披帛，江意珊表面送的是帕子，私下還送了一雙繡花鞋。

禮輕情意重，除了江意言，其他人的情，江意惜都領了。

她不是嫌棄江意言送帕子不對，而是帕子上的圖案讓人不喜——幾朵紅花綠蕊，一隻蝴蝶翩翩飛舞。一隻蝴蝶擁有數朵花，言外之意是孟辭墨會同時擁有幾個女人？江意言成功把江意惜噁心到了。

若江意惜不喜帕子鬧出來，江意言可以說自己沒有那個意思，是江意惜嫌棄帕子不值錢，哭鬧著再重新送樣好東西過來，如此既埋汰了江意惜，又在大喜的日子添了晦氣；若江意惜沒看出來或是不好意思鬧出來，正好噁心她。

江意惜收禮的時候沒有細看，等添妝的人走了，她看了帕子之後，就把帕子交給秦嬤嬤，讓她在自己出嫁後交給老太太，再把自己對帕子的理解說給老太太聽。

她若連那個死丫頭都收拾不了，嫁進孟家是去送死嗎？

不多時，水清終於帶著花花回來了。江意惜接過花花查看，除了一雙眼睛腫了，其他沒有變化，總算放了心。

她皺眉嗔怪著水清。「怎麼回事？花花怎麼哭成這樣？」

話聲一落，花花又張開大嘴嚎起來，一聲趕一聲的急，聽著真如貓抓心般讓人難受。

水清氣道：「昨天下晌有和尚來莊子化緣，我們好心請他在外院吃齋，正好花花回來，和尚看到花花，就說花花長得醜，像耗子；走路姿勢不好看，像大鵝；聲音也不好聽，像母雞。還說花花是他見過最醜的貓！花花難過極了，當時就哭趴在地上，怎麼哄都不成。哪有這樣嘴賤的出家人？吃我們的飯，還罵我們的貓。吳大伯氣得要命，把那和尚攆走了。若不是有富嫂子攔著，有富哥還要去打那個和尚呢！」

花花聽了，哭得更傷心。

哪有這樣奇葩又多嘴的和尚？江意惜驀地明白了，肯定是愚和大師嫌眼淚水少，故意讓和尚去氣花花的！她哭笑不得，那個老和尚為了達到目的，真夠氣人的。小東西也天真得讓人無語，人家說幾句話而已就氣成這樣。

她回了臥房，給花花擦著眼淚說道：「你傻啊？人家說你醜你就醜啊？我說你殺了人，你殺人了嗎？我說你是白貓，你的毛是白色的嗎？」

花花抽泣著說：「我知道這個道理啦，可我就是不喜歡聽那種話。那個和尚極醜，卻還嫌我醜，連我走路和叫聲都嫌棄，嗚嗚嗚……」

江意惜溫言軟語勸了半天，又把明天牠要穿的衣裳拿出來。看到這麼漂亮的衣裳，花花才停止抽泣。

江意惜又把小銅筒拿出來刮眼淚。昨天接了不少，今天又接了一些，有小半寸那麼高，竟是比之前所有眼淚水加起來還多。

下晌，崔文君、趙秋月、薛青柳又來給江意惜添妝，鄭婷婷也陪著來了。

這些小姑娘來了，江家另幾個姑娘也都來灼園陪客。

江意言見江意惜沒有什麼異樣，臉上才露出幾絲笑意。

江意柔很快就融入這幾個小姑娘的說笑中；江意言原先想參與進去，沒人搭理她，她就木著臉坐在一邊；見江意言不說話，江意珊也不敢說話，低著頭扭帕子。

在一旁招待小姑娘的江大奶奶暗自生氣，自己這一房是正份，可惜這兩個小姑子都不爭氣。大姑子不錯，嫁的人家也好，可惜不能生育，自個兒都指望不上那位姑爺了，何況是娘家人？看看江洵，胞姊嫁的人家好，婆家人又長臉，他竟是越發好過起來。

正說笑著，素味又來了。李珍寶在宮裡，讓素味來添妝。還說，珍寶郡主才知道尼姑不好參加婚禮，對新人不吉利，所以她就不親自到賀了。提前祝福新人夫妻恩愛，早生貴子。

上個月李珍寶就把她送江意惜的那五顆大珍珠要回去，說已經給她設計好了頸鏈和耳墜，請內務府最頂級的大師父幫著做。

素味奉上一大一小兩個錦盒。

江意惜先打開稍大的錦盒，把裡面的頸鏈拿出來。赤金鏈子上鑲了數顆星形紫色水晶，下面吊著一個赤金累絲蝴蝶，蝴蝶翅膀上鑲滿了紫色小水晶，蝴蝶下吊了三顆碩大滾圓的大珍珠。蝴蝶有真蝴蝶那麼大，翅膀微微顫動著，做工極其精湛。

眾人都被驚豔到了，驚叫出聲——

「呀，好美！」

「好漂亮，比瓔珞還漂亮！」

「頸鏈還能這麼做啊？」

江意惜也喜歡極了，在胸前比了比。她嫁人會戴這串頸鏈，而不是戴瓔珞圈。

鄭婷婷笑道：「聽珍寶說，若是用白金做出來會更好看。白金是什麼？我第一次聽說，也沒見過。」

江意惜又打開小錦盒，裡面是一對珍珠耳墜。紫色小水晶鑲嵌而成的小蝴蝶結下，吊著一顆同樣大小的珍珠，跟頸鏈相映成輝。

幾個小姑娘看了許久，才由水香收好。

趙秋月笑道：「這樣式我記下了，以後做個同樣的。只是這麼好的工匠難尋，這種大珠子也不好找。」

崔文君又道：「看看食上，再看這兩樣首飾，李珍寶的審美真的別具一格。」

鄭婷婷又笑道：「聽珍寶說，以後她若是閒下來，就再開家銀樓，專做漂亮首飾。」

幾個小姑娘一陣歡呼。

薛柳青道：「婷婷，以後有機會介紹李珍寶跟我們認識。」

鄭婷婷點頭允諾。

晚上，由江意柔、江洵陪著江意惜在灼園吃飯。

江意柔知道他們姊弟要說體己話，吃完飯便走了。

江洵又開始囑咐江意惜。「姊，孟大夫人不好相與，妳要多提防她。一定要跟孟大哥相處好，孝敬好孟老國公，有了他們撐腰，妳的日子才會好過。若有事，不要悶在心裡，讓人來找我。我雖然無權無勢，也不算很聰明，但我是二房唯一的男人，我們一起想辦法解決問題……」江洵絮絮叨叨，強忍著眼裡的淚水不要落下來，說了足足三刻鐘。

江意惜想插嘴都插不進去，只有點頭。她突然覺得，這個弟弟越長越像父親了。若父親還活著，也會這麼說。

前世她出嫁前，弟弟剛剛說了兩句話就被她打發走了。

今生今世她才知道，弟弟跟爹爹一樣好。

江意惜的鼻子發酸，眼圈也紅了。她真的不留戀這個家，只是捨不下這個弟弟。

「……姊，聽到沒有？有事不要一個人悶著。」江洵又強調了一遍。

她拉著江洵的袖子說道：「我曉得，若我有事，就讓有貴哥去找你。」

江意惜不放心江洵，把她最得用的江大留給了江洵當長隨，又把吳有貴調去孟府，以後幫她跑二門外的事。

江大已經訂了親，姑娘是良民，長得很漂亮。因為江大有錢、有本事，還得到過皇上的賞賜，哪怕是奴籍，姑娘的爹娘也非常願意。江大已買下一個小四合院，小倆口年底成親。

兩人正說著，三夫人來了，江意惜和江洵都知道她來幹什麼。

江洵笑道：「三嬸坐，我走了。」

三夫人又講了一些怎樣跟婆家人打交道的技巧，然後就紅著臉把一本書交給江意惜。

「無人的時候看看。不要怕，一切聽夫君的即可。」

江意惜紅著臉接過。送走三夫人後，把書塞進了枕下。前世是周氏來送的書，她什麼都沒說，還笑得意味不明。她是知道，這本書江意惜根本用不上吧？

吳嬤嬤把喜服和蓋頭又燙了一遍，用衣架掛好。

大紅喜服上繡的依然是鸞鳥和富貴牡丹，蓋頭上依然繡著「喜」字和如意雲紋，但樣式與顏色搭配，江意惜作了改變，跟前世的不一樣。

吳嬤嬤催促道：「姑娘早些歇息吧，明兒要早起。」

江意惜躺去床上，花花已經躺在裡邊了。

牠乖寶寶般地表示決心。「主人成親後，就要跟孟老大做愛做的事，我就不跟主人一起睡覺了。等孟老大不在家時，我再跟妳一起睡。還有喔，明天我會捂著耳朵，不聽牆角。」後面的話是假話，牠不聽才怪！花花的眼裡閃著色迷迷的光，笑得口水都流了出來。

江意惜紅著臉戳了一下牠的小腦門。「不許胡說，討厭！」

「哼，你們能做，人家說都不行，不能這樣雙標的！」

江意惜還睡得香時，就聽見吳嬤嬤的聲音——

「姑娘，該起了。」

江意惜醒來，天剛矇矇亮，外面已經有了動靜，下人正在佈置院子和廳屋。

水香和吳嬤嬤走了進來，服侍她去淨房沐浴。

水裡撒了花瓣和香露，氤氤氳氳冒著熱氣。天氣熱，江意惜泡得水有些涼了才起來。先穿上繡著鴛鴦戲水的肚兜，再穿上紅色軟羅中衣褲。

走出淨房，臥房已經換了樣，紅帳紅被，還掛著紅綾彩燈。小窗大開，還放了兩盆昂貴的冰。

水香把她的頭髮擦乾，又服侍她吃了四個湯圓。

水清也把花花打扮好了，給牠穿上藍色繡花衣裳，除了避香珠，還給牠戴了一圈孟辭墨送牠的赤金瓔珞圈。

花花美得不行，照著鏡子捨不得離開。

早飯後，一抬抬的嫁妝開始往外抬。吳嬤嬤和水清帶著花花、啾啾，攜上兩盆紅果走了，他們跟在嫁妝的後面先去孟府，只留下水香和水靈服侍。

江意柔最先來灼園陪江意惜。

辰時末，江大奶奶陪著全福夫人、喜婆及一群親戚女眷來了，屋裡立即熱鬧起來。

江家請的全福夫人是江家鄰居，勤進伯的夫人。

余夫人白白胖胖，長著一雙笑眼，能說會道。「多俊俏的閨女，江老夫人會調理人，江家的姑娘個個都漂亮！」她開始給江意惜梳頭，嘴裡還唱道：「一梳梳到尾，舉案又齊眉；二梳梳到尾，鴛鴦共雙飛；三梳梳到尾，富富又貴貴……」之後是「開臉」。先在江意惜臉上和脖子塗上海棠粉，然後用一根彩線絞臉上和脖子上的毫毛，邊絞還邊唱著吉祥話。

江意惜有些恍然，這個過程和這些話跟前世一模一樣，只不過余夫人的態度截然不同。前世余夫人的笑容不達眼底，應該是看出江意惜即將面臨的窘境；而今天笑意盈盈，眼裡還有討好之意。

余夫人做完該做的事後，江大奶奶趕緊把一個大紅包奉上。

接著是喜婆給江意惜上妝、盤髮、戴鳳冠、穿喜服，最後把繡著鴛鴦的紅色繡花鞋給她穿上，她盤腿坐上床。在到新郎家拜天地之前，她的鞋子不能再落地。

此時已是午時初，喜宴開席了。

眾人都散去，只有江意柔留下陪她。

到了午時末，外面又熱鬧起來，江家長輩和觀禮的人都來了灼園。

長輩們在廳屋坐定，一些女眷和孩子湧進臥房看新娘子，誇讚聲不絕於耳——

「哎喲喲，新娘子真漂亮！」

「新娘子的頸鏈好別緻，頸鏈還可以這樣做？」

「嘖嘖，這是我看過最美麗的新娘子！」

江意言輕諷道：「三堂嫂，我大姊出嫁時妳也這麼說！」

幾聲尷尬的笑聲響起。

隨著前院出現鼓樂聲和爆竹聲，許多人又湧出灼園，去了前院。

喜婆把紅蓋頭搭在江意惜的頭上。

江家不算很大，前院的哄笑聲這裡也隱約能聽到，這跟前世又不一樣。

前世孟辭羽鐵青著一張臉，堵門的不敢堵，想為難新郎的不敢為難，要紅包的不敢要。

而今天，一心想快些把江意惜娶回家的孟辭墨和接親的人回答著各種問題，紅包接連著往門縫裡塞，收紅包的人樂開懷。

不多時，聽到外面有人高聲議論——

「新郎官真俊，伴郎是鄭將軍和李將軍……」

江意惜知道，鄭將軍是鄭玉，李將軍是五團營裡的一位青年將軍，也是出身侯府。

隨著人聲越來越嘈雜，新郎進灼園了，臥房裡的人都湧去了門邊。

江意惜的父母都不在，只有老太太一人坐在上座。

一身大紅的孟辭墨給老太太磕了三個頭。「孫女婿孟辭墨，給祖母磕頭。」

江老太太笑開了花，說道：「惜丫頭有福，找了這麼好的孫女婿，年輕有為、俊俏無雙。惜丫頭是老婆子最心疼的孫女，美麗溫婉、知書達禮，孫女婿要善待她。」

孟辭墨又磕了一個頭，說道：「祖母請放寬心。惜惜是個好姑娘，我會珍惜她、愛護她，一生一世。」

肉麻的話惹來一陣哄笑——

「哈哈哈，孟世子鐵漢柔腸啊！」

「沒想到，冷冰冰的孟將軍還有這一面啊！」

眾人對這位神秘的孟世子更好奇了。他的說辭與他本人一樣，都是那麼讓人「驚豔」。這些只有私下說的話，居然被他拿出來當眾說，也不嫌丟人。但……不是說孟家大郎脾氣怪異、不好相與嗎？連這種話都能當眾說出來，不像不好相與之人啊？

江意惜的眼裡湧上淚來。前世，老太太的話沒變，而孟辭羽的話則是「謝祖母養了一個好孫女」，聲音冰冷，「好」字咬得特別重，讓本就不熱鬧的場面瞬間鴉雀無聲。

往昔的一切再不復返了。

來接她的男人是孟辭墨，是她前世今生唯一的良人。他會珍惜她、愛護她，一生一世。

江伯爺又說了幾句祝福話，孟辭墨才起身走進臥房，來到床前。

他對坐在床上的新娘笑道：「娘子，我來接妳了。」

「娘子」二字又逗樂了所有人，鄭玉的哈哈聲尤為明顯。

聽到這熟悉喜悅的聲音，江意惜的頭埋得更低，把那聲「好」強壓進嗓子裡。

男方喜婆催了三次後，江洵才走了過來。

「姊，弟弟送妳去婆家。」在爆竹聲和歡笑聲中，他揹起江意惜，送去門外的花轎上。

一路吹吹打打，花轎到了成國公府正門。

爆竹聲響起，一個六歲左右的出轎小娘把手伸進花轎，拉了江意惜的衣角三下，江意惜才起身下轎。

喜婆扶著她步紅氈、跨馬鞍，進喜堂和新郎一起跪香案，拜天地、拜高堂。結束繁縟的拜堂儀式後，由新郎用紅珠彩拉著她入洞房。

雖然依舊用了那麼長的時間，但進行得非常順利。新郎沒有故意把彩帶丟到地上，也沒有人故意撞她一下。場面熱鬧，笑聲不斷。特別是老國公的聲音，中氣十足。

前世，她一進了洞房，新郎就跑了。她獨自一人坐在床沿，等到半夜也沒等到新郎，只能自己把蓋頭拉下來，垂淚到天明。之後，老國公用鞭子打都沒能把孟辭羽打進房來。兩個月後，休江意惜那天他才再次來到她面前。

今天不同，她坐在床頭，哄笑聲中，新郎用喜秤挑開她的蓋頭。

躍入眼簾的是那雙熟悉明亮的眼睛和燦爛的笑，還有一屋子江意惜認識和不認識的人，她趕緊害羞地低下頭。

黃夫人笑道：「哎喲，新娘子可真漂亮，怪不得把新郎官樂成這樣！」

孟二奶奶夏氏湊著趣。「可不是？我才知道大伯也能這樣笑。」

另一個小媳婦笑道：「新娘子這麼美，擱誰誰不樂啊？」

眾人笑得更厲害，七嘴八舌地誇讚新娘子漂亮、新郎官俊俏，還有誇新娘子的頸鏈別緻好看的。

孟辭墨被婦人們打趣著，滿臉通紅，尷尬地笑著，有些無所適從。

在喜婆指示下，孟辭墨坐去江意惜的左邊，開始撒喜果，接著是吃生餃子、喝交杯酒、合髻……在一片祝福聲中，完成了洞房中的儀式。

見孟辭墨坐著沒動，站在人群外面的鄭玉招呼他。「孟大哥，該出去敬酒了。」

一個小媳婦笑道：「新娘子太美，新郎官走不動腳了！」

眾人又是一陣笑。

孟辭墨紅著臉站起身，還是忍不住側臉看了江意惜一眼，才在鄭玉和李將軍的陪伴下去了前院。

江意惜飛快地抬頭望了那個背影一眼，又垂眸，逼退眼裡的淚意。只有她知道，一個糟糕又無人祝福的婚禮會讓新娘多麼絕望，而一個熱鬧又祝福滿滿的婚禮又會讓新娘多麼幸福。今天，她是無比幸福的新娘子。

新郎官走了，洞房裡的說笑聲才低了下來，孟二奶奶請黃夫人及客人們去花廳吃喜宴。屋裡只剩下鄭婷婷、崔文君、趙秋月、薛青柳，及孟家的二姑娘孟華、三姑娘孟嵐、四姑娘孟霜。

孟華是孟大夫人付氏的閨女，孟嵐是孟二夫人閔氏的閨女，孟霜是孟三夫人郭氏的獨女，前者十四歲，後者兩人皆十三歲。這三個姑娘江意惜這輩子還沒見過，但前世見過幾次，相處都不愉快。孟華是恨她，孟嵐和孟霜是瞧不起她。

而跟孟辭墨一母同胞的孟月卻沒來。前世也沒來，因為已經死了；而這一世，孟月是和離不是寡居，她來合情理，不來也說得過去。

孟華之前跟鄭婷婷幾人玩得比較好，自從鄭婷婷她們跟江意惜玩得好之後，孟華便對她們不太高興了，也拉著孟嵐和孟霜不跟她們親近。

鄭婷婷四個姑娘也不怎麼搭理孟華，圍上前跟江意惜說著話。三個小姑子倒是生疏得多，只站在一旁看著，孟嵐主要是看江意惜的頸鏈。

孟二奶奶再次來請客人去前廳吃飯，幾個姑娘才走了。

江意惜跟她們笑笑，也跟孟嵐和孟霜笑笑。孟華是肯定爭取不過來的，孟嵐和孟霜這輩子還是要想辦法爭取過來。

孟二奶奶走之前跟江意惜低聲說道：「大嫂歇歇，飯菜過會子讓人送來。」

江意惜道了謝，屋裡終於寂靜下來，她才說道：「快把鳳冠取下，我的脖子快被壓斷了。還要喝涼茶，渴。要沐浴，熱。」一天沒說話、沒喝水，嗓子有些暗啞。

水香趕緊幫她把鳳冠取下；水靈奉上一盅早準備好的涼茶，又拿出大蒲扇給她搧著。

屋裡放了四盆冰，隔段時間就換，隔扇窗也開得大大的，今天有風，但還是覺得悶熱。好在用的胭脂水粉好，沒被汗漬弄花妝。

兩個面生的丫頭去淨房準備。

吳嬤嬤也來了洞房，笑著稟報。「怕花花和啾啾驚擾客人，把牠們拘在後院。嫁妝一直在院子裡曬著，剛剛才收進後院廂房。」

江意惜扭扭痠脹的脖子，喝完杯中茶，終於舒坦了，這才有心思環視了屋裡一圈。熟悉的家具有紅帳紅被、紅綾彩花、垂著紅穗的宮燈、大紅喜燭、淡紅色幃幔，外面嘰嘰喳喳的鳥鳴聲，還有剛才的熱鬧……一切都是那麼喜氣。

一個丫頭過來屈膝道：「大奶奶，奴婢臨香，浴湯準備好了。」

另一個丫頭也屈膝道：「大奶奶，奴婢臨梅。」

孟辭墨已經跟江意惜說過，臨香是他的大丫頭，十六歲；臨梅是二等丫頭，十三歲。她們之前一直在外院書房服侍他，值得信任。付氏弄過去的丫頭，都被他找錯處打發走了。

江意惜笑道：「以後好好當差。」

臨香和臨梅聽了，又跪下磕頭道：「是，聽大奶奶吩咐。」

水香遞上兩個裝了四顆銀錁子的荷包給她們二人。

水香和水靈服侍江意惜去淨房洗了澡，天熱，連著頭一起洗了。江意惜穿上大紅絲羅衣裙，涼快多了。頭髮擦得半乾，隨意在頭頂挽了一個卷。因為太過激動，儘管沒有上妝，臉頰依然如紅霞般豔麗。

飯菜已經擺在東側屋的炕桌上了，江意惜雖然很餓，還是先參觀了一圈這個新家。

東側屋是起居室，南窗臨炕，洋漆描金炕桌上已經擺上了飯菜。

廳屋非常大，淡青色幃幔和一架九扇蘇繡雙面繡圍屏把空間分成兩個區域。大的一邊有高几、八仙桌、兩排太師椅等；另一邊是一張圓桌、幾個錦凳、一排多寶格，三足掐絲琺瑯香爐裡正冒著裊裊青煙。

西側屋是小客廳，美人榻旁有架古琴。她重生一年多都沒彈過琴，伸手撥弄了幾下琴弦，發出幾聲流水聲。

西屋是書房，兩堵牆都是書架。

除了臥房，每間屋裡都鋪了波斯過來的大絨地毯，家具也都是黃花梨打製，雕花嵌玉，說不盡的富貴。

這裡還有一個特點，就是隔扇窗開得比一般屋子要低、要大，坐在屋裡就能看到庭院裡的景致——中間是池塘，四周花團錦簇，兩旁是東西廂房，再靠邊是佳木翠竹。

晚霞的最後一絲餘暉給萬物染上一層金光，廊下樹上的彩燈也都亮了起來。

這裡由孟高山監工，可銀子、人工還是要由付氏出。

聽孟辭墨說，浮生居搞這麼大的陣仗，老太太特地誇讚了付氏，說她「心正」。

於面子上，付氏從來都是這麼會做人。

今天拜見高堂時，付氏說的話極好聽，竟是因為孟辭墨終於娶了媳婦而激動地落了淚，比親娘還像親娘。

不管付氏是為了撈名聲，還是為了顯示江府的窮酸，江意惜都無所謂，她早看淡了那些表面的浮華和光鮮。富貴抑或平常，只要是她和他的家，她都喜歡，她相信孟辭墨也是這樣想的。

她還想去院子裡看看，被吳嬤嬤攔了。

「大奶奶才嫁進來，明兒再出去。」

江意惜便盤腿坐上炕，剛拿起筷子，吳嬤嬤又低聲勸道——

「大奶奶，您今兒是新娘子，不好自己單個吃飯。先吃兩塊點心墊墊，等世子爺回來再一起吃吧。」

看到桌上的雞鴨魚肉，江意惜餓得胃痛，但想到前世此時的淒苦，這一世已經太幸福了。她放下筷子，只拿了兩塊點心吃。

不多時，聽到外面有丫頭的說話聲——

「世子爺回來了。」

接著是熟悉的腳步聲。

江意惜喜上眉梢，剛走去廳屋，孟辭墨已經大步走了進來。

他扶住給他屈膝見禮的江意惜，眼裡溢滿了笑。「餓了吧？」

江意惜實誠地回答。「嗯。」

孟辭墨牽著她坐上炕。「咱們先吃飯。」他把帽子取下交給臨梅，又掏出帕子擦了擦前額的汗珠。

江意惜說道：「辭墨先去沐浴吧。」之前說好，成親後江意惜私下叫他「辭墨」，當眾叫他「大爺」。

孟辭墨笑道：「吃了飯再去。」說著拿起碗和筷子，挾的菜沒放進自己碗裡，而是放進了江意惜碗裡。「快吃，一天沒吃飯，該餓壞了。」

吳嬤嬤笑得滿臉褶子，她看出來了，姑爺是怕姑娘餓著才不先沐浴。

江意惜跟孟辭墨非常熟悉，也不願意假害羞，端起碗便吃了起來。

孟辭墨不餓，只偶爾吃一點，看著江意惜吃。怕江意惜害羞，看她兩眼後，目光轉去別處，然後再看她兩眼。

江意惜覺得自己還能再吃一碗飯，但餘光瞥到吳嬤嬤直給她使眼色，知道是在提醒她，新娘子不能吃太多，也只得放下碗筷。

孟辭墨接過臨香手上的衣褲，去淨房沐浴。

等他披著一頭墨髮、穿著紅綾中衣褲出來，江意惜又進了淨房。

水香服侍她用滴了香露的水漱口，口留餘香。再簡單擦洗一番，把頭髮打散梳順。水香得吳嬤嬤囑咐，給江意惜身上撒了茉莉香露，肚兜和中褲的帶子繫得很鬆。

江意惜走進臥房，屋裡的冰又重新換了，窗戶關得只剩一條縫，屋頂垂下的宮燈已經熄滅，只有兩根喜燭燃著，火焰一跳一跳的，顯得屋裡更加溫馨。

孟辭墨的頭髮已經擦乾，坐在床頭等她，見她出來，衝她笑著，眼裡的濃情如化不開的蜜。

江意惜臉色緋紅，水香打開被子一角，她便躺去了裡面。

待孟辭墨把雙腿放上床，水香才紅著臉躬身說道：「祝世子爺、大奶奶花好月圓，早生貴子。」這些話是吳嬤嬤教她說的。她把羅帳放下，才悄聲退了下去。

羅帳裡一片紅光，香囊裡散發出的香氣更加濃郁。

江意惜抬眸看向孟辭墨。

孟辭墨的臉龐泛著紅光，正凝眸看著她。

江意惜的臉更燙了，趕緊閉上眼睛。她感覺到孟辭墨在她身邊躺下，氣息越來越靠近，也越來越急促……

終於完事後，兩人都是一身汗。

洗了澡再躺下後，孟辭墨側身看著江意惜，手指在她的髮間、臉頰、鼻子、嘴唇上輕輕拂過，他如願把她娶回家了。

他又想起了那個夢。雖然只作過一次，但夢中的情景太可怕，他始終不能忘懷。現在好了，有自己護著她，夢中的情景永遠不可能出現。

他輕聲說道：「夢是反的，妳當了我媳婦，我定會把妳護好。」

江意惜問：「什麼夢？」

孟辭墨輕吁一口氣。「我上年作過一個奇怪的夢，我的眼睛未好，妳出家當了尼姑，江洵病死了，不知為何我殺了付氏後自殺……我一直想不通，怎麼會作這種夢？如今，我的眼睛好了，江洵活得很好，今天又如願娶了妳，可見夢是反的。」

他居然作過那種夢！江意惜眼裡湧上淚意，把他的手按在自己臉上，怔怔地看了他片刻，才說道：「你信嗎？我也作過類似的夢，比你說的還要詳細。夢到我們被孟大夫人陷害，我被迫出家，洵兒病死了，你殺了付氏以後自殺，聽說你死了，我也死了……」說到後面，聲音都哽咽起來。

孟辭墨驚得一下子坐起身。「妳也作過這種夢？付氏是如何陷害我們的？」

江意惜把頭枕在他的胸上，眼淚落了下來，喃喃說道：「我是前幾天作這個夢，連著作了三天，嚇得我後半夜都睡不著覺。我還夢見祖父也死了，好像在食上發生了什麼事……至於付氏如何陷害我們，我記不起來。我還夢到了一些其他的場景、其他人，醒來後都不記得了，但我們幾個死了卻記得非常清楚。我還清楚地記得，你反覆跟我說『活下去』，即使醒了，這三個字仍盤旋在我耳畔。」正好可以把前世的某些事告訴孟辭墨，等到需要再說得更具體一些時，就說又作了那個夢。

孟辭墨心裡驚濤駭浪，覺得是上天在警示他，付氏比他想的還不簡單。

江意惜見他聽進去了，又說道：「我們會不會如夢中一樣，都死了？」

孟辭墨順了順她的頭髮，笑著安慰道：「傻瓜，夢是反的。妳是我媳婦，有我護著，怎麼可能出家？不過，幾次作這種夢，我們作的夢還大致相同，這或許是上天在警示我們，必須注意付氏。這是好事，讓我們做好準備，防患於未然。」

他能作這種夢，把她想說的話引出來，倒真是好事。江意惜又道：「愚和大師還給我算了卦，不知最後一次會不會跟付氏有關……」她與水的「緣分」必須告訴孟辭墨，只不過把四次改成了三次。

孟辭墨沈吟片刻後說道：「愚和大師願意為妳卜卦，說明妳有福氣，真遇到什麼事，也應該能化險為夷。當然，也要注意與水有關的一切事，儘量不要坐船、不要太靠近湖邊，我也會交代下人，地上不要有水。注意就好，無須天天想，否則日子不好過。」

「嗯，我也是這樣想的。」江意惜抬頭衝他嫣然一笑。「能嫁給你，才是我這輩子最大的福氣，什麼福都比不上。人如果真的有輪迴，我這輩子一定是專程來找你的。」這是她心底深處的話，以為永遠不會對他說出來，此時卻借著「夢境」說出來了。

聽到這些暖心的話，看到這如花的笑顏，孟辭墨又心跳過速了……

江意惜配合著他，刻骨的執念化作強烈的渴求和愛意……

次日，江意惜正睡得香，被一陣說話聲驚醒——

「扎針針、吃肉肉，扎針針、吃肉肉……」

這是啾啾的聲音，牠被水清從後院拎來前院。一看見孟辭墨，就立即說出這番話。

牠的話如一道驚雷，立時把院子裡的鳥兒都喚醒了，齊聲叫起來。

花花看到許久沒見的孟辭墨，喵喵叫著狂奔而來。

孟辭墨正在打拳，突然一下子熱鬧起來，他趕緊輕聲道：「噓，小聲點，惜惜還在睡覺！」

花花、啾啾以及所有的鳥兒可不會聽他的，繼續扯著嗓門叫——

「喵喵喵……」

「扎針針、扎針針……」

「啾啾啾啾……」

江意惜樂起來，坐起身喊道：「進來吧。」

吳嬤嬤和水香走進來。

吳嬤嬤笑道：「世子爺在院子裡打拳，花花跟著打滾兒，呵呵……」

江意惜穿上衣裳，洗漱後來到外面。地面的霧氣還沒完全散開，晨風和花香迎面撲來，沁人心脾。

扈莊的兩盆三角花已經搬來這裡，藤蔓纏在東廂和西廂的廊柱上，紫紅色的花一片燦爛。兩盆番茄擺在正房廡廊前，最普通的盆栽擺在了最顯眼的位置。

花花曾說，這一花一果特別好養活，也養不出花樣，時間久了就不稀罕了。但現在，三角花可以跟珍品牡丹、珍品蘭花相媲美；番茄更不得了，種出來會讓晉和朝多一種蔬菜和水果，算是為興農做出了貢獻。

孟辭墨見江意惜出來，停下抱起花花走上前笑道：「起來了？我領妳看看咱們的家。」

江意惜掏出帕子給他擦了前額的汗，兩人相視一笑，並肩在前院參觀了一圈。

前院東西廂房各三間，帶兩間耳房，東廂是孟辭墨的內書房，西廂是餐廳，客人多了在這裡吃飯。由於前院比較深，東西廂的南面也種了許多花草樹竹，樹下還有石桌、石凳。

後院比前院小得多，種的植物多為樹竹，花卉不多。有東西廂房各三間，最後面是五間後罩房，是小廚房和下人住的地方。

西邊有一個小跨院，只有三間房，院子裡有一棵大芭蕉樹。

孟辭墨笑道：「等我們有了兒女，小時候住這裡。若生得多，住東西廂。」

江意惜笑道：「好。」

孟辭墨一隻手抱花花，空出一隻手指著西邊不遠處的一個小院子說：「那裡是孟華的院子。那個小妮子，她不惹妳，無須搭理她，若敢招惹妳，也無須客氣。」

「嗯。」這個距離，花花在浮生居的任何一個角落都能聽到裡面的動靜。

看到那個院子，花花一下子來了精神，用小爪子指著喵喵叫起來。「昨天我聽見那裡有人罵主人，說主人的臉抹得像猴子，又豔又俗，醜得緊，祖父和我娘還說她長得俊，哪裡俊了？我娘也真是，對孟辭墨那麼好，人家領情了嗎？」

江意惜暗道，那話肯定是孟華說的了。她還說別人長得醜，孟家這一輩四個姑娘、四個爺中，長得最特別的就是孟華了。也不是說她醜，而是不太符合常規的審美。

孟華的五官很好，小巧精緻，像付氏，可臉型卻像成國公，國字臉。男孩這個臉型不錯，可長在女孩臉上總覺得少了些許嫵媚，多了兩分剛硬。若她往英氣方面打扮，就像鄭婷婷，五官不算小巧，個子也偏高，可打扮出來就覺英氣明麗，再加上爽利的性格，另有一番風采。但孟華偏偏要像她娘或是孟月那樣打扮，說話行事也嬌嬌滴滴、溫溫柔柔的，相反地把缺點暴露得更明顯了。

更可笑的是，她真的以為付氏對孟辭墨有多好，還為付氏抱不平。付氏或許把所有的心思都用在教好孟辭羽和教蠢孟月上了，並沒有把孟華教得工於心計。當然，孟華也不傻，只是不像付氏那樣狡猾，也不像孟辭羽那樣優秀，但比孟月明白多了。

江意惜暗自翻了個白眼，努力把花花的話當普通的貓叫，不讓孟辭墨看出端倪。

孟辭墨心細如髮，小小年紀就能察覺付氏和下人的不妥，絕對不像吳嬤嬤和幾個丫頭那麼好糊弄。雖然江意惜完全相信孟辭墨，但花花不許她把牠的異處告訴任何人，她也只能盡力保住這個秘密。

兩人又並肩去了東邊月亮門。他們沒有過去，只站在門口向外眺望。錦園狹長，中間有一個六角亭，最後面有兩間暖房，園子裡繁花似錦，都是名品或珍品花卉，蝴蝶、蜜蜂穿梭其中，柵欄上掛著藤蔓，美不勝收。

這裡的花都是老爺子的寶貝，成國公府的大花園都比不上。平時有兩個婆子打理，老爺子無事會過來侍弄，江意惜也得幫著他一起侍弄。

老爺子把錦園建在這裡而不是福安堂旁邊，不僅是因為江意惜會侍弄花草，還有另一層意思——他有多麼倚重這個長孫及看重這個孫媳婦。

錦園過去有一條小溪，小溪過去不遠又有一座院子。

花花又用爪子指著那個院子喵喵叫道：「我聽到那裡有個男人說，媳婦，猜猜大哥今夜能當幾次郎？大哥再厲害，也沒為夫我厲害……」

「那是辭閱和二弟妹的院子。」

這話定是孟二爺對孟二奶奶說的。江意惜有些紅了臉，繼續努力忽略掉小東西的聒噪。

孟辭墨見花花不歇氣地喵喵叫著，納悶地拍了拍牠的小屁股。「怎麼比啾啾還能叫？」

附近另幾個前後左右的院子，分別是二夫人和孟月、孟嵐的，還有一個是給孟辭羽成親後準備的，現在還沒住人。那個距離，只有這裡大聲說話的花花才能聽到。

江意惜有些遺憾，可惜付氏住的正院離這裡比較遠。

孟辭墨又說道：「大姊她……唉，也不能完全怪她，是付氏把她教成這樣的。她若有不周到的地方，就看在我娘的面上，不要往心裡去，特別是馨兒，多疼她一些。若是可能，惜惜儘量跟大姊搞好關係……」他沒好意思說下去。

江意惜笑道：「她是你的長姊，也就是我的長姊。我會想辦法跟她搞好關係，盡可能幫她識清歹人，像你幫洵兒一樣地幫助大姊。」

孟辭墨感激地看了江意惜一眼，又道：「我跟祖母、二叔、二嬸、三嬸相處不多，但他們為人都還不錯，只是被付氏的表象騙了。特別是三嬸，良善、沈默、不多事，是個可憐人。除了付氏和她的兩個兒女，其他人都儘量以和為貴。至於我爹，他若過分，自有我祖父收拾他。若辭羽敢對妳無禮，妳也無須生氣，我回來揍他……」

他每說一句，江意惜就點點頭。這些話之前他也說過，今天又囑咐一遍。

江意惜四處望望，這裡家大業大，富貴至極。希望能早日消除要害他們的人，讓這裡成為溫暖安心的家。

兩人回屋後，福安堂的季嬤嬤來收元帕了。

季嬤嬤是老太太的貼身大嬤嬤，十分有臉面。她一來，大小丫頭都熱情地招呼著。

吳嬤嬤聽說她就是傳說中的季嬤嬤，態度極為謙恭。

季嬤嬤笑得一臉菊花，向孟辭墨和江意惜屈膝說道：「恭喜世子爺、恭喜大奶奶。」

孟辭墨面無表情地點點頭，他一向如此，下人已經習慣。

江意惜對她笑笑，招呼道：「季嬤嬤。」

水香遞上兩個荷包。

季嬤嬤走至床前，吳嬤嬤從枕下拿出元帕，季嬤嬤打開看了一眼，又摺好放進錦盒。

季嬤嬤笑道：「祝世子爺、大奶奶百年好合，早生貴子。老奴回去覆命了。」

吃完早飯，花花喵喵叫道：「我出去偵察地形！」就一溜煙跑了。牠剛才聽了孟辭墨的介紹，已經知道府裡的大概分佈，打算去實地偵察一下。

今天認親，江意惜重新梳妝打扮，穿著大紅遍地金褙子、煙霞粉紗裙，依然戴了那套頸鏈和耳環。為了搭配這兩樣首飾，髮髻中間戴的是一支赤金嵌寶蝴蝶釵，左右兩邊插著兩支蓮花玉簪，又壓了兩朵嵌珠赤金蓮花掩鬢。化的妝容濃淡適宜，喜氣、明豔、神采飛揚。

孟辭墨見狀，眼裡又閃過一抹驚豔。

孟辭墨已經整裝好，穿著紅色繡團花衣裳，闊袖，腰繫玉帶，戴著束髮珍珠冠。

兩人帶著手捧托盤的水香和臨香、水靈，去往老倆口的院子福安堂。

第二十二章

孟辭墨和江意惜出浮生居往東北走了不到一刻鐘便到了福安堂。

看門的婆子笑道：「老奴見過世子爺、大奶奶，主子們都到齊了。」

進了垂花門，繞過富貴如意白玉大插屏，沿著抄手遊廊向三進院走去。

這段路不長，江意惜的心情又沈重起來。前世的經歷太糟糕，那種自尊被踩在泥裡的感受讓她至今難以忘懷。

那天她一個人硬著頭皮去認親，除了老爺子和孟辭墨、郭氏的話好聽，其他人不是不說話，就是話不好聽。她想哭不敢哭，最後認親在老爺子大罵孟辭羽的聲音中結束……

孟辭墨看到江意惜的臉色難看起來，以為她害怕，垂著的大手捏了捏她的小手，低聲道：「莫怕，有我。」

感覺到大手的暖意，江意惜側頭看了孟辭墨一眼，反手捏了捏他的大手，又趕緊把手抽出來，笑道：「有你在，我不怕。」

福安堂如前世一樣花團錦簇、鳥語花香，三進院的正房前又多了兩大片紫紅色的三角花。前世這裡沒有放這種花，或許是老爺子沒想回府長住，所以才沒把他喜歡的花鳥搬回來。

正房打門簾的丫頭清脆喊道：「世子爺、大奶奶來了！」

兩人進去，廳堂裡坐滿了人。

今天是月末，上衙、上學的男人都休沐。

正前方羅漢床上坐著兩位老人，一位是孟老國公，一位是孟老太太。

老國公江意惜熟悉得不能再熟。而老太太，前世只見過兩次。她與大多數老太太一樣，慈眉善目、白白胖胖。只不過她屬於虛胖，四季湯藥不斷，冬天連門都不敢出，但還是活到了花甲之年。前世，江意惜出家半年後，也就是今年底，老太太就死了。

老太太一死，憂傷的老國公和瞎了的孟辭墨就一直待在孟家莊，成國公和二老爺扶棺回老家。成國公是武官，只需要守制一百天；二老爺是文官，在老家丁憂三年。

於是，成國公府就徹底成了付氏的天下。

老夫婦面前已經擺了兩個蒲團，孟辭墨和江意惜走上前跪在蒲團上，齊齊向二老磕頭。

孟辭墨站起身笑道：「祖父，這是您孫媳婦江氏。」

江意惜又給老爺子磕了一個頭，說道：「孫媳江氏見過祖父，祝祖父健康長壽，後福無疆。」接過丫頭遞過的茶，雙手舉過頭頂。「請祖父喝茶。」

老爺子笑眯了眼，接過茶喝了一口，笑道：「辭墨終於把媳婦娶回來了！你們要夫唱婦隨、互敬互愛，多給我生幾個大胖重孫子！」

這句話跟前世幾乎一樣，只是把「辭羽」改成了「辭墨」，和藹的態度也一樣。

江意惜紅著臉說：「是。」她接過水香遞過來的一套衣裳、鞋子，舉過頭頂。一個丫頭接過去，她方站起身。

一個丫頭又捧著一個錦盒過來，臨香上前接過。

孟辭墨接著對老太太說道：「祖母，您的大孫媳婦給您見禮。」

江意惜跪下給老太太磕頭，說道：「孫媳江氏見過祖母，祝祖母富貴安康，春秋不老。」又把茶碗舉過頭頂。「祖母請喝茶。」

老太太非常痛快地接過茶喝了，笑道：「辭墨不容易，二十一歲才討了個媳婦回來。他什麼都好，就是脾氣有些拗，妳要多多體諒他、勸著他，夫妻和和美美，早日開枝散葉。」一口氣說了這麼多話，又有些氣喘，丫頭給她捶了捶後背。

語氣溫和，話也好聽，跟前世不說話也不願意接茶的態度截然相反。這位大家長是江意惜第一個要爭取過來的人。江意惜大鬆一口氣，把水香遞過來的一套衣裳、鞋子奉上。

她站起身後，臨香又接過丫頭捧過來的錦盒。

老倆口的左面坐著成國公夫婦，這一世江意惜是第二次見他們。

剛才孟辭墨臉上還帶有笑意，現在就面無表情了。「父親，這是您兒媳江氏。」

江意惜跪下磕頭道：「兒媳江氏見過公爹，祝公爹身體康健，平安順遂。」

成國公也痛快地喝了茶，說了句。「多多孝敬長輩，好好服侍夫君，早日開枝散葉。」

前世，他起先悶聲不說話，看到老公爺的拳頭握了握，才不情願地說了一模一樣的話。

前世的語氣絕對不善，此次的態度也沒帶多少暖意，連個笑容都欠奉。這位父親跟兒子的關係真的不親近，把那句「有了後娘就有後爹」的話詮釋得淋漓盡致，連點面子都不做。

江意惜奉上一套衣裳，收了他的見面禮。

孟辭墨又按照流程道：「太太，這是江氏。」省了「兒媳」二字。

付氏一點都不覺得被孟辭墨差別對待，喝了江意惜的茶後，笑道：「多可人的閨女！咱們有緣，妳還是當了我的兒媳。辭墨雖然不是從我肚子裡爬出來的，卻是我從小疼到大的孩子。他去邊關時，我傷心了許久，聽說他眼睛受傷，我的心都要碎了……」說著，又吸了吸鼻子。

成國公心疼了，忙勸道：「夫人別難過，辭墨的眼睛好了，今兒又娶了媳婦回來。」

付氏又笑道：「真是老天有眼，天可憐見，辭墨的眼睛好了，又娶了個賢慧孝順的漂亮媳婦回來。好孩子，這裡就是妳的家，若有什麼事儘管來找我。我現在就等著當祖母，抱孫子呢！」

這假話說的，江意惜暗自反胃了一下。前世因為她賴上孟辭羽，付氏氣得心肝痛，哪裡有心思演戲？認親時只說了句「好自為之」。

孟辭墨最不喜歡聽付氏說這種假話，眉毛都皺了起來。反正所有人都知道他討厭付氏，他也不想裝。

江意惜可不會像孟辭墨那樣在面子上跟付氏過不去。做了一年多的心理準備，她心裡再恨付氏，只要付氏能當眾演戲，自己就能陪著演！「謝太太。太太的囑咐，我會銘記於心。」口氣輕柔、態度恭敬，但沒叫婆婆。演戲可以，卻不能認「賊」作母。

這點別人也挑不出毛病，因為她跟丈夫是一樣的稱呼，沒錯。

江意惜奉上一套衣裙，臨香又接過錦盒。

接著是見二老爺孟道正、二夫人閔氏。

孟二老爺官居都察院六科給事中，從小身體不太好，沒有從武，恩蔭當官，還升到了正四品的位置。孟二老爺不是特別能幹，只能說能力尚可。若沒有老爺子，他肯定坐不上這個位置。聽說，家裡還在想辦法讓他更進一步。

這次他們態度和善，話也說得好聽。

江意惜給他們屈膝見禮，分別送上一雙鞋子，又收了他們的見面禮。

接著給寡居的三夫人郭氏見禮。

郭氏穿著墨綠色褙子，衣裳素淨，連點花都沒繡，頭上戴了支玉釵，未施粉。她還不到三十歲的年紀，看著卻比付氏和孟二夫人都顯老。

三老爺孟道義是老爺子和老太太最喜歡的兒子，若是沒死，應該是三兄弟中最能幹的。可惜年紀輕輕就陣亡了，只留下一個閨女。

前世，除了老國公和孟辭墨，只有這位孟三夫人沒有對江意惜惡語相向。她不只得老國公夫婦的疼惜，還得全家人的敬重，包括孟辭墨。

江意惜給她屈膝笑道：「江氏見過三嬸。」

三夫人笑道：「好孩子，這裡是妳的家，莫拘謹。」

她前世也是這樣說的。江意惜孝敬她一雙鞋子，孟三夫人卻沒給見面禮。三老爺死得早，她屬於不祥之人，這種場合不好送新人禮物。

再來是見孟月。

孟月也穿得比較素淨，淡青色褙子，領口、袖口繡了點折枝小花。或許在這裡的日子比較好過，人還胖了些許，臉上的愁苦比之前少多了。她只上了個淡妝，更顯清麗脫俗，沈靜溫婉。

江意惜膝屈道：「江氏見過大姊。」

孟月笑得溫柔，和聲說道：「家裡人都很好，長輩慈善，兄弟姊妹也好相與。弟妹無須拘束，多與妹妹們一處玩。」

「是。」

江意惜送她的禮物是一條軟羅披帛，她的丫頭奉上一支玉簪。

孟辭新，也是江意惜前世沒見過的人。他是老國公的堂姪孫，比孟辭墨大一歲，如今在南大營任千總，妻子何氏。

孟家老家在陝西，大多族親都在那裡。老公爺的幾個兄弟和堂兄弟都在外地為官，京城只有孟辭新這一家族親。

江意惜送何氏的禮物依然是一條軟羅披帛，何氏送她的禮物是一支金簪。

之後，作為大哥大嫂的孟辭墨和江意惜坐下，由小叔、小姑來見禮。

江意惜準備了許多玉掛件和手鏈，三個小叔送玉掛件，三個小姑送手鏈。手鏈是李珍寶教江意惜做的布藝手鏈，而不是上次那種絡子。雖然不值多少錢，卻絕對別緻吸引人。不說孟嵐和孟霜拿著手鏈笑起來，連孟華的眼裡都閃過一絲驚豔。

接著是孟辭閱的兒子四歲的孟照安、孟月的女兒六歲的黃馨、孟辭新的兒子五歲的孟照幾及女兒三歲的孟婧來見禮。

這幾個孩子是磕頭，有叫「伯母」、有叫「嬸子」、有叫「舅母」。

江意惜給男孩的是小老虎玩偶，女孩的是小雞玩偶。這東西當然是照著李珍寶畫的花樣做出來的。

四個孩子非常喜歡，齊聲道謝。

認親進行得非常順利，連孟辭羽都沒有找事，只是給江意惜作揖時神色比較尷尬，眼皮下垂沒看她。

老爺子和老太太非常滿意，又說了幾句「家和萬事興」的話。

突然，外面傳來幾聲貓叫，接著是一個婆子驅趕的聲音——

「哪來的野貓？快打走！」

老爺子哈哈笑了幾聲，說道：「那是花花，去把牠抱進來！」

一個丫頭剛準備去接花花，一隻穿著綠衣、戴著赤金項圈的花狸貓已經身姿靈活地繞過圍堵牠的婆子及丫頭，躥進廳屋，又一下子躥上老國公的膝蓋。

老爺子哈哈大笑。「小東西，昨天就來了家裡，現在才來看我！」

花花喵喵叫著扯了幾下老爺子的長鬍子。

老太太笑問：「這就是老公爺常說的花花？」

老爺子點頭道：「除了牠，哪隻貓會這麼聰明？」

老太太笑咪咪地說：「不止聰明，還穿得俊。」

穿得俊也是俊，這話花花愛聽，衝老太太嗲嗲叫了兩聲，便跳上炕几，又跳去老太太腿上。主人跟牠說過，一定要把老太太巴結好！

老太太笑瞇了眼，從几上拿了一塊點心放在花花的小爪子前。

花花坐在她腿上，捧著點心吃起來。

眾人被逗得大樂。

二老爺笑問：「爹從哪裡得了這麼個寶貝？真是討喜！」

老爺子道：「這是辭墨媳婦養的。在莊子的時候，小東西時常從扈莊獨自跑來孟家莊玩。牠乖巧得緊，告訴府裡的人，莫拘著牠。」

老太太又補充道：「也不能傷著牠。」

眾人說笑一陣後，移去東廂吃飯。

男人一桌，女人跟孩子一桌。

江意惜站去老太太的身後，準備服侍她吃飯。新媳婦第一天應該服侍婆婆吃飯，但有更老的老太太，江意惜服侍老太太沒錯。

老太太笑道：「好孩子，咱們家不興這個，自去坐著吃飯。」

花花也有吃飯的位子，就是一張單獨的高几，食物是牠愛吃的清蒸魚和熱窩雞。

幾個孩子喜歡極了，都跑過去圍著花花看。

花花已經得了吩咐，第二要跟府裡的兩個孩子搞好關係。今天多了兩個，牠不知道哪兩個是這個家的，反正牠喜歡孩子，態度都很好，吃兩口便會抬起頭來衝他們喵喵叫兩聲，再甩甩尾巴、翹翹屁股，逗得孩子們大笑不已。

飯後，兩位老爺和孟辭新一家留在福安堂，其他人各回各院。

孟嵐扶著孟二夫人；孟霜扶著孟三夫人；孟月扶著付氏的左胳膊，孟華拉著付氏右邊的袖子，另一隻手還牽著黃馨，一行人先出了垂花門。

幾個爺兒們隨後。之前孟辭墨跟三個弟弟都不親厚，現在有了新的想法，便也開始刻意拉攏二房的兩個堂弟孟辭閱和孟辭晏。孟辭晏還在國子監上學，課業一般，明年就會想辦法讓他恩蔭入仕。至於孟辭羽，孟辭墨從來沒指望過跟他有兄弟情分。

之後便是江意惜和孟二奶奶，一旁的安哥兒逗著花花玩。

花花的叫聲大，引得黃馨不時回頭看牠，被孟華硬拉著往前走。

看到孟月和付氏親密無間的背影，江意惜心裡沈了沈。這樣的孟月，自己能幫她認清人的好歹嗎？若自己是孟辭墨，心也會痛的。

再想到孟辭墨從小一個人獨自「戰鬥」，這個胞姊不僅幫不上忙還扯後腿，江意惜更加心疼他。也慶幸自己比他好命，最起碼唯一的胞弟一直愛護自己。

江意惜覺得，孟月比自己的前世還要傻得多。前世自己糊塗，把該親近的人推遠。而孟月是糊塗透頂，不止把最親近的人推遠，還認賊作母，不識好歹。

錦園旁，江意惜與孟二奶奶分手，孟辭墨腳步慢下來，二人一起回了浮生居。

孟辭墨笑問：「怎麼樣？」

江意惜笑道：「很好，比我想像的要好。」

進了東側屋，幾個丫頭把收到的見面禮擺在炕桌上。

老國公給的錦盒最小，打開盒子，裡面是一顆比鴿子蛋大一點的淡綠色珠子。

孟辭墨喜道：「這是夜明珠！是祖父二十年前打胡虜時斬獲的。他誰都沒捨得送，卻送給了妳，可看祖父有多寵妳！」

江意惜是第一次看見夜明珠，且這顆珠子還是自己的。她托著綠瑩瑩的珠子，喜上眉梢，笑道：「送我不就是送你？」

兩人看了好一陣才放進錦盒。前世老爺子送的是玉擺件，今生先處出了感情，老人家更看重她了。

老太太送的是一支銜珠嵌寶赤金鳳頭釵，鳳頭有人的巴掌大，一看就價值不菲。前世她送的是一百兩銀子的銀票。老太太不像成國公，心還是正的。前世不喜歡她是因為她硬賴上了孟辭羽，而今生作為另一個孫媳婦進門，老太太還是喜歡的。

成國公送的是一尊琥珀小擺件。

付氏送的錦盒最大，是一套赤金嵌寶頭面，有十件。看著多，其實沒有老太太送的一支釵值錢。

江意惜見孟辭墨沉了臉，笑道：「我不會戴，以後送人。」又補充一句。「送討厭的人。」

二老爺送的也是擺件，二夫人送的是兩串玉串。

收好禮物，江意惜上床睡覺。昨天夜裡沒睡好，要補眠。

孟辭墨沒有歇晌的習慣，倚在床頭看書。等江意惜睡著，就放下書看她。

江意惜醒來，正對上的是兩隻黑黢黢的大眼睛。她小聲笑道：「看夠沒有？」

孟辭墨俯身親上她的小嘴，嘀咕道：「當然沒看夠。」

兩人親熱一番，江意惜才起床。

水香進來給她梳洗好後，她獨自去了廳屋，讓臨香把浮生居的下人都召集過來。

除了臨香、臨梅，浮生居還有四個負責看門和灑掃的小丫頭、兩個粗使婆子、兩個管理浮生居和錦園花草的婆子。

在孟家莊管理花草的王大娘居然調來了這裡，這位王嬤嬤的男人是孟家莊的莊頭王大伯，江意惜對他們夫婦的印象非常好。

之前還派來一個管事嬤嬤，被孟辭墨找藉口打發走了。

江意惜把浮生居的人員作了調整——吳嬤嬤為浮生居的管事嬤嬤；臨香和水香為大丫頭；臨梅、水靈、水清為二等丫頭。因為浮生居和錦園的花草多，老爺子專門給王嬤嬤設了個花草管事。

吳嬤嬤的月例銀子是二兩；臨香和水香、王嬤嬤是一兩銀子五百文大錢；二等丫頭是一兩銀子；粗使婆子是八百文大錢；小丫頭是五百文大錢。外加衣裳、首飾不等。比江府的待遇高了很多，讓吳嬤嬤和幾個丫頭十分高興。

江意惜的待遇更是高多了，月例銀子是二十兩，每季還有六套衣裳、鞋子，以及首飾若干。

下人給江意惜磕了頭，水香幾人又拿出事先準備好的荷包賞她們。

江意惜已經跟花花悄悄交代過，要注意除了臨香、臨梅及王嬤嬤以外的另幾個孟府下人。要先確定自己身邊沒有奸細，才能更有效地打擊敵人。

處理完事務已是申時末，江意惜同孟辭墨、抱著花花的水靈一起去了福安堂。

除了住在外院的孟辭羽和孟辭晏，其他人都到了。

孟華天真地笑道：「大哥今天來了福安堂兩次，以後祖母不用天天想大孫子了！」

這話誅心！

孟辭墨本就話少，更不想搭理這個小妮子，沈著臉沒言語。

江意惜渾然不覺的樣子，笑咪咪地跟長輩行禮打了招呼。她是長嫂，坐在二夫人下首。雖然孟月比她大，但因為是和離回家的姑奶奶，坐在孟霜的下首，黃馨坐在最末端。

付氏對江意惜笑道：「聽月兒說，明天你們回門的禮物外事房已經準備好了，走的時候讓丫頭去拿即可。」

江意惜起身謝了付氏，又謝了孟月。

孟辭墨之前就跟她說過，上年底付氏提出讓孟月暫時幫著管中饋，這麼做有三個理由——一是，孟月還這麼年輕，若以後遇到合適的人還是要再嫁，多跟人打交道，教她學會看人，嫁去婆家不會再吃虧；二是，若是孟月不想嫁，想自己帶著閨女過一輩子，更要學會管理自己的產業；三是，也給孟月找些事做，不讓她天天沈浸在過去的痛苦中。還言明，等江意惜嫁進門後，孟月就把權力交給她。

這提議馬上得到孟老太太的同意，還說付氏想得周到，正該讓不通庶務的孟月多學學。

江意惜是世子媳婦，也就是當家奶奶，嫁進門後應該協助婆婆主持中饋的。但和離回家的大姑子已經協助大夫人管家了，若江意惜理所當然地從孟月手裡接過權力，那就是排擠和離回家的大姑子了。

所以，哪怕孟月主動交權，江意惜也不敢接。若接了，傳出去的話很可能會是她一嫁進婆家門，就急不可待地「抓權」，欺負可憐的大姑子！若孟月再被挑唆著想搬出府另過，江意惜就更加罪過了。何況江意惜現在根本不想管家，她還有更重要的事要做。只不過孟月被付氏利用來打擊江意惜，讓孟辭墨心裡非常氣憤和難過。問題是，孟月被利用了還不自知。

付氏如此，無論江意惜怎樣應對，她都占了上風。江意惜接替孟月，正好借此打擊江意惜，挑撥她們之間的關係；江意惜不接，也不是她這個繼母不許繼兒媳婦管家，如此一來付氏正好可以全權管著這個府，更方便收拾孟辭墨夫婦，把偌大家業完好地交到親兒子手裡。

孟月也知道這個府該由世子夫人管，笑道：「弟妹嫁進來，那些家事就不需要我幫著母親管了，都交給弟妹。」

江意惜忙笑道：「我才嫁進來，對這裡不甚熟悉，大姊就當多疼疼我，再辛苦一些時日吧。」她的心肝都在痛！明知道付氏不願意讓她管家，還不得不推辭。

老太太說道：「月丫頭不許偷懶，辭墨媳婦現在最重要的事是開枝散葉，我還等著抱重孫子呢！」

一席話說得江意惜紅了臉。

付氏不見外地笑道：「可不是？我也急著抱孫子呢！」

孟月只得嘆了一口氣，覺得十分無奈，差事沒推出去，還要認命地繼續勞累。

飯後回到浮生居，江意惜看出孟辭墨不太高興，知道他是因為孟月。孟辭墨既怒其不爭，又不能不管她。

江意惜說道：「這個家已經不是你小時候的家了，你已長成起來，祖父對付氏也有所猜忌，再加上一個我，付氏不會隻手遮天。等把她的真實面目揭露出來，大姊就會知道自己錯在哪裡了。」

孟辭墨把她攬進懷裡，嘆道：「我是覺得對不起妳，把妳拉進這個多事的漩渦。我上衙後不可能每天回來，還有許多大事要做，沒有多少精力管內宅的事。胞姊不僅不能幫忙，還要讓妳操心……惜惜，委屈妳了。」

江意惜抬眼望望他，用手輕輕撫摸著瓷片一樣的嘴唇，笑道：「你去辦自己的事，只有你的事辦好了，這個家才能真正安寧。家裡你無須多操心，我還有祖父，以後再把祖母拉攏過來，跟二房和三嬸相處融洽，局面會扭轉過來的。」

輕鬆的話語驅散了孟辭墨胸中的陰霾，明媚的笑更是讓他柔情頓生。他捧起江意惜的臉說道：「今生何其有幸，能把妳娶回家……」

次日卯時初，孟辭墨去院子裡打拳。

江意惜也起來了，她先去淨房，插上門栓用光珠照了半刻鐘茶碗裡的水，又把水倒入準備澆花的兩個水桶裡。眼淚水有大用，不能浪費一滴一毫。這種水也不能常澆，偶爾為之。

水靈把桶裡的水倒入花灑，江意惜拿著花灑先澆番茄秧，再澆十幾株特別名貴的牡丹、蘭花、君子蘭，以及幾棵因移栽有些蔫耷耷的樹木。沒澆三角花，它們已經長得極其茂盛，不需要特別的營養了。還剩半花灑的水，兌了水澆別的花；再剩半花灑的水，又兌了水繼續澆。雖然越來越淡，這種水總要好些。

做完事，江意惜站在錦園往浮生居看去。

月亮門裡，身著玄色練功服的孟辭墨在池邊打拳，花花在一旁翻著跟頭，啾啾在籠子裡跳著腳背情詩，幾個丫頭忙進忙出。

江意惜喜歡這個家。這個家不僅要安祥寧靜，還要堅如磐石。

早飯後，孟辭墨和江意惜收拾妥當，帶著水靈和水清去了前院。

孟連山和孟青山、吳有貴已候在前院，又一起去了江府。

江晉和江洵、江斐站在江府大門前迎接。

孟辭墨下馬，江意惜下車。

江晉上前抱拳笑道：「妹夫、二妹，請。」

孟辭墨也抱拳回禮。「舅兄。」

江洵和江斐作揖道：「姊夫、二姊。」

江洵的眼圈有些發紅。

江斐告狀道：「二姊姊，二哥送嫁回府，是一路哭回來的！」

江洵羞紅了臉，不高興地說：「胡說！我哪裡哭了？」

江斐辯解道：「我沒有胡說，大哥也看到了！」

江晉嗔道：「今兒是姑爺、姑奶奶回門，你們還有閒心吵架？」

兩個小子聽了，方沒言語。

江意惜笑著理了理江洵的衣裳，幾人直接去了如意堂。

江伯爺、三老爺都請假在家，江意慧和郭子非也來了，江意言卻不在。

老太太肯定收拾那個丫頭了。老太太涼薄，哪怕是她的親孫女，只要擋了她的道，或是對家族沒有用，就不會客氣。

都是一家人，眾人坐在廳屋說笑。老太太和幾個男人都圍繞著孟辭墨說話，特別是郭子非，之前來江家時都一副高高在上的樣子，今天特別低姿態，話多、笑聲多。平日話少的孟辭墨很不習慣，卻又不得不應付他們。

三夫人把江意惜拉去側屋，問她在婆家好不好？

江意惜紅著臉笑道：「大爺待我很好，婆家人相處也不錯，特別是祖父、祖母，非常好。」

「那就好……」

江意柔走過來，跟她悄聲說：「三姊被老太太罵了一頓，還禁了她三個月的足，說她再敢有壞心思，就攆去鄉下待一年。」

江意惜道：「那個壞丫頭，是該好好教訓。」之後讓人把江意慧和江意珊請過來，四姊妹在側屋說笑。

沒有江意言在場，江意珊的笑容明媚多了。

江意惜問江意慧。「那個小婦還仗著孩子多事嗎？」

江意慧溫柔地笑笑。「現在老實多了。」她又捏了捏江意惜的手。「婆婆和我家世子爺的態度也好了許多……」

江意慧因為多了孟家這門貴親，婆家人的態度有所轉變，不知她的將來會不會改寫？

吃完晌飯，江意惜提出回灼園看看，實際就是想單獨跟江洵說說話。

老太太心裡不高興，覺得江意惜沒有江意慧跟自己貼心。江意慧回娘家都喜歡待在如意堂跟她說悄悄話，而江意惜只惦記著那個弟弟。她沈吟著，沒言語。

三老爺忙笑道：「回去看看吧，正好歇息歇息。」

幾個男人請孟辭墨去前院書房談論國事，江意惜姊弟則去了灼園。

直到申時初，孟辭墨讓人來請江意惜，姊弟兩個才離開灼園。

去如意堂給老太太等人告別後，江意惜同孟辭墨回成國公府。

回到浮生居，二人換了衣裳後又去了福安堂。

還沒進屋，就聽到屋裡傳來大笑聲及花花的叫聲，孟照安的尖叫聲尤其大。定是又在耍貓戲了！

上衙、上學的男人們還沒回來，孟辭墨一進了廳屋，就被老爺子拉去下圍棋。

側屋裡都是些女人、孩子。

江意惜一進屋，付氏就笑道：「今兒珍寶郡主遣人給妳送了一封信過來。」

江意惜打開信，信上說，明天李珍寶會來看江意惜的新家，她還讓鄭玉跟鄭婷婷說，讓鄭婷婷也來玩。

江意惜跟老太太笑道：「明天珍寶郡主要來家裡玩，鄭大姑娘也會來。」

屋裡人的眼睛一下子都亮了起來，李珍寶可是所有人好奇的人物！

只有付氏的眉毛幾不可察地皺了皺。

孟華驚道：「李珍寶要來府裡？」

江意惜說道：「是呢，她這個月初八又要回庵堂長住，明天晚上想在我那裡歇一晚，太后娘娘同意了。」

屋裡的人又是一臉驚愕！江意惜才嫁進孟府三天，還是新媳婦，結果新媳婦的一個手帕交竟要來夫家住？這麼隨興的小姑娘，也只有李珍寶了，偏偏太后娘娘和雍王爺還縱著她！

孟嵐不可思議道：「她還要在咱們府歇一晚？」

江意惜點點頭。

老太太笑道：「珍寶郡主從小在庵堂長大，又受了不少苦，太后娘娘當然要多心疼她一些，咱們府萬莫怠慢了。辭墨媳婦要好好待客，妳幾個妹妹跟珍寶郡主的歲數相仿，明天讓她們都去陪客人玩。」

江意惜見孟華幾人都眼睛亮晶晶地看著自己，點頭笑道：「好。」這些小姑娘並不是想結交李珍寶，純粹是對這個傳說中的人物感興趣。

付氏對孟月笑道：「明兒讓廚房準備一桌上好的素席，晌午送過去，碗碟要用那套描梅粉瓷的。月兒要記住了，像這種尊貴的女客，不僅食物要精細，器皿也非常重要。」當著老太太的面，付氏特別喜歡教導孟月如何管家。

孟月剛要回應付氏的話，江意惜就插嘴道——

「珍寶在庵堂外除了不能食肉，其他沒有禁忌，可以多做一些有蛋的菜。另外，珍寶要來，她的侍衛鄭玉也會來。鄭玉跟大爺玩得好，還要請大姊讓人準備一桌酒菜招待他們。」

孟月的目光又轉向她。「好，我會跟管事說清楚。」

老太太也被江意惜的話吸引過去。「李珍寶還可以吃蛋？」其實李珍寶吃蛋的行為已經傳了出來，但老太太不敢完全相信，現在又確認了一次。

江意惜笑道：「是，在庵堂外能吃蛋。」

付氏暗惱，瞥了一眼江意惜。這丫頭與周氏之前的說辭完全不一樣，不僅不傻，還氣人得緊！

下衙的男人們聽說李珍寶要來府裡住，都不好多說，只笑著搖搖頭。

飯後一回到浮生居，孟辭墨就低聲說道：「那個李珍寶，做事總是這麼任性。」他很鬱悶，本想在回營前天天抱著媳婦睡，可明天不行了。

江意惜垂下的小手捏了捏他的大手，笑道：「珍寶又要回去受苦了，我這個當姊姊的總要多疼疼她。」

孟辭墨對著江意惜的耳朵小聲道：「妳今夜也要多疼疼我……」後面的話聲音更低。

江意惜先低笑了兩聲，又嬌嗔道：「討厭，不理你了！」

兩人進屋，看見廳屋裡的桌上擺了兩堆銀子和飾物。

吳嬤嬤指著一堆笑道：「這是大爺的月例。」

孟辭墨是世子，分例跟當家夫人付氏一樣，每月五十兩銀子，每季八套衣裳、鞋子，以及飾品若干。其他的爺只有三十兩銀子。

吳嬤嬤又指著另一堆笑道：「這是大奶奶的月例，因為大奶奶才進門，這個月的衣裳針線房沒來得及做，就把緞子給了咱們。老奴已經把大奶奶的尺寸給她們了，下個月的衣裳會按時做出來。」

江意惜是世子夫人，月例二十兩銀子。像孟二奶奶這些媳婦，每月是十五兩。再下一代，孟照安這一輩分，每月就是十兩。孟月每月也是十五兩，黃馨十兩。

江意惜的東西讓吳嬤嬤收好，孟辭墨的東西一半放在這裡，一半讓人明天拿去外書房。

孟辭墨進淨房洗漱，花花才跳上江意惜的膝上喵喵叫道：「那個叫曉竹的小丫頭是奸細，我看到她去跟付婆子說了浮生居的事，還說孟老大對妳忒好，看著妳就笑……付婆子還挺吃驚的，說咱們孟大奶奶滿有魅力的嘛，能讓對長輩都沒個笑臉的世子爺笑，是好事……」

曉竹是負責灑掃的小丫頭。

想到自己剛才跟孟辭墨的互動，江意惜沈臉瞥了窗外一眼，那個丫頭又有去告密的情報了。江意惜不怕付氏出手，就怕她不出手。但還是不喜歡自己家有個奸細時刻注意她，想著得找機會把曉竹打發走。

江意惜抱起小東西親了牠的嘴邊一口，表示對牠的肯定。成親前江意惜不好意思用嘴親小東西，都是用臉親，這次沒注意，用的是嘴。

花花高興極了，趕緊伸出小舌頭舔了一圈嘴，又開始糾結那個老問題。從牠跟著前主人開始，就聽人說香香嘴如何香甜，那馬二郎和孟老大恨不得一直香、一直香，吧嘰聲聽得真真的。可前主人的香香嘴不香，現主人的香香嘴也不香啊！牠幽怨地想著，難道因為自己是隻貓，所以才感受不到香香嘴的香？

次日辰時末，孟華、孟嵐、孟霜就打扮光鮮地來了浮生居。

孟嵐和孟霜一臉笑意，說道：「大哥、大嫂。」

孟華的笑容不達眼底。她從小就跟讓父親和母親操碎了心的孟辭墨不親近，更討厭這個打三哥主意沒打到，轉身又打上大哥主意的江意惜。

孟辭墨冷臉跟她們點點頭，去了西屋。

江意惜也不愛搭理孟華，儘量滿足著另兩個小姑娘對李珍寶的好奇，回答她們提出的問題。特別是對孟霜非常友好，不僅是因為小妮子的母親兩世的善，還因為她父親同江辰一樣，都死在了戰場上。

巳時，不止李珍寶和李奇、鄭玉、鄭婷婷來了，連崔文君和趙秋月、薛青柳都來了。

此時的李珍寶穿著藏藍色素衣，丸子頭上插著一支雕花烏木簪，臉色蠟黃，走路也有些趔趄，素味一直扶著她。她的身體快透支了，也的確要趕緊回昭明庵治病。

江意惜很心疼，從素味手裡接過她。現在是夏末，天氣依然炎熱，可她的手卻像井裡的水一樣冰涼。

對於李珍寶這個客人，最熱情的當然是花花和啾啾了。

一個抱她的腿，一個請她「扎針針」，逗得李珍寶大樂，蠟黃的臉上染了些許紅暈。

看到門前那兩盆番茄，李珍寶的小眼睛瞪得溜圓。

番茄已經長得如嬰兒拳頭般大，雖然是青色的，李珍寶還是看出來那是番茄。

李珍寶驚叫道：「這是番茄！江二姊姊怎麼會有這東西？」

江意惜笑道：「這是鄭大哥給我的紅果種子，我就種出來了。」

鄭玉看著番茄秧笑道：「這是我叔叔孝敬老公爺的花種，江二……喔，嫂子居然種出來了。說它叫紅果，可一點也不紅啊！」

李珍寶懂行地說：「再過些日子就紅了。它不叫紅果，叫番茄。也不是花，是一種菜蔬，吃的。」

鄭玉納悶道：「妳怎麼知道？」

李珍寶怔了一下，才說道：「我是聽愚和大師說的。他說素食中的天花板是番茄，還跟我形容了番茄的樣子和口味，酸酸甜甜，極是美味。」

鄭婷婷不解地問：「天花板是什麼？」

李珍寶解釋道：「天花板就是房梁。」

趙秋月又不懂了。「素食中的房梁是什麼意思？」

眾人都笑起來。

崔文君笑道：「珍寶郡主有才，這個比喻真恰當。房梁是房子的最高處，代表不可超越。」

趙秋月較真道：「可瓦片比房梁高啊！」

鄭婷婷笑道：「瓦片隨處可見，房梁只立於房子之上。」

李珍寶又說：「姊姊，等番茄紅了，妳一定要第一時間給我送去，還要給我多多的，我饞那個味兒。」

江意惜非常痛快地答應了。「好。」

李奇懷裡的花花生氣了，鼓著眼睛喵喵大叫道：「多多地送給她，送沒了，我吃啥？」

江意惜此時不好跟牠多解釋，裝作沒聽到，請眾人進屋坐。

花花氣得跳下地跑了，牠一路哭著跑去福安堂。

因為有了李奇，江意惜又讓人去請孟二奶奶和孟照安、孟月和黃馨。孟二奶奶母子很快就來了，孟月沒來，丫頭把黃馨領來了。

姑娘們去西側屋說笑，孟辭墨和鄭玉在廳屋喝茶、聊天，幾個孩子在院子裡逗啾啾玩。

姑娘們對李珍寶身上幾乎所有的東西都很感興趣，包括領口的小花、腰間的掛飾、簪子上奇怪的圖案。特別是她腳上繫帶子的方口小繡花鞋，小姑娘們又好奇、又喜歡。

「呀，鞋子還能這麼做？」

「是啊，又好看、又涼快、又不容易掉呢！」

「這裡繡這種花就不一樣了。」

「是啊是啊！」

除了不愛搭理孟華，李珍寶對所有人的態度都很友好，耐心地回答著她們的各種問題。

孟華不僅在成國公府拔尖好強，除了孟辭墨，所有兄弟姊妹都讓著她，在貴女中也屬於好強的，即使公主也會給她一些面子。而今天，在她的家裡，李珍寶卻如此怠慢她！這是她長這麼大以來受到的最大的委屈和無視！她氣紅了臉，在心裡暗罵了無數遍「醜八怪」、「病秧子」，更氣江意惜不幫著她，任由小姑子被外人擠對！但孟華不敢惹李珍寶，聽說李珍寶連公主都不怕，跟升平公主吵架吵得差點打起來，偏偏皇上和太后還要向著她。孟華糾結了半天，既捨不得離開這裡，又不願意讓人看出自己受排擠，只得忍著氣少說話。

看著戲的江意惜暗道，孟華雖然比不上狡猾的付氏，但比江意言那種完全沒腦子的還是要強一些。

付氏的軟肋就是孟華，要讓付氏破防，在孟華身上最容易找到缺口。

因為鄭玉在，晌午把老國公請來吃飯。老國公來了後，又讓人去把在前院跟著先生學習的孟辭羽請來。

孟辭墨討厭孟辭羽，但老爺子要請，他也無法。

自從孟辭羽知道今天崔文君也來了，上課都沒有心思。聽說老爺子請他去浮生居吃飯，忙不迭地就去了。

姑娘、孩子們在正房吃飯，三個男人在東廂吃。

小窗大開，姑娘們清脆的說笑聲傳進東廂。

孟辭羽在裡面辨別著崔文君的聲音，時不時望向窗外。

老爺子也看出了些許門道，問道：「那裡有你心悅的姑娘？若是趙姑娘或是薛姑娘中的一個，就讓你老子娘託人去說合。」

孟辭羽紅了臉。求娶崔姑娘的心思他跟母親說過，可母親說崔姑娘比不上鄭姑娘。而今天聽祖父的意思，祖父也不願意自己娶崔姑娘。孟辭羽心裡氣惱不已，他看上崔姑娘，看的是樣貌和才情，不是為了政治因素好不好？

孟辭墨已經聽江意惜說過孟辭羽看上了崔文君。他可不願意遂孟辭羽的願，還想著怎麼讓老爺子從中作梗呢，此時聽老爺子這麼說，心裡暗樂不止。

他不是一定要讓孟辭羽娶個不堪的女人回家，但絕對不願意孟辭羽娶個股肱重臣的女兒。雖然趙、薛兩家的家主也是朝中重臣，但比作為次輔的崔大人和手握重兵又極得皇上看重的鄭家還是弱多了。

飯後，孟辭羽扶著老爺子在錦園轉了一圈後，送老爺子回福安堂。他不想離開，卻不好意思繼續賴著不走。

李珍寶疲憊極了，獨自躺去東側屋歇息。小姑娘們在西側屋玩了一陣撲克牌，又說了一陣話，申時初去東側屋跟李珍寶告辭，各回各家。

李珍寶不走，鄭玉也不可能走，便由孟辭墨帶去福安堂給老太太請安，在那裡吃完晚飯後，晚上去前院歇息。

按理，小姑娘們一來就應該去給長輩請安，但李珍寶身體不好，沒有去。浮生居終於清靜下來。把下人都打發下去後，江意惜和李珍寶斜倚在炕上說悄悄話。

李珍寶嘆道：「剛才多熱鬧。唉，再過兩天回庵堂後，就更清靜了。」

江意惜勸道：「等妳身體完全好了，只要妳想，天天都能這麼熱鬧。」

李珍寶似想到了什麼，湊過臉仔細看了江意惜一眼，然後玩味地笑道：「沐浴在愛情中的女人最美麗，妳果真更水靈了！」

江意惜紅著臉戳了一下她的前額。「妳現在還是尼姑，這話也好意思說出口！」

如願看到江意惜害羞，李珍寶得意地笑起來。她壓低聲音說道：「我皇祖母和皇伯父想破例封我當公主，我拒了。」

江意惜的眼睛鼓圓了。「這麼好的事，妳為什麼不同意？能不能反悔？」她都為李珍寶虧。

李珍寶白了她一眼，說道：「傻，若我同意了，以後就不是嫁男人，而是尚駙馬。」她乾澀的眼裡冒出精光。「我喜歡的男人，不僅要英俊、幽默、忠誠、有紳士風度、會哄女孩開心，還要有理想抱負，是頂天立地的男子漢。這樣的男人，若是被尚為駙馬，斷了他的前程，那是害了他，我不忍心，他也會不甘心。若不是這樣的男人，我看不上，也不會嫁。所以，為了嫁給真正的男子漢，我只能放棄當公主了。姊姊，我是不是沒有腦子的戀愛腦？」

因為這個原因放棄當公主，的確沒腦子，但江意惜換位思考了一下，若是她沒遇到孟辭墨，肯定會接受。公主，除了太后、皇后，就是最尊貴的女人了，誰不想當？但先遇到她想了兩世的孟辭墨，她就不願意接受了。因為當了公主就嫁不成孟辭墨了，或者說，嫁給孟辭墨也是害了他，不可能一生琴瑟和鳴。

她由衷說道：「妳顧慮的有一定道理，不過……」

李珍寶怕她說出下面的話影響了自己的選擇，忙捏了捏她的手笑道：「我就知道姊姊最懂我，我沒白交妳這個朋友！我皇祖母和父王、大哥都說我傻，說有了身分，一切都不是問題，靠人不如靠己。我也知道這個道理，可我就是心有不甘，想給自己一次機會。看看妳，當初那麼抗拒嫁人，如今不僅嫁人了，還這麼幸福。」

江意惜看看面前這個小姑娘，她記得前世李珍寶也不是公主。

花花曾說，若李珍寶的對眼沒好，對她的姻緣有影響，也就是說，她或許沒找到她要找的良人。因為這個念想放棄了公主封號，最後又沒實現願望，那真是得不償失。

花花還說，這一世自己治好了她的對眼，相對地也改變了她的面相和命格，姻緣就變順暢了。那麼，她就有可能找到了她想找的良人。若實現了願望，放棄那個封號也值得了。

花花的話都沒說死，一切還是未知。真正理智的做法，應該是抓住眼前能抓住的，也就是當公主的好。

但江意惜也看出李珍寶不願意她反對，便說道：「若將來的那個人值得妳放棄一切，妳現在做的一切也都值了。」

李珍寶說道：「我嫁了，就說明他值得；沒有值得的，我一輩子不嫁。爭取過了，也就不會後悔這個決定。算了，不說那些了。皇祖母問我有沒有看中的後生，若有她就讓人暗示那家不要給他訂親，等我徹底還俗了，她老人家再指婚，我說我看中了鄭玉……」

江意惜笑道：「鄭大哥人很好，恭喜了。」又用食指點了點她的小蒜頭鼻子。「妳不想當公主，原來是為了他。」

李珍寶擺手道：「假的！我是做好事幫忙，等我們各自找到真愛就掰扯開。趙貴妃和升平對鄭玉還沒死心，我又要回庵堂了，只得先這麼說，不讓我皇祖母被哄著給鄭玉和升平賜婚。」

江意惜勸道：「幹麼要假的呢？鄭大哥各方面都好，是真正的男子漢，符合妳找夫君的條件，若你們能成一對真的不錯。」

李珍寶嘟嘴道：「誰說男人各方面好就一定適合當相公？還要看彼此眼緣、相處時的感覺等等。鄭玉的確不錯，但少了一些幽默和紳士風度，也不會哄女孩子開心。他是我的小弟，架子端得比我還足，踟得不得了！」

江意惜不好再勸，笑道：「找相公能提這麼多要求，也只有妳李珍寶才有這個底氣和福氣。不過，鄭大哥真的不錯，妳不妨多考慮一下。」

李珍寶不願意繼續這個話題，問道：「那個老妖婆找妳麻煩了嗎？我今天是故意不理孟華的，氣死她！」

江意惜抿嘴笑起來。「我知道妳是故意的。有麻煩不怕，我能應付。」
夕陽西下，晚霞給萬物披上一層金輝。
水香在門外稟報道：「大奶奶，晚飯準備好了。」
兩個婆子把炕上的黃花梨雕花炕桌抬下，又把擺滿了飯菜的洋漆描金炕几抬上炕。
江意惜舀了一碗湯說道：「這是我早上親手煲的補湯，妳多喝一點。」
喝著熟悉的味道，李珍寶說道：「我回庵堂後，妳還像原來一樣定期給我送吃食。等我好些後，再來看我……」
江意惜一一答應。
兩人吃完飯後，在庭院裡慢慢散步消食。
暮色中，看到花花爬上牆再跳下來，含著眼淚看也不看她們一眼，徑直跳去她們身後水清的懷裡。
李珍寶驚訝極了。「花花這麼委屈，誰得罪牠了？」
江意惜伸手想抱花花，花花背過身抱住水清的脖子不理她。
花花絕對不同尋常，卻不能太過不同尋常，特別是在李珍寶的面前。
江意惜不願意這時候哄牠，於是縮回手，給水清使了個眼色。
水清抱著花花去了西廂北耳房。只要孟辭墨在家，小東西都是睡這裡。
花花見主人真的沒有繼續哄自己，傷心極了，眼淚流得更洶湧，邊哭邊喵喵罵道：「江意惜、江壞蛋、江ㄚ蛋！以後我再也不幫妳了，讓付婆子把妳整成臭皮蛋！嗚嗚嗚……」

江意惜哭笑不得，只能把那個罵聲當貓叫，跟李珍寶笑道：「小東西如今越來越精，也越來越小心眼了，我都不知道怎麼得罪了牠。無事，牠睡一覺就好了。」

李珍寶此時也沒精力去哄一隻貓，由下人扶著去洗漱。

戌時初，李珍寶硬拉著江意惜在東側屋的炕上跟她一起睡。李珍寶畏寒，鋪了兩層褥子、蓋了一床三斤重的棉被，即使這樣，她的手依然冰涼。

江意惜沒跟她蓋一床被子，只搭了一床小薄被，還是熱得背心出了一層汗。

兩人有一搭、沒一搭地說著話，不久李珍寶就睡著了。

第二十三章

正院裡，孟華正跟成國公和付氏哭訴江意惜如何縱容李珍寶欺負她。她忍了一天，當著父母的面再也忍不住，哭得非常傷心，拉著付氏的袖子哭道：「我敢肯定，李珍寶是故意的！大嫂不僅不幫忙解圍，在李珍寶針對我之後，還跟李珍寶對視一眼，一副盡在不言中的意思。我看出來了，就是大嫂教唆李珍寶這樣做的！大嫂跟大哥一樣，恨我娘生的子女……」

聽了孟華的話，付氏怒極。一個死了爹娘的小戶女，嫁給了孟辭墨後，就以為可以跟孟辭墨一樣無所顧忌？自己在這個府裡經營了二十幾年，不能明面上跟孟辭墨撕破臉，但江氏，不用自己出面就有的是辦法收拾她！

付氏紅著眼圈把孟華摟進懷裡，說道：「老爺，自從我嫁進府裡二十多年來，我怎麼對月兒和辭墨，你是看著的。哪怕江氏才剛剛嫁進府裡幾天，我也對得起她。我怎樣為他們準備婚事、在浮生居花了多少心思，老爺和全家人都是看著的，可見後娘不好當，無論我怎樣做，人家都不領一點情。操碎了心給他娶了媳婦回來，那個媳婦卻合著外人欺負華兒……」說完，落下淚來。

成國公氣得拍了一下桌子。想到那個只給他抱拳行禮，從小到大幾乎不跟他說一句話的大兒子，成國公氣得肝痛！許多人，包括自己的老父都說他偏心付氏生的兒子，只有他知道他沒有偏一點心，還為長子操碎了心。

四個兒女，兩個閨女都是妻子操心，教養得很好。哪怕長女和離了，也有不少人家來說合；次女更是一家有女百家求；次子本身優秀，溫文爾雅、才貌雙全，小小年紀就中了舉人，連公主都稀罕，得所有人稱讚。

只有長子，心眼多、氣量小、眼界窄、不顧及臉面又睚眥必報！別說不認這個繼母，連他這個親老子都不孝順！好在跑去前線立了大功，又治好了眼睛，才有了現在的前程。

這個府將來交給長子，他怎麼放心？

但他畢竟是自己的兒子，是曲氏拚死生下的，自己總要為他著想。

成國公嘆了一口氣，說道：「夫人賢慧，對月兒和辭墨有多好，不僅我和父親、母親心裡有數，全家人都知道。辭墨從小就氣量小、脾氣怪異，之前我一直想給他找個大氣、目光長遠的姑娘，卻陰差陽錯娶了江氏回來……江氏出身小戶，又年幼喪母，定然有諸多不妥，夫人以後要多多教導於她。我再請母親多拘著她些，讓她孝敬長輩，善待小叔、小姑，萬不能把之前不好的習性帶進咱們家。我還會找機會說說辭墨，讓他管管他媳婦。」

付氏感激地看了成國公一眼。「老爺如此體諒，我受再多的委屈也值了。我也不是那狠心之人，自不會跟她一般計較。」又勸著孟華。「好孩子，大度些，不要跟妳大嫂置氣。她也是個可憐孩子，兩歲就死了親娘，祖母的名聲也不好。以後她在咱們家待久了，慢慢感化，定會有所改變的。」

孟華扯著帕子，更委屈了。「娘對大姊、大哥比對我好，現在有了大嫂，對她也這麼好！我還是不是妳親閨女？」

成國公哈哈大笑。「這麼大了還跟娘撒嬌？妳是妳娘的親閨女，要多學妳娘的賢慧知禮、宅心仁厚。這是五百兩銀票，明天讓人去銀樓打套好首飾戴。」

孟華不想接銀票，還想繼續讓父親懲罰江氏，但見母親給她使了個眼色，只得不情願地接過銀票走了。相比於嚴厲的父親，不知為何她更怕溫柔的母親。

次日李珍寶早早起床，在衣裳裡加了一件小坎肩。昨夜開始下了雨，氣溫驟降，她又有些喘不過氣了，得早些回宮泡藥浴。

江意惜走進屋笑道：「起來了？我去給妳熬湯了。妳早上喝一碗，再帶一罐回宮喝。」

李珍寶笑道：「我就知道姊姊疼我！」

吃完早飯才剛辰時初，江意惜把滿眼不捨的李珍寶送上小轎，看著幾頂小轎消失在濛濛煙雨中。

從今天開始，江意惜就要按時去給長輩請安了。

按理，她應該先去正院跟付氏請安，再同付氏及付氏的閨女一起去福安堂給老太太請安。但孟辭墨從邊關回來後就沒有去給付氏請過安，都是直接去福安堂，所以，只要孟辭墨在家，她都是與他直接去福安堂。

現在時間還早，她要等孟辭墨，就去西廂耳房把睡在那裡的花花抱起來哄。

花花的眼睛還是腫的，小腦袋硬是撇去一邊不理她，委屈得不行。

江意惜小聲道：「李珍寶是穿越人，若她看出你過於與眾不同，八成會把你想成穿越貓。你也知道她的個性，藏不住話，萬一把你是穿越貓的事說出去怎麼辦？我是替你著想，所以不敢當著她的面勸你。」

花花一想也是啊，李珍寶那個傻棒槌可不就是藏不住話？萬一看出自己的不同，真有可能說出去！

牠聳了聳鼻子又問道：「妳要給她吃多多的番茄，還第一個給她吃，那我怎麼辦？」

江意惜笑道：「你就守在這裡，肯定是第一個給你吃啊！先給你留了多多的番茄以後，再給她。」

這個回答讓花花滿意了，牠嗲嗲地叫了一聲，趴在江意惜懷裡扭著小屁股，一人一貓和好如初。

江意惜讓水清把小東西的早飯拿過來。

她回了正房，一個人關在臥房裡，把光珠拿出來刮眼淚。眼淚已經裝了半筒，裝滿後就去報國寺交給愚和大師，再問問自己關心的番烏僧的問題。

來到側屋，她又低聲囑咐吳嬤嬤道：「我直覺曉竹那丫頭不好，妳多注意她些，絕對不許她靠近正房。」

吳嬤嬤點頭道：「我也不喜那個丫頭，眼珠子亂轉，一看就不安分。」

不多時，孟辭墨打著傘回了浮生居。

從小窗看到那個身影，江意惜的眼裡溢滿了溫情，起身迎出門。

看到江意惜，面無表情的孟辭墨一下子笑得如燦爛的陽光，似把天上的陰霾都驅散了。

正在院子裡掃積水的曉竹閃了閃神。

孟辭墨和江意惜攜手進東側屋，小窗裡飄出二人的說笑聲。

看到這樣恩愛的小夫妻，廳屋裡的吳嬤嬤笑眯了眼。當初自家姑太太和二老爺就是這麼恩愛的，可惜了，那麼好的兩個人都短命。她從小窗往外看去，發現掃水的曉竹手頓了頓，快速往東側屋的小窗望了一眼，又趕緊埋頭做事。吳嬤嬤暗啐一口，這死丫頭比當初的水露還討嫌！

辰時三刻，孟辭墨和江意惜帶著花花準備去福安堂，門外已經停了兩頂小轎。

孟辭墨不喜歡坐轎子，江意惜就抱著花花坐了一頂。

剛進福安堂垂花門，就碰上迎面而來的孟辭羽，他要趕著去前院上課。

孟辭羽看也不看江意惜一眼，朝孟辭墨拱了拱手，喊了一聲「大哥」，便與他們錯身而過。

孟辭墨和江意惜也沒搭理他。之前孟辭墨雖然不喜歡孟辭羽，還是會冷著臉招呼一聲「三弟」，現在看他對江意惜無禮，也不想跟他說話了。

廳屋裡，老夫婦坐在羅漢床上，付氏母女、孟二夫人母女、孟三夫人母女、孟月母女都到了，只有孟二奶奶母子還沒來。

之前，孟府也請了先生教幾位姑娘課業和琴棋，直至上年，姑娘們都滿了十二歲，才辭退先生。

孟辭墨二人給老夫婦見了禮，花花一下躥上了老太太的膝上，逗得老夫婦大樂。

孟華不搭理江意惜，表達出自己的不滿。她有些怕孟辭墨，否則對江意惜會更不客氣。

江意惜渾然不覺的樣子，同長輩和大小姑子說笑著。

等到孟二奶奶母子來了，眾人又說笑幾句，才起身離開，只孟華和花花還留在那裡。

江意惜猜測，孟華留下肯定是為了告狀。

孟辭墨夫婦回了浮生居，坐在側屋講悄悄話。江意惜又說了李珍寶不當公主的理由，和她覺得李珍寶跟鄭玉是一對的話。

孟辭墨也被李珍寶的理由逗笑了。「那個小妮子，想法跟正常人不一樣。」又鄭重囑咐道：「妳不要亂點鴛鴦譜，鄭玉和她不合適。就李珍寶的性格來說，她應該當公主，尚駙馬，找個脾氣綿軟、願意包容她的男子過一生。鄭玉性子剛硬，不會遷就李珍寶。而且，鄭玉之前講過，他喜歡溫柔、美麗的姑娘。李珍寶是位好姑娘，可那兩個條件都不具備。」

江意惜不太贊同。「人人都說你脾氣怪異、喜怒無常，對我卻好得緊，可見為了心愛的人，脾氣是可以改變的。」說完，她還得意地笑了笑，又道：「珍寶和鄭大哥若彼此有意，改變脾性、彼此包容也不一定。我覺得鄭大哥不會那麼膚淺，只注意容貌。而且，女大十八變，珍寶肯定會越長越美。」她想起前世的李珍寶，那是在四年以後，她滿了十七歲。她身材適中，五官也長開、變柔和了，算不上漂亮，但別樣的氣韻和妝容讓人不自覺地想多看幾眼，比許多空有容貌的貴女強多了。

孟辭墨不好說鄭玉在邊關時曾經說過要找絕世美人的話，只搖頭道：「他們跟我們畢竟不一樣，況且大部分的人主要看的是容貌和性格。從私心來講，我也願意李珍寶和鄭玉能走在一起，那樣李珍寶就徹底跟我們站一隊了。但若他們成了怨偶，於公於私都不好……這樣吧，若他們看到了彼此的好，我們也儘量製造機會讓他們看到彼此的好，他們終成眷屬我們祝福；但若他們有一方無意，我們都不要去撮合。一方有意、一方無意，是很痛苦的事。」

江意惜想想也是，便點頭允諾，但還是補充了一句。「鄭玉若因為容貌錯過李珍寶，那是他的損失！」

孟辭墨道：「各人看法不同，汝之砒霜，彼之蜜糖。」湊過臉親了江意惜一口，笑道：「還是我有眼光，看到了媳婦的好……」

兩人斜倚在炕上玩鬧了一會兒，聽見廳屋裡的吳嬤嬤咳嗽了好幾聲，孟辭墨才不高興地坐起身。

之後的幾天，孟辭墨除了去福安堂請安和吃飯，整天都在浮生居待著。他有一句婚假，又請了幾天假，七月十一才要去營裡應卯。

他知道這麼做會讓人詬病他沒出息，成親了就一直膩在媳婦身邊。但他就是想膩在媳婦身邊，人家愛怎麼說就怎麼說。

江意惜也知道應該主動勸孟辭墨去外書房看書學習，或者處理公務和庶務，但孟辭墨願意守著她，她也不願離開孟辭墨。即使吳嬤嬤提了醒，她還是沒攆孟辭墨，別人愛說去說。只有他們心裡知道，這是在給付氏打擊他們提供理由，為了讓她盡快出手。只要付氏出手，不管結果如何，都是他們的勝利。

他們敢如此不畏流言，當然也是基於大家長孟老國公對他們的絕對信任和寵愛。

初八巳時初，老國公來錦園侍弄花草。前幾天孫子新婚，他沒好意思來礙眼，以後，他每天都會來錦園侍弄半個時辰花草。

他還讓婆子把放在他院子裡養的兩盆紅果也抬來。他把那兩盆紅果當先人一樣服侍著，結的果子只有杏子那般大；而浮生居的紅果，有好幾個已經長到桃子那麼大，還有兩個掛了幾絲紅！他更加認定長孫媳婦與花有緣。

老爺子笑得暢快。「等這些果子紅了大半，我就拿去外院，請王老頭等幾個老傢伙來府裡賞花，看羨慕不死他們！」老頭好強，之前打仗他最能耐，現在種花他也要最能耐。

一開始花花還高興地抓著他的褲腳，一聽這話就不樂意了，喵喵大叫起來。

江意惜忙給牠使了個眼色，然後對老爺子笑道：「祖父，珍寶說它不叫紅果，叫番茄。也不是用來欣賞的花，而是美味好吃的蔬菜，有很多吃法……」

聽完，老爺子也不想拿出去顯擺了，哈哈笑道：「那咱們家豈不是為百姓做了件好事？好好養，等成熟了，我拿幾個孝敬皇上！」

看到錦園的繁盛景象，老爺子又讓婆子把「天女散花」等幾盆開得正豔的花抬去福安堂，讓老太太欣賞幾天再抬回來。

江意惜、孟辭墨同老爺子一起侍弄花草，孟二奶奶看到了，又讓小安哥兒送來涼茶孝敬太祖祖。

江意惜忙碌一陣後，去小廚房裡煲湯，又讓吳嬤嬤做幾個滷味。

老爺子侍弄完花草，孟辭墨請他在浮生居裡吃晌飯，話也說得好聽。「惜惜親手為祖父煲了補湯，孫兒再陪祖父喝兩盅。」

老爺子欣然留下，進屋後又悄聲跟江意惜道：「那種好茶我快喝完了，妳還有沒有？再給我一些。我都是省著喝的，老太婆身體不好，主要給她喝。」他說的好茶是指經過愚和大師特殊處理過的茶葉。他還品出來了，那種茶不僅好喝，對人的身體也有益。

江意惜笑道：「愚和大師給了三斤，我知道祖父喜歡，自己都沒捨得喝，大爺饞狠了才給他喝一點。之前給了祖父一斤，現在還剩一斤多，再給祖父一斤，剩下二兩留著給大爺喝。祖父萬莫說出去是我送的，我是真的沒有了。」她不願意給成國公和付氏，只得這樣說。

老爺子狡黠一笑。「祖父知道妳孝順，對外我都說這茶是下屬孝敬的。大兒、二兒問過幾次是誰送的，我都沒說。」

江意惜又親自去福安堂請老太太來浮生居吃晌飯，可老太太以身體乏拒了。

這幾天老太太對孟辭墨和江意惜都淡淡的，話裡話外敲打，要分得清裡外，不能合著外人對付自家人。老太太良善，怕臊著新媳婦，不好意思說更不好聽的話，但既說得委婉，江意惜就當作沒聽出來她說的是誰。

江意惜本意是想請老太太去浮生居吃一頓飯，好好給她調養身體。前世，她再過幾個月就病死了。以後孟辭墨上衙不常在家，江意惜不好單留老爺子一個人在浮生居吃飯，若老太太能來，老倆口便可經常在浮生居吃飯。

見老太太不來，江意惜只得回浮生居盛了一小罐補湯，又親自捧去福安堂孝敬老太太。按理，她還應該再給付氏送一盅過去，甚至給長輩孟二夫人、孟三夫人都送，但她不願意給付氏送，連面子情都不想做，也就不會給另兩位長輩送。

老太太正在吃晌飯，說道：「妳有心了，放下吧。」

江意惜乖巧地放下，笑著自誇道：「祖母嚐嚐，孫媳的手藝很不錯呢！」

老太太沒喝，一迭聲地讓人拿碟子給跟過來的花花盛吃食。

花花留下來陪老太太，江意惜回了浮生居。

老爺子吃完晌飯回福安堂，向老太太問道：「那補湯味道怎麼樣？」

老太太道：「我沒喝，賞下人喝了。」

老爺子心疼地皺起了眉。「要置氣也莫要跟身體過不去，江氏懂醫，對補藥很是有些見地。她在娘家的時候，連宜昌大長公主都經常讓人去她家裡討補湯喝。」

老太太覺得老爺子是因為江辰的緣故，對江氏另眼相看，誇大其詞了，說道：「也就一個長在內宅的小媳婦，哪裡有那麼玄？我最不喜吃裡扒外的人，那江氏由著李珍寶欺負華丫頭，就是她的不是。年紀不大，慣會討巧，天天把男人拘在屋裡，現在又來哄咱們了。大兒這些天一直在自責，說若早知江氏如此不堪，就不該讓辭墨娶她進門。唉，可惜辭墨了，本應給他找個大氣些的媳婦，沒承想這個媳婦這般小心眼。」若江氏的爹不是為了救孫子而亡，她可不會給江氏一點好臉色。

老爺子沒言語，回府後的日子他一直在觀察，只幾天的功夫，「世子爺和大奶奶極其恩愛，還恩愛得毫無顧忌」、「大奶奶合著外人欺負小姑」等幾件事就在府裡悄然傳開了。老太太和大兒子不高興江氏合著外人對付小姑，但作為當家人的大兒子和付氏怎麼就能由著下人如此編排主子？想想大孫子小時候「心思多、器量小、不知感恩、不敬長輩」等缺點，就是這麼傳出來的吧？看似沒有付氏一點事，但她作為當家主母，若有心管管，傳言怎麼可能這麼盛？這樣的人，怎麼會是個慈母？

老爺子看了老太太一眼，如今她話說多了都要喘幾口粗氣。不知什麼時候起，老太太把府裡的事務完全交給了付氏，只聽大兒夫婦的話。自己也有失職，難得在家也只知關心朝堂，對內宅之事沒有多加考慮。

雖然長孫沒跟他明說，但他知道長孫和孫媳婦一定是故意的。那兩個孩子聰明，知道撕開缺口，誘敵出手。只有敵人出手了，才知道如何還擊。不止如此，也還是想讓自己看看付氏真正的德行吧？只是，他們到底年輕了些，太急於求成了……姑且就先看看他們各自的道行吧。

不過，老太太的身體還是要管，不僅得讓她天天喝那種能強身健體的好茶，還得讓江氏經常送補湯過來……不行，若江氏主動送，不好只給福安堂送。那就讓福安堂的人主動去浮生居要吧！無親無故的宜昌大長公主都好意思去要了，自己這個正經長輩更該要！

突然，外面傳來一串零亂的腳步聲。

一個小丫頭走進來稟報道：「內院議事堂裡，大夫人發了脾氣，打了兩人板子，扣了五人月錢，連秦管事都挨了訓。」

老太太極是納悶。「大兒媳婦好性子，難得有發脾氣的時候，她為何打人？」

小丫頭搖頭道：「不知，他們是關著門罰人的。」

老太太給葉嬤嬤使了個眼色，葉嬤嬤快步走了出去。

兩刻多鐘後，葉嬤嬤回來了，面色有些為難地說：「好像是因為大奶奶……」

老爺子皺眉道：「吞吞吐吐，到底什麼事？」

葉嬤嬤只得說道：「這些天，府裡有些對世子爺和大奶奶不好的傳言，大夫人聽說後很生氣，讓人私下調查了。是大廚房馬二家的第一個說出去的，她的一個嫂子在浮生居當差。傳得最起勁的是專管北湖灑掃的賀喜家的……」

聽完經過後，老爺子揮退下人，問老太太。「這事妳怎麼看？」

老太太陰沈著臉，氣道：「這個江氏也真讓人瞧不上！哪能這樣不知羞？還好付氏心正，沒想著整繼子、繼子媳婦，馬上把這事壓下去了。」

老爺子冷哼道：「馬上把事情壓下去了，我們怎會知道得這樣清楚？哼，若江氏不是付氏的繼子媳婦，而是親兒媳，那些傳言剛冒出頭就會被掐斷了，還會傳得這樣不堪？」

老太太問：「老公爺這話是什麼意思？」

老爺子說道：「我的意思是，付氏並不像表面那樣賢慧良善，對繼子跟繼女視如己出……」他又講了孟辭墨跟他說的年少時的事。

他沒跟老太太說付氏有可能在為趙貴妃和四皇子、鎮南侯做事，這只是懷疑，沒有確切證據。而且，也怕老太太忍不住打草驚蛇。他只說了付氏有意養廢和苛待繼子、繼女，還要扮賢婦，讓老太太知道她的真實面目，以後那對小夫妻的日子才會好過些。

哪怕到現在，老爺子還存有一絲僥倖，希望大兒媳婦只是一個自私的婦人，只想讓自己的兒女壓過元配的兒女，因為那些事只屬於家務事，並沒有上升到「奪嫡站隊」上頭去。

聽了老爺子的話，老太太的嘴張得老大。十幾年前，孟辭墨跟她說過這些事，最開始她也有些懷疑，覺得那麼小的孩子怎麼可能撒謊？但大兒子和大孫女信誓旦旦地說著付氏的各種好，她又仔細觀察過付氏，付氏的確不像孫子說的那樣，她才真正相信付氏的為人，覺得是孟辭墨敵視繼母，故意那麼說的。「付氏會是那樣的人嗎？不會吧……」

老爺子嘆道：「老太婆，咱們先說結果。付氏的兩個兒女，辭羽有潘安之貌、子建之才，又溫潤如玉，十六歲即中舉人，他的各種優秀，哪家兒郎比得上？再說華兒，雖然名聲沒有辭羽盛，也是才貌雙全、知書達禮，這兩年來說親的人家絡繹不絕。而曲氏生的一對兒女，月兒被教得軟弱無能、單純不知世事，甚至分不出好歹；辭墨小小年紀就傳出『小心眼、心思多、不敬長輩』的壞名聲，還是後來不要命地跑去邊關才闖出一片天地來的。當然，也不能說曲氏的兒女必須出息，沒出息就是繼母不好。

「再看看他們長大以後，月兒嫁進那樣嚴苛的人家，被婆婆、丈夫整得沒有活路，只得和離回娘家；辭墨剛剛娶了媳婦，這才幾天，媳婦又被傳得如此不堪。若江氏性子軟、臉皮薄，不吊死也會氣死。一、兩件事不好，有可能是巧合。但那兩個孩子長這麼大卻事事不落好，這就不應該是巧合了。何況，辭墨和江氏都是穩重之人，不可能做那不妥當之事，這點我最清楚。」

老太太年近六十，經歷得多也看得多，並不傻。之前那麼相信付氏，不僅是付氏表現得好，更是大兒子和大孫女說著她的各種好，再加上她身體不好不願事事操心，也就相信了。如今被老頭子一提醒，不免多想了一想。

「是啊，月兒和辭墨在這個府裡，除了長相好是曲氏給的，其他樣樣都不行。特別是月兒，都二十幾歲的人了，還單純得像個小孩子。辭墨有出息，也是因為上了戰場……不過，付氏不是他們的親娘，大兒總是他們的親爹，總不會糊塗到跟付氏一起害他們吧？」

老爺子冷哼道：「坊間有句老話，說有了後娘就有後爹。老大不是糊塗，而是豬油蒙了心。我也不是讓妳一定要相信辭墨的一面之詞，只希望妳能把心放正，想想他們以前，再把眼睛睜大，看看他們以後。只是，我怕馨兒再被月兒教得糊塗，以後妳要常把馨兒拘在這裡，多教教她……」老爺子忍了幾忍，才沒把大兒子和付氏在婚前做的那些丟臉事說出來，怕老太婆對付氏沒有了面子情，會讓付氏嗅出不同。

浮生居裡，孟辭墨和江意惜正坐在炕上說笑。

曉竹在正房門外高聲稟報。「世子爺、大奶奶，齊嬤嬤求見。」

江意惜和孟辭墨對視一眼，孟辭墨進了臥房，江意惜提高聲音說道：「請進。」

內院管事齊嬤嬤沈著臉走進來。

對於這些得臉的管事，年輕主子也要敬著。

江意惜起身笑道：「齊嬤嬤請坐。有什麼事？」

齊嬤嬤坐下，待臨香上了茶，才說道：「大奶奶，是老奴失職，把郭三富家的安排在浮生居做事。老奴已經被大夫人訓斥過，還扣了三個月的月錢。」

江意惜吃驚道：「郭嬤嬤犯了什麼事？」

一旁的臨香說道：「稟大奶奶，一個時辰前，郭嬤嬤被人叫去了議事堂。」

齊嬤嬤的臉色更沈，冷聲說道：「不知大奶奶有沒有聽說，這些天有些對世子爺和大奶奶不好的傳言？」

江意惜一臉茫然。「世子爺和我的傳言？什麼傳言？」她的目光轉向臨香。

臨香嚇得一下子跪了下去，說道：「稟大奶奶，世子爺怕大奶奶生氣，不讓奴婢說。世子爺還說他會去跟長輩說清楚，給大奶奶正名。」

江意惜怒道：「到底什麼傳言？說！」

臨香抹了抹前額的汗，說道：「外面傳言說、說……說世子爺天天被大奶奶留在內院，兩個年輕小夫妻……」她不敢再往下說，頭垂得更低。

江意惜脹紅了臉，捏帕子的手都有些顫抖，悲憤地說道：「我清清白白一個人，剛嫁進婆家就被人這麼編排！世子爺這些天沒去外院，是因為他時常說眼睛有灼熱感，甚至還有片刻性的看不見，我之前跟人學過如何治眼疾，也看過不少醫書，知道這是他的眼疾還沒有好徹底，如今又有了反覆。我每天按時為世子爺按摩、冷敷，讓他多閉眼、少見光，想在他去軍營前把眼睛調養好，沒承想，竟被人傳得那麼不堪！」說完，氣得流下淚來。

齊嬤嬤狐疑地看了江意惜一眼。之前齊嬤嬤一直覺得是江氏少了娘教，剛剛嫁為人婦，就只知討好男人，連臉皮都不要。可她此時卻說是在為世子爺治眼疾……齊嬤嬤不敢再端架子，忙說道：「大奶奶也莫生氣，成國公府家大業大，奴才就有好幾百人，人一上百，形形色色，少不了嘴賤、手賤的刁奴。那些傳言大夫人聽了也非常生氣，下晌審問了幾個人，才知道是郭三富家的跟夫家妹子馬二家的說了大奶奶的不好，馬二家的無意間傳給了賀喜家的，那賀喜家的最愛說嘴……」

江意惜哪怕剛進門十天，也看得出那郭婆子老實本分，不說沒靠近過上房，連前院都很少來。那些話不應該是她傳出去的，少不了曉竹，也不排除是另幾個婆子和小丫頭。

江意惜提高聲音說道：「是郭婆子說的瞎話？臨香去把郭婆子帶來這裡！我倒要跟她當面鑼對面鼓地說清楚，她什麼時候、在什麼地方聽到我和世子爺做了那些事？」

臨香站起身要出去，齊嬤嬤忙攔道：「大奶奶莫慌，老奴的話還沒說完，那幾個奴才都處置了。郭三富家的嘴硬，挨了二十板子還不承認她說過那些話，但馬二家的和賀喜家的都說是她說的。郭三富家的已經被趕出府，永不再用。賀喜家的傳話傳得最厲害，挨了十板子，罰去倒夜香。大姑奶奶都自責地流淚了，承認管家不力，自罰三個月的月錢。」

郭嬤嬤沒按她們的劇本演下去，沒有被屈打成招，付氏為了保護真正的細作，強把屎盆子扣到郭嬤嬤頭上，這就更好了。讓江意惜氣憤的是，孟月居然把屎盆子往自己頭上扣！

江意惜悲憤地說道：「我冤枉！我要去跟老太太說清楚！」

這時，孟辭墨從臥房裡走出來，手裡還拿著一條濕帕子。

他怒目圓睜，薄唇抿得緊緊的，拉住江意惜說道：「惜惜，委屈妳了。妳我知事明禮，怎麼可能大白天的做那種事？這才幾天，我孟辭墨的媳婦就被整得如此不堪！這事因我而起，無須妳出面，我去跟祖父、祖母說清楚！」孟辭墨大步向外面走去。

齊嬤嬤聽孟辭墨這樣說，嚇得魂飛魄散。她知道，若不處理好，大夫人都要吃掛落。她趕緊跟著孟辭墨走出去，想在老公爺、老太太那裡幫大夫人辯解。

江意惜對臨香說道：「妳快去外院找孟連山，讓他想辦法護住郭嬤嬤！」事情弄大了，付氏肯定會讓某個人閉嘴，再把一切責任推到那人身上。

交代完後，江意惜進臥房躺上床，她「氣病」了。

吳嬤嬤把幾個丫頭都打發下去，才紅著眼圈勸道：「大奶奶，我的二姑娘，妳就聽聽勸吧——」

前幾天，吳嬤嬤還高興大奶奶和世子爺恩愛，後來見他們越鬧越過，大白天怎麼好那樣親熱，還搞出那麼大的動靜？於是她私下勸了江意惜多次。可江意惜當面答應，該如何還如何，而世子爺則不高興她手伸得長。她無法，只得同水香、臨梅幾人守在屋外，不許不相干的人靠近，可風言風語還是傳了出去且傳得極為不堪。她非常納悶，姑娘一直是聰明穩當的，之前世子爺也是穩重有餘，不知他們這是怎麼了？

江意惜知道她要說什麼，截斷她的話說道：「嬤嬤，我和大爺這麼做，自有我們的道理，放心，以後再也不會了。妳看出來沒有，浮生居裡只要有一點動靜，就鬧得人盡皆知，還傳得不堪入耳。聰明人自會多想想，大爺的壞名聲是怎麼出來的？還有，我們做了什麼？我只是給大爺治眼睛而已，沒做任何不妥之事，大爺會跟長輩說清楚的。」

吳嬤嬤有些明白了，忙道：「喔，是、是，大奶奶會治眼疾，每天都在給大爺治眼睛。老奴覺得，不止郭婆子出去造謠了，曉竹那個小賤蹄子也跑不了。」

江意惜冷了臉。「郭嬤嬤被推出去，反倒說明她沒有陷害我。而且，她被打得那樣狠也沒說過我一句不好的話，是值得信任之人。至於曉竹，再留一留，還有用。」

吳嬤嬤說道：「我就說嘛，郭大嫂老實得緊，怎麼可能編排那種話！」

江意惜已經看到趴在桌上的花花急得要命，似有話要說，便道：「我想靜一靜，嬤嬤別讓人來煩我。」

吳嬤嬤遂把紗帳放下，走出去後再把門關上。

花花早就回來了，終於等到沒有外人，立即迫不及待地跳上床，跟江意惜重複老公爺和老太太的談話。

江意惜笑起來，果然如他們所想。老爺子根本不相信他們會大白天的做那種事，還傻得讓人聽到。老太太也對付氏有了芥蒂，以後願意用公正的目光去看他們了。

重生一次，江意惜早已把臉皮什麼的放一邊去了。再丟臉，也不會像前世被誣陷跟大伯子通姦丟臉。只要把付氏掀下去，一切都值了。她親了親花花的小嘴。

花花高興得又伸出舌頭舔了一圈。「奇怪，不香啊！孟老大怎就那麼喜歡？」

江意惜彈了牠腦瓜一個響指。

小半個時辰後，福安堂的大丫頭紅葉來了。

吳嬤嬤把她領去臥房，悄聲說道：「大奶奶難過極了，哭了許久。」

紅葉見紗帳垂下，沒好走近，站在門口說道：「老太太讓奴婢來跟大奶奶說，她知道大奶奶受了委屈，會嚴懲傳瞎話的奴才。還讓大奶奶放寬心，世子爺和大奶奶的為人她清楚，會為世子爺和大奶奶正名。」

江意惜哽咽道：「謝謝祖母，謝謝她老人家信任我們。」

吳嬤嬤和水香也激動地流了淚。

水香趕緊拿出一個荷包送給紅葉。

晚飯後，孟辭墨剛走出福安堂垂花門，前面的成國公就回頭說道：「辭墨，我有事找你，去外書房。」

這幾天，成國公不是沒回來吃晚飯，就是被老夫婦叫去商量事情，只有今天晚上得了空，便想跟大兒子談談話。

孟辭墨向他躬了躬身，徑直向外院走去。

看到長子的背影，成國公氣得捏了捏拳頭。那個逆子，都是被長輩慣壞了！若沒有長輩在中間攔著，非打得他半個月下不了地，看他還敢不敢如此不敬自己這個父親！

付氏趕緊上前兩步勸道：「老爺莫生氣，有話好好說，不要罵孩子。」

孟辭羽走過來笑道：「爹，聽說今天王大人和孫大人在金鑾殿上吵起來了……」父子兩人邊說邊向前院走去。

成國公不得不暗嘆，別說自己，換成任何人都會把付氏母子放在心上，不止是付氏賢慧，次子多才，還因為他們貼心。

孟月的眼睛是紅的，一看就哭過。她對付氏說道：「娘，我想去浮生居看看弟妹。」她既覺得自己沒有本事，幫助母親管家卻出了這麼大的紕漏，母親還被祖母訓斥了；又覺得對不起胞弟，他才成親就被奴才編排得這樣不堪。

付氏問道：「妳是想去勸江氏？」

孟月點點頭。「嗯。」

付氏又囑咐道：「好好說，也幫娘解釋解釋，娘是為她著想，想把事態盡快壓下去。若江氏聽勸最好，不聽妳也盡到心了。」

孟月吸了吸鼻子，點頭道：「嗯，我知道。」她讓丫頭把黃馨牽回院子。

黃馨不想回。「娘，我想去看花花和啾啾。」

孟月搖頭道：「不行，娘和妳大舅母有事要說，妳乖乖回去。」

江意惜倚在床頭裝病。她大概猜到孟月要說什麼，根本不想聽。她已經看出來了，想把孟月掰正基本上不可能，除非付氏的惡完全昭白於天下。但人都來了，她也不能不見。

孟月來到床邊。

水香搬來一把椅子。「大姑奶奶請坐。」

孟月坐下道：「妳們都下去吧，我和弟妹有話要說。」

幾個丫頭都退了下去，還把門關好。

江意惜裝傻，問道：「大姊有什麼事？」

孟月憋紅了臉，還是開口說道：「弟妹，妳不要生我的氣，辭墨是我胞弟，我是真心希望你們好。」

江意惜笑道：「我也經常聽大爺說，大姊是他唯一的胞姊，他一直掛心於妳。都是一家人，大姊有事不妨直說。」

孟月嘆了一口氣，說道：「爹和母親很好，我們不應該讓他們操心，還被長輩訓斥。」

儘管江意惜有心理準備了，這話還是氣得她差點吐血。江意惜沈了臉，不解道：「我們讓老爺和太太操心了？長輩訓斥他們還是我們造成的？」

孟月道：「辭墨下晌去福安堂告狀，說他是為了治眼睛才整日留在浮生居，根本沒做那些事。還怪母親只抓傳謠言的人，而不調查那些謠言是否真實，目的就是想坐實謠傳，逼死繼子媳婦。弟妹，這事怪不得母親，母親把許多事都教給了我，是我沒本事，沒做好，讓惡奴鑽了空子。我保證，明天會繼續調查，給弟妹洗刷冤屈。」

江意惜看了孟月一眼，等到明天，郭嬤嬤和馬婆子二人中肯定要死一個！郭嬤嬤是最直接的見證人和源頭，付氏當然希望她死，她死了，孟辭墨和江意惜就百口莫辯。而馬婆子死，就只能說她傳播謠言，「畏罪自殺」。

江意惜說道：「大爺說的沒錯，我們真是冤枉死了。若那個名聲坐實，我哪裡有臉存活於世？大姊好好想想，這世上，跟大姊最親的人就是大爺了，他滿心滿眼都是為了大姊好。」

孟月說道：「我知道，我們是沒隔肚皮的親姊弟，我也是滿心滿眼希望辭墨好。但是，這世上不僅要看血脈，還要看人心。母親真的很好，為了我們姊弟晚生孩子好幾年，也因為我們受了許多委屈——」

江意惜不想再聽，再聽下去她真的會氣病！她生硬地把話題扯去一邊。「大姊，妳領口上的花很好看，配色也好。」

孟月憋紅了臉，還想繼續說。

江意惜又對水香道：「把我給馨兒做的玩偶包拿來。」

水香從櫃子裡拿出一個小兔子玩偶，白色的，有長長的耳朵，兩隻眼睛是用紅瑪瑙縫上去，拿在手裡才看出是一個小包，有一條帶子，裡面可以裝帕子、糖果等小東西，十分新穎好看。

江意惜又告訴孟月，小包如何斜挎著才方便好看。

孟月被小包吸引過去。「這是珍寶郡主設計的？」她也聽說過李珍寶設計的東西與眾不同。

江意惜點頭道：「是。」

兩人又說了一陣子的衣裳、首飾。

孟月已經看出江意惜不想聽她說付氏的好，只得起身告辭。

孟月走後，臨香過來小聲稟報道：「連山大哥讓人進來說，他已經悄悄把郭嬤嬤移轉去了城外莊子。她男人死得早，只有一個兒子在護衛隊當差。連山大哥還囑咐她兒子，對外說郭嬤嬤傷勢嚴重，他沒有時間照顧，所以送去鄉下親戚家養傷。」

江意惜點頭。郭嬤嬤死不了，馬婆子肯定是活不成了，所有的錯都會推到她身上。

正院上房西側屋，付氏閉著眼睛斜倚在羅漢床上。一個丫頭輕輕給她捶腿，另一個丫頭拿著蜀繡團扇給她搧著風。

因為生氣，付氏的嘴抿成了一條線。只有這時，才能看出她是威嚴厲害的當家主婦。

大夫人很少這樣，丫頭們嚇得不敢弄出一點動靜。

付氏沒想到事情會走到這一步！她不想放過那麼好的機會出了手，又不想暴露曉竹，就利用快嘴的馬婆子和木訥的郭婆子。哪知道郭婆子是個死腦筋，威逼、利誘都不願意順著她們的意思說。之前想著，郭婆子即使不鬆口也無妨，只要馬婆子和賀婆子咬死，她就沒轍。沒想到孟辭墨兩口子直接不認，還說什麼治眼疾，偏偏老倆口貌似還相信他們。

曉竹不會撒謊，他們肯定大白天做了那些事。早知道這樣，寧可暴露曉竹，也要讓她出來作證，事情就不會弄到這一步了！

付氏氣得揉了揉胸口。自己還是輕敵了，那個小崽子已經成長起來！

這時，外面傳來丫頭的聲音——

「大夫人，宋嫂子求見。」

付氏睜開眼睛。「讓她進來，妳們都下去吧。」

宋嫂子是付氏陪房宋管事的兒媳婦，宋管事現在任國公府的二總管。

她匆匆走到付氏跟前，小聲道：「大夫人，我公爹讓奴婢進來稟報，郭三富家的傷勢嚴重，被她兒子送去了鄉下親戚家養傷。」

付氏一下子坐直身子。「郭婆子出城了？」

宋嫂子點頭道：「是，我們動手晚了。」

晚上酉時末，大夫人才讓人通知宋二總管做掉郭三富家的。宋二總管的人去了郭家，鄰居說郭家小子申時末就帶著老母出城去親戚家了。

付氏想了想，又悄聲交代道：「趕緊讓妳公爹想法子把馬二家的處理了，今天夜裡就要處理乾淨。」

宋嫂子聽了，躬身退下。

付氏等到子時初，也沒等到成國公回正院，便獨自上床歇息了。

清輝透過窗紗灑進屋裡，屋裡什物隱約可見。望著床頂雕花，付氏長長地呼出一口氣。真清靜啊！

自從自己嫁給孟道明後，只要他在府裡，再忙都會趕在亥時末之前回正院歇息。成國公府雖然也是戌時關二門，卻有一條不成文的規定——只要國公爺在前院，二門會按時上鎖，守門婆子卻不會離開，要等到亥時，國公爺回了內院後再去歇息。

國公爺這麼晚了都沒回來，定是跟孟辭墨談得太久，或是被氣狠了，歇在了外院。

偶爾這麼清靜，挺好的。

她眼前又浮現出另一個男人的面容，清秀俊雅，年輕的臉上滿是笑容，笑容乾淨得如雨後晴空……自己有多少年沒想起「他」了？如今，「他」的臉上也爬滿了皺紋吧？或許比孟道明還顯老。

若是自己年少時沒有對「他」心生愛慕，沒有被人抓住把柄，只要弄死或是弄殘孟辭墨，讓辭羽順利承爵，自己就能高枕無憂了。可如今自己受制於人，不知什麼時候是個頭……相較於孟辭墨，她更希望「他」或者那幾人都去死！付氏眼裡剛閃過一絲凌厲，院子裡就傳來熟悉的腳步聲，國公爺還是回來了。

付氏坐了起來，眼裡立即盛滿了溫柔。這個世上，對她最好的人就是這個男人了。

側屋值夜的丫頭跑進來說道：「夫人，國公爺回來了。」

付氏說道：「嗯，妳快去開門。」

耳房裡值夜的丫頭也起來了，跑出門，齊聲道：「國公爺。」

穿著中衣的付氏已經迎到廳屋，笑道：「國公爺回來了。吃宵夜嗎？我讓丫頭給你做。」

成國公說道：「不吃，氣都氣飽了！那個逆子，我是白養了！」

付氏忙道：「帶著氣睡覺傷身體，我先給老爺按按，再吃點東西，心情愉悅後再歇息吧……」

浮生居裡，江意惜躺在床上睡不著。

她聽花花說了，付氏讓人去殺郭嬤嬤去晚了，又讓人去殺馬婆子。死了人，再把所有事都推到死人身上，只要是聰明人都會多想想其中的蹊蹺。第一次大仗，他們以全勝告終。

想到被成國公叫去前院的孟辭墨，她又有些擔心。除了成國公，孟辭墨對待任何人都能保持理智和克制，包括他最恨的付氏。然而面對那個間接害死母親的父親，孟辭墨像是一個孩子，就是要讓對方看出自己的不高興。

突然，院門響了起來，接著是曉竹的聲音——

「世子爺回來了。」

江意惜起身迎出側屋，值夜的水香已經打開門、點上燈，孟辭墨走了進來。

孟辭墨的臉上有幾塊青痕，頭髮零亂，走路也有一些跛。

江意惜心疼得眼淚都湧了上來，氣道：「國公爺打你了？打得這樣狠！」

孟辭墨冷哼道：「哼，有種他就打死我，打不死我，就別想讓我按他的說法做！」

成國公教訓了他一個時辰，讓他要孝敬長輩、關愛弟妹、不許白日宣淫、要對得起皇上厚愛、早些回營等等。孟辭墨都當成國公說的話是鳥語，一句話也不說，腦袋撇去一邊，看都不看對方一眼。

成國公把嘴說乾了也得不到兒子的一句回覆，氣壞了，劈頭蓋臉地甩了孟辭墨幾巴掌，邊打還邊罵：「我怎麼生了你這麼個沒出息的東西！像是這輩子沒見過女人似的，大白天的做那事，還要傳出去被奴才說嘴！」聽他把江意惜罵進去，孟辭墨大怒，瞪圓眼睛說：「我們沒有什麼不好意思的！我再如何，不會在媳婦懷孕之際，跑去外面勾引未婚姑娘；惜惜再如何，也不會未婚去勾引別人的漢子！哼，一個離不開男人，一個離不開女人，還好意思說別人。」他忍了忍，才沒把更難聽的話說出來。

成國公聽出他在罵自己和付氏，更生氣，抓起錦凳砸在孟辭墨腿上。

孟辭墨不願意繼續待在那裡，起身一瘸一拐地回了自己的外書房。

他沒有馬上回內院，而是讓孟連山和孟青山去內院牆邊蹲著。他知道，成國公因為自己的話不好意思馬上回內院，可按成國公這麼多年來的習慣，他是真的離不開付氏，肯定會等自己睡著後去爬牆頭。果然，孟連山子時來稟報，國公爺真的悄悄翻牆進了內院。

孟辭墨暗哼，自己又抓了一條成國公的罪狀。他以後再敢說自己如何，自己就把他爬牆的事兒出來！那麼大歲數的國公爺都能爬牆頭，自己當然也能爬了，因此也爬牆進了內院。

江意惜給孟辭墨看了傷，見只是一些皮外傷，這才放下心。

次日上午，付氏和孟月在議事堂審訊下人造謠的事，讓人去傳郭婆子和馬婆子，結果回報說郭婆子去親戚家養傷了，而馬婆子居然上吊死了。

浮生居的下人也被叫去問話。吳嬤嬤等幾個近身服侍主子的人都說大奶奶在為大爺治療眼睛，他們白天沒做任何失當的事；而包括曉竹在內的幾個小丫頭和粗使婆子，都說自己沒有進過正房，什麼都不知道。

郭婆子昨天也說自己什麼都不知道，從來沒說過主子有何不妥，馬婆子又上吊死了，因此最後得出的結論是——馬婆子造謠主子，畏罪自殺。

付氏沒讓曉竹出來指認，是想著事情已經到了這個地步，哪怕曉竹出來指證孟辭墨和江意惜的確白日宣淫，別人也不會相信的。還不如讓她繼續待在浮生居，做更重要的事。

結論一出，老太太就讓人送了兩疋妝花緞來浮生居安慰江意惜，付氏和孟二夫人也遣人送了江意惜一對玉鐲和一支蓮花玉簪。

到了下晌，孟二奶奶母子和孟嵐、孟霜來浮生居看望江意惜。

七月十一寅時末，天還未大亮，空中飄著濛濛細雨。

江意惜把孟辭墨送至院門，望著高大的背影沒了蹤影，才不捨地轉身回屋。

回到臥房，看到花花正蹲在腳踏板上，張著大嘴樂。

江意惜把牠抱起來，用帕子把牠的腳擦乾淨。

牠高興地跳上床，喵喵叫道：「孟老大終於走了，我終於能跟主人一起睡了！不要打擾我，我要在婚床上多睡睡！」

花花睡在床內側，江意惜倚在床頭想心事。

孟辭墨公務繁忙，又要處理平王及私兵中的一些私事，這一旬都不會回家。想到他在雨中奔波，再想到那麼長時間見不到他，江意惜的心都在痛。

她猶豫再三，還是決定聽從孟辭墨的建議，直接去福安堂給老夫婦請安，而不去正院給付氏請安。她這樣做肯定會被長輩詬病，也會更招致付氏和成國公的恨。付氏和成國公的恨她無所謂，反正即使她去請安，付氏照樣恨她，照樣會找機會收拾她。至於長輩的不滿，她只有在別的地方圖表現了。想到此，她起身去了後院廚房。

辰時初，水靈和臨梅去大廚房把早飯拿回來。

江意惜吃過早飯，坐轎去了福安堂，她是第一個到的。

老太太見她一個人來，問道：「沒去給老大媳婦請安？」

江意惜笑道：「孫媳煲了對喘病有緩解作用的藥膳，怕放涼了，趕緊送來給祖母喝。」這種湯對任何人都有好處，也包括患喘病的病人。

拎著食盒的水香走上前，拿出兩碗湯放在几上。

老太太對補湯不感興趣，但聽說對喘病有緩解作用，也不排斥了，拿起勺子喝了一口。「嗯，味道真鮮。」

老爺子笑道：「我早說辭墨媳婦有一手好廚藝，這回信了吧？藥膳也能煲得這樣鮮的，只有她了。」說完，拿起勺子開始喝湯。

老太太狐疑道：「這湯治喘病，老公爺能喝嗎？」

老爺子說道：「聽大夫說，我已經有了喘病的先兆，多喝這種湯對身體有益。」又對江意惜說道：「以後每天早上都送這種湯過來，老太婆多喝有益。」之前他還怕江氏只給他們老倆口送湯不好，現在江氏說這種湯是治喘病的藥膳，就能讓她天天送了。

他們剛喝完湯，孟三夫人和孟霜就來了，接著是孟二夫人和孟嵐、孟月母女、孟二奶奶母子過來，付氏、孟辭羽、孟華最後到。

付氏給老夫婦見了禮，坐下後對江意惜說道：「我以為辭墨媳婦會去我那裡，還特地等了一陣子。」她似笑非笑，強壓著不滿。

江意惜起身向她屈了屈膝說道：「不好意思，讓太太久等了。我早上煲了治喘病的藥膳，怕放涼了，所以趕緊拿來孝敬祖母。」

付氏氣得暗哼：妳可以讓下人把湯先送來福安堂呀！或者等請完安後再煲湯也不遲呀！但她不敢這麼說，只得笑道：「喔，是這樣啊！辭墨媳婦做得對，孝敬老太太是該擺在第一位。」

孟華覺得江意惜這樣做就是為了不去給母親請安，是沒把母親放在眼裡。但江意惜這樣說了，她也不好多說。

若是之前，老太太會說讓下人把湯送過來，江氏還是應該先去給婆婆請安，這是孝道。但自從聽了老爺子的話，又聽說馬婆子居然上了吊，她對付氏便有了更多的懷疑。若付氏真的這麼整繼子、繼女，還要扮賢慧，辭墨夫婦憑什麼要孝敬她？

付氏見老太太沒有說江氏做得不對，心裡沈了沈。那件事自己的確輕敵了，也急切了，讓老倆口不喜，又讓他們更加憐惜江氏，以後行事要慎重更慎重才行了。

孟照安看了屋裡一圈，問道：「大伯娘，怎麼沒看到花花呢？」

江意惜笑道：「花花還在睡覺呢！」

安哥兒嘟嘴說道：「安哥兒不懶，花花懶！」

說得眾人大樂。

第二十四章

江意惜過起了平靜的小日子。每天早晨給老倆口送藥膳，老爺子幾乎每天都會來錦園侍弄花草，還會把黃馨帶來。付氏忍功了得，明面沒有再找事，對江意惜的態度非常溫和。

唯一讓江意惜和吳嬤嬤遺憾的是，十六晚上江意惜來了月信，沒有如願懷孕。

這幾天，花花進入了警戒狀態，一步不離浮生居，天天守著番茄，連睡覺時耳朵都是立著的。

四盆番茄，其中江意惜種的兩盆已經有五個果快完全紅了，六個紅了一半。老爺子後頭拿來的兩盆，有幾個已經掛紅了。聽吳有貴說，扈莊裡的番茄，也有幾個開始掛紅了。

見花花的饞樣，江意惜想摘一個給牠吃，但花花不願意，說熟透了的番茄才好吃。

到了十七這天，天還未大亮，花花突然大叫起來。「番茄熟了、番茄熟了……」

浮生居的人都被牠吵醒了。

江意惜穿上衣裳走出去，看到花花蹲在番茄前面，口水都流了出來。

微弱的晨曦中，看到三個番茄通紅通紅，不帶一絲綠，另兩個番茄還帶了一點點的綠。

江意惜伸手摘下一個，用帕子擦擦後交給花花。

花花雙爪接過來，先一口咬下，紅汁濺了半張臉，接著兩口、三口，幾口就把番茄都吃了。之後，又仰著花臉看江意惜，牠還想吃。

江意惜把另兩個完全熟透的番茄摘下來，搖頭道：「你最先吃的，還自己吃了一整個，沒有你的了。這兩個一個讓人送給李珍寶，一個拿去孝敬老公爺和老太太。」她怕花花偷吃，把番茄鎖在櫃子裡，又帶著吳嬤嬤去小廚房做素點煲湯。

早飯後，她讓吳有貴把一個番茄和一盒素點給李珍寶送去。然後讓人拿著藥膳和一盒素點，自己捧著番茄去了福安堂。

她今天來得更早，老夫婦才吃完早飯。

他們看到紅通通的果子，也是稀罕不已，每人拿在手裡看了一下。

接著江意惜才讓人拿刀過來，她切成片，又讓人放了點蔗糖在上面。

老爺子先嚐了一片，笑道：「好吃，雖然不算特別甜，卻另有一番滋味。」

老太太也嚐了一片，笑說：「酸酸甜甜，好吃。」

江意惜道：「聽珍寶說，用它做菜更好吃。還有三個快熟了，明後天就能吃。」

老倆口聽說番茄只熟了三個，一個花花吃了，一個送給李珍寶，一個拿來這裡，趕緊放下筷子，碟子裡還剩兩片。

老太太把碟子推了推，笑道：「辭墨媳婦嚐一口，妳辛苦了那麼久，還沒吃呢！」

江意惜笑道：「我下次再吃。」

話音剛落，花花就衝到老太太的腿邊，立起身子給她作揖，牠還想吃！

江意惜嗔道：「你一隻貓吃了一整個，還爭嘴？再要，明天就沒有你的了！」

老太太笑著把花花抱進懷裡。「你吃了那麼多就不許爭了，還剩兩片，留給安哥兒和馨兒吃吧。」

次日，另兩個番茄熟透，晚上江意惜照李珍寶的說法做了番茄炒蛋，主子們各吃一口嚐了個鮮。味道奇特鮮美，主子們都開始盼望番茄多多成熟了。

十九晚上沒等到孟辭墨回府，江意惜很有些失望。

二十早上，六個番茄全部熟透。

花花滿地打滾，眼淚都出來了，江意惜只得又單給了牠一個。

另給宜昌大長公主府和鄭少保府各送了一個，並承諾等番茄成熟多了再多送。這是鄭吉讓鄭玉送來的種子，總要給他們的家人嚐嚐。一同給宜昌大長公主送去的還有江意惜煲的補湯。

還剩下三個番茄，她拿去福安堂切成片，把籽刮出來後才讓人吃。所有來請安的主子都嚐了一片，老人跟孩子各多吃了一片。

七月底，所有的番茄都開始成熟。除了陸續給報國寺的愚和大師、宜昌大長公主府和鄭府各送了三斤，又給老國公的幾家老朋友和江家各送了兩斤。其餘的江意惜只留了一小部分給花花吃，大部分拿去福安堂的小廚房。廚娘做菜時，都要把籽刮出來交給江意惜留種。

江意惜讓吳有貴告訴吳大伯，給李珍寶送一些去，每次三個，隔三天送一次。再送五斤去五團營給孟辭墨，一道送去的是做番茄的方子，看是要送給平王和曲德嬪，或者送給上峰，他自己看著辦。

七月二十九戌時初，孟辭墨終於回府了。

他先去福安堂給老夫婦請了安，又跟老國公秘談了一刻鐘，才回浮生居。

江意惜已經讓人把酒菜準備好，還專門給他做了番茄炒蛋和松鼠魚。

孟辭墨汗流浹背，直接去淨房沐浴。

江意惜找出一套中衣、中褲搭在淨房靠外的衣架上，又親自去給他洗了長髮。

未成親時，孟辭墨的頭髮都是由孟連山等幾個親兵給他洗。住進浮生居後，他不喜歡丫頭洗頭，都是江意惜給他洗。

江意惜邊洗邊幫他按摩頭部，聽孟辭墨閉著眼睛說話。

「我昨天去了趟皇陵見平王和姨母，今天凌晨才回營。之前去見平王，姨母都因為身體不好沒見到，這次見到了，她還請我吃了晚飯。姨母很年輕、很美，都說我娘長得跟她非常像，看到她，我就像看到了我娘。喔，她很喜歡妳送她的鞋子，還給妳帶了禮物。」

江意惜靈光一閃，所有見過曲氏的人都說孟辭墨和孟月很像曲氏，也就是說，孟辭墨和孟月長得非常像曲德嬪嘍？若是讓皇上看到孟月，會不會想到曲德嬪，再把他們母子召回宮？

其實，皇上極為寵愛美麗的曲德嬪，即使相信曲德嬪勾引太子，也不忍心處死她，只把他們母子趕去皇陵。

她說道：「這麼說，大姊長得也非常像曲德嬪了。若是想辦法讓皇上看到大姊，會不會想起遠在皇陵受苦的曲德嬪？」

孟辭墨搖搖頭說道：「之前我也這麼想過，但大姊是和離之人……」若是皇上看上她，就更麻煩了。這話他沒好明說。

江意惜明白了他的意思。這麼說來，更不能讓皇上看到孟月了。她長長地嘆了一口氣。

孟辭墨笑起來，睜開眼睛溫柔地看著她，再把她的頭壓下，親吻片刻後才鬆手，笑道：「無妨。只要我們都好好活著，便能從長計議。平王雖遠離權力中心，卻胸懷錦繡，想辦法培養了不少暗勢力。過些日子，曲家表哥會來見他和我。」

洗完頭，江意惜先出了淨房。

孟辭墨沐浴完穿上中衣褲才出去，從帶回來的包裹中拿出一個錦盒交給江意惜，是一對水頭極好的冰種翡翠鐲子。

江意惜笑道：「很漂亮，我很喜歡。」

兩人坐上炕，江意惜給他斟了一杯酒，陪著他一起吃飯。

孟辭墨很喜歡那道松鼠魚，說道：「那幾斤番茄我送了兩斤給姜總兵，送了三斤給姨母。姨母非常喜歡吃番茄炒蛋，說好看、清爽、解膩。平王和我都不捨得多吃，以後再給她送幾斤過去。」

江意惜沒能懷孕，孟辭墨也很遺憾，夜裡又賣力耕耘了兩回。

次日早上，孟辭墨和江意惜剛剛開始吃早飯，就有前院婆子來報，二舅爺的長隨江大在外院，說二舅爺出事了。

江意惜驚了一跳。「洵兒出事了？快讓江大進來回話！」

吳有貴陪著江大匆匆來了浮生居。

江大鼻青臉腫，頭上還纏了細布，一進來就跪下說道：「稟二奶奶，奴才失職，讓二舅爺受傷了。」

江意惜急得要命。「怎麼回事？我弟弟傷得重嗎？」

江大說道：「昨天晚上，二爺跟同窗在食上喝完酒回家，在路上遇到一群人在打架……」

打架的兩夥人，十幾人是外地人，另三人是京城人。

江洵帶著江大和旺福去拉架，誰知外地人蠻橫不講理，連著江洵幾人一起打。江洵和江大的武功厲害，另三人也不弱，最後以少勝多，把那十幾人打得夠嗆，雙方都有受傷。

等到衙役到來，才知道那夥外地人是宜山大長公主的孫子袁憲及護衛，而另一夥人是宜昌大長公主府的孫子鄭璟及小廝，第三夥人是武襄伯府的江洵及奴才。

忽略第三夥人，其他兩夥人衙役都惹不起，又見他們傷勢嚴重，年紀尚小，只得帶回京兆府包紮，再稟報京兆府尹。

宜山大長公主死得早，袁憲五歲起就一直跟著在江南為官的父親住在杭城。這次回京參加太后娘娘的六十五歲華誕，喝多了酒，才跟鄭璟幾人打起來。

到了京兆府，鄭璟和袁憲才知道兩人是親戚。但兩人都傷得不輕，誰也不服誰。

等到鄭玉來接鄭璟，袁憲的二叔來接袁憲，雙方才私下和解。

袁憲挨江洵的打最多，右胳膊被打折了，兩個護他的下人被打得內傷。見江洵只不過是武襄伯的姪子，氣不過想讓京兆府尹馬大人處罰江洵。

鄭璟和鄭玉都不同意，鄭璟是感激江洵，鄭玉還因為孟辭墨和江意惜。

馬大人因為之前那把大火認識了江洵，對江洵的印象非常好。而且江洵明明是勸架的，怎麼可能處置他？便說打架的都和解了，要以什麼名義處置勸架的？既是誤會，解開就好。

於是，三夥人各回各家。

因為江洵找準目標暴打袁憲，所以幾個最厲害的下人主要按著他打，即使有江大護著也被打得厲害，多處掛彩，左腳還被石頭砸傷，大夫說要歇息半個月。

江大覺得自己沒有保護好主子，今天一大早就來向江意惜稟報。

勸架的比打架的傷得還厲害，江意惜氣得肝痛，又急忙問道：「洵兒的腳會不會瘸？」

江大說道：「大夫說只是外傷，不會瘸。」

江意惜還是不放心，想著不好拿光珠直接給江洵照射腿，就必須拿點眼淚水給他做吃食。今天孟辭墨在，明天再做。

孟辭墨讓人去福安堂給老公爺和老太太說明情況，他們二人急急去了江府。

兩人巳時初便到了江府。門房說，宜昌大長公主府也來人了，是鄭夫人和鄭璟。

鄭夫人性子冷清，唯一的希望和安慰就是兒子。兒子出了這麼大的事，她十分感激江洵，帶著厚禮同兒子一道來江府道謝。

孟辭墨和江意惜直接去了江洵的院子。

江洵躺在床上，一隻腳被布包著，床邊坐著江晉、江文、江斐及一個少年，少年正是鄭璟。鄭璟的臉上、脖子上有多處瘀青，一隻手被布包著。

江洵一隻眼睛腫成一條縫，鼻子腫大，笑道：「姊夫、姊姊。」

江晉起身給孟辭墨抱拳。「妹夫、二妹。」

江文和江斐作揖。「姊夫、二姊。」

鄭璟也起身躬了躬身，喊道：「孟大哥、孟大嫂。」

江意惜來到床邊，拉著江洵的手，心疼地說道：「讓我看看。」

江洵紅了臉。「姊，我沒事。」

江意惜埋怨道：「被打得這樣厲害，還說沒事！」

鄭璟忙承認錯誤。「江兄弟因我受傷，是我的不是。」他嘴裡有傷，說話有些含混不清。剛才兩人報了歲數，他們同歲，都是十四，鄭璟只比江洵大兩個月，所以叫江洵「江兄弟」。

孟辭墨對外傷多有經驗，他檢查了一遍江洵的傷勢後，也說道：「無甚大事，都是皮外傷。」

幾人說了一會兒話，江意惜正準備去如意堂看望鄭夫人時，鄭夫人的一個丫頭過來叫鄭璟。

「夫人說有些胸悶，請大少爺回去。」

鄭璟起身告辭。

江家兄弟及孟辭墨、江意惜把鄭璟送到外院時，鄭夫人已經等在馬車旁了，江三夫人和江大奶奶也把鄭夫人送至這裡。

鄭夫人臉色蒼白，一看就氣色不好。

鄭璟急步走上前問道：「娘，您怎麼了？」

鄭夫人道：「沒什麼，就是覺得胸口有些悶。」她的目光在江意惜的臉上滑過一圈，轉身被丫頭扶上馬車。

鄭璟衝江家人抱了抱拳，也上了車。

鄭璟見母親閉著眼睛，狀似極難受的樣子，急道：「讓人直接去太醫院把御醫請去府裡，娘一回府就能看病。」

鄭夫人搖搖頭，輕聲說道：「無須，娘歇一歇就好。」

她剛剛才知道，江意惜和江洵的生母居然是扈明雅。那個女人她雖然沒見過，還早就死了，卻是她一生的惡夢！

之前她聽娘家人說，扈明雅嫁給一個姓江的低級軍官，三年後就死了。她以為自己永遠不會跟那個女人有交集，卻沒想到那個女人的一雙兒女跟自己有了如此多的牽絆。她可以阻止自己的兒子不跟那女人的兒子交往，卻不敢不讓大長公主喜歡和欣賞那女人的女兒……

她剛才特地問了江意惜的生辰，再想到丈夫離京的日期，才放下心來。再如何，江家也不會在這件事上撒謊，更不會忍受兒子戴綠帽子，混淆血脈。那一點點相似之處，是自己多心了。

她睜開眼睛，抓緊鄭璟的手說道：「我剛才跟江家女眷敘了一陣話，江老太太粗鄙又目光短淺，後人也不會好到哪裡去。以後你少跟江家人來往，莫學壞了去。」

鄭璟說道：「我之前聽婷婷堂姊和玉大哥講過江家的事，說江老太太和大房不太好，沒少欺負二房的孤兒、孤女——」

鄭夫人立即道：「能在外面如此說長輩的不好，可見二房那兩人更不好！」

鄭璟解釋道：「不是他們說的……」見母親臉色不好地瞪著他，鄭璟只得住了嘴。他心裡很為難，江洵一看就豪爽仗義，而祖母和堂伯娘、鄭玉、鄭婷婷都說江意惜很好，他們姊弟肯定不是粗鄙和目光短淺之人。本來說好下個休沐日再來看望江洵，等江洵腳好了邀請他一起去郊外騎馬的……他不能明著忤逆母親，但祖母對江意惜的印象很好，以後請祖母跟母親多說說江家姊弟的好，等母親對江洵的印象轉變了，自己再跟他多多走動吧。

秦嬤嬤的臉色非常不好，江意惜以為她是擔心江洵，寬解了她兩句。

江意惜囑咐了江洵一些注意事項後，同孟辭墨一起去如意堂看望老太太。

除了受傷的江洵和禁足的江意言，所有江家人都在這裡。剛才鄭夫人在的時候，江伯爺和三老爺不好過來，鄭夫人一走，他們都來打探消息。

老太太笑眯了眼，一點都沒有為孫子受傷而擔心的樣子。

江意惜暗哼，老太太定是因為收了重禮，又覺得跟大長公主府關係更近一步而高興吧？

老太太剛剛看了禮單，的確因為這兩件事高興。老太太把江意惜招呼到旁邊坐著，拉著她的手誇了江洵，說他小小年紀武功了得，一出手就救了個貴人。又囑咐江意惜在婆家要孝敬好長輩，服侍好夫君……

江意惜耐著性子同江家人敘了幾句話，又在這裡吃了晌飯，陪了江洵一陣，同江意柔說了幾句悄悄話，才和孟辭墨告辭回孟府。

江意惜一走，秦嬤嬤就囑咐彩兒要好好照顧二爺，她有急事要去扈莊一趟，明天趕回來。

她回想起上午鄭夫人母子來看望江洵的情形——

鄭夫人直接去了如意堂感謝長輩，老太太讓人把秦嬤嬤叫去如意堂，回答江洵現在的情況。

鄭夫人很關心江洵，問了他的傷勢，下人又奉上禮單。

老太太見鄭夫人對江洵姊弟的印象都非常好，很是開心，又說了自己兒子如何英勇救下孟世子，兒媳扈氏如何貌美賢慧，只可惜早早死了。

扈姓很少，鄭夫人聽說後笑道：「我年少時認識一位扈姓姊姊，不知江二夫人閨名叫什麼？」

老太太笑道：「二兒媳婦閨名扈明雅。哎喲，那是個好孩子，樣貌好，又賢慧知禮，幾個兒媳婦裡我最疼她。惜丫頭長得跟她娘一模一樣的，樣子也像……」

只有站在人後注意看鄭夫人的秦嬤嬤發現她的臉色一僵，瞬息即逝。

鄭夫人遺憾道：「喔，不是我認識的那位扈姓姊姊。」又問了江意惜和江洵的生辰。

老太太還以為鄭夫人要給二孫子說親事，又笑著說了他們姊弟生於哪年哪月。

鄭夫人似是鬆了一口氣，笑道：「江二公子比我家璟兒小了兩個月。」又說笑幾句後，鄭夫人以身體不適為由，起身告辭。

秦嬤嬤心底發涼，覺得鄭夫人肯定猜到江二夫人就是鄭吉傾慕的扈明雅了！雖然江意惜的長相跟鄭吉有些許相似，但她的生辰又擺脫了她是鄭吉骨血的嫌疑。只不過，能讓鄭夫人完全放下懷疑嗎？

秦嬤嬤忐忑不安，只得去扈莊跟吳大伯討主意。

昨天晚上，江意惜趁孟辭墨在淨房沐浴的時候，躲進臥房拿出一個小銅筒，用牙籤在眼淚水裡蘸一下，再把牙籤在一杯清水裡攪了攪，如此反覆三次。

把小銅筒鎖好後，又把裝清水的茶碗蓋上蓋子，藏在床下抽屜裡。

今日寅時初，孟辭墨還在睡覺，她就悄悄起床，拿著茶碗準備去小廚房。

孟辭墨被驚醒。「這麼早，妳做什麼去？」

江意惜輕聲笑道：「我去給洵兒煲個修復外傷的藥膳，你也喝一些。還早，你再歇歇。」

夜色正濃，漫天繁星烘托著半輪明月。夏末的晨風已經有了些許涼意，吹在人身上十分愜意。

江意惜和吳嬤嬤一起來到後院小廚房，粗使婆子已經把灶子燒上。她們煲了湯，又蒸了一鍋山藥糕。

做好後，江意惜舀了兩碗湯，拿了六塊山藥糕去了上房。

丫頭已經去大廚房把早飯拎回來，盤盤碗碗擺了半張炕几。

江意惜和孟辭墨坐去几前吃早飯。江意惜喝了一小碗湯，吃了一塊山藥糕、一個雞蛋；孟辭墨喝完一大碗湯，又把五塊山藥糕都吃完了。

他笑道：「惜惜手巧，湯和點心比廚娘做的好吃多了。」

送走孟辭墨，江意惜又上床歇息到辰時初，才讓水靈把湯和點心送去二門交給吳有貴，讓吳有貴送去江府給江洵。

還留了兩碗湯和五塊點心，給花花吃了一塊，江意惜就帶著拎了食盒的丫頭去了福安堂。

老夫婦剛開始吃早飯。他們喝了湯，又一人吃了一塊山藥糕，留了兩塊給安哥兒和黃馨。

老太太笑道：「辭墨媳婦手巧，湯和點心比廚娘做的還好吃得多。」

老爺子得意道：「之前我說了妳不信，現在信了吧？」

老太太點點頭，瞥了江意惜的肚子一眼。

現在她特別疼惜大孫子，都二十一歲了還沒當爹，她著急啊！

請完安後，江意惜回到浮生居不久，老爺子就領著黃馨來了。安哥兒一直站在他家院門前看，見太祖父和小表姊去了浮生居，他也跑了來。

老爺子在錦園侍弄花草，江意惜帶著兩個孩子在廊下同花花和啾啾玩鬧著。

老爺子與孟辭墨、江意惜走得如此近，讓孟府的某些人很是吃味。不多時，孟華、孟嵐和孟霜也來了。

三位姑娘陪老爺子侍弄了小半刻鐘花草，就被火紅的太陽曬得跑來廊下玩。

午時初剛把那幾人送走，外院門子就來報，扈莊的吳大伯送番茄來了。

江意惜笑道：「讓他進來。」

又讓人拿錢去大廚房，讓她們另炒幾個下酒菜，讓吳大伯和吳有貴在外院客房喝酒，下晌再回後街他們自己的家。

成國公府後街有許多小院，是國公府下人住的地方。國公府也有不少有錢的下人，他們不會住在那裡，而是自己在別處置產。江意惜在後街幫他們要了一個小院，平時吳有貴住，吳嬤嬤偶爾回去住，吳大伯回京時也會在那裡住一晚。

孟辭墨的幾個親兵因為跟著主子去打過仗，有賞賜也有斬獲，有不少錢財傍身，都在別處買了宅子。孟連山買的小院已經收拾好，隨時準備迎娶水香進門。

水香非常得用，年紀又不算很大，照江意惜的本意是想多留兩年，但孟連山不小了，已經二十一歲，江意惜不好再耽誤他們，定於明年九月成親。

臨香十六歲，也由孟辭墨作主，給她和孟青山訂了親，定於後年八月成親。

吳大伯挑著兩個大筐進來，一個筐裝了大半筐番茄，一個筐裝滿了嫩玉米。

江意惜招呼道：「吳大伯辛苦了。」請他坐下，又讓丫頭倒上涼茶。

吳大伯坐在錦凳上，一口氣喝完一盅茶，說了幾句莊子裡的事後，就四下望望，欲言又止。

水香和水靈都自覺地退了下去，只有吳嬤嬤沒有退下。

吳大伯不耐煩地說道：「妳這個老娘兒們，怎麼一點眼力都沒有！我要跟姑娘稟報要事，妳戳在這裡做甚？」

吳嬤嬤氣紅了臉。她覺得自己跟姑娘的關係比男人跟姑娘的關係近多了，他還要背著自己說話！但氣歸氣，還是退了下去。

東側屋裡只剩下江意惜和吳大伯二人。

江意惜坐在炕上，靜靜望著吳大伯。見他很為難的樣子，江意惜又鬼使神差地想到昨天秦嬤嬤極難受的表情。

吳大伯砸吧砸吧嘴，才前傾身子低聲說道：「姑娘，老奴跟您說件事。」

「喔，你說。」

吳大伯說道：「以後，姑娘跟宜昌大長公主府的鄭夫人要保持距離，也勸勸二爺。鄭夫人對你們不善。」

聽說與鄭夫人有關，江意惜詫異不已。「為什麼？」

吳大伯垂下眼皮說道：「昨天秦林他娘去了扈莊，說鄭夫人聽說姑太太姓扈後，特地問了姑太太的名字，說她們或許年少時相識。老太太說了姑太太閨名叫扈明雅後，鄭夫人眼裡冒了一下凶光，又馬上平復下來，說不是她認識的人。別人沒注意，秦林他娘正好站在鄭夫人對面，看得真真的。她覺得，鄭夫人或許真的跟姑太太認識，關係還不睦。」

鄭夫人眼冒凶光？江意惜想起鄭夫人那雙死水一樣的眸子，似乎昨天看自己時真的帶了一點情緒……

她問道：「我娘跟鄭夫人認識，還不睦？」

「這是奴才和秦林他娘猜的。」吳大伯抬起眼睛望著江意惜，滿眼關切地說：「姑娘，寧可信其有，不可信其無，防備一些總沒錯。以後少跟大長公主府的人來往，特別是鄭夫人。秦林他娘也會囑咐二爺，讓他少跟鄭公子接觸。」

江意惜思忖了下，問道：「你是我娘的奶哥哥，秦嬤嬤一直跟在我娘身邊，你們就一點都沒聽說我娘跟鄭夫人有什麼事？」

吳大伯抖了抖嘴唇，說道：「老奴年少時一直跟著父親在莊子裡，姑太太的許多事都不知道。秦林他娘是十二歲才去姑太太身邊服侍的，之前的事她也不知道。」

江意惜覺得吳大伯的眼神躲閃，表情也不自然。她又想起昨天秦嬤嬤極難看的臉色，現在想來，那種臉色可不止是心疼江洵被打傷，似乎還有什麼大事不能言說的樣子。而且，秦嬤嬤看出了鄭夫人不妥，為什麼不直接告訴自己，而是捨近求遠地跑去扈莊跟吳大伯說？

她再次確認道：「吳大伯，你跟我說實話，真的只是這樣？」

吳大伯看向江意惜，吞了吞口水，說道：「只是這樣，老奴不敢撒謊，不敢對不起天上的姑太太。」

姑太太臨終前特地囑咐過秦林他娘萬不能把這事透露出去，也不許告訴姑娘。說二老爺對她和姑娘恩重如山，姑娘永遠是二老爺的親閨女。

再說，姑娘到底年輕了些，若知道後鬧出來，私生女的身分就暴露了，屆時不僅害了姑娘，更會讓已經仙逝的姑太太揹負罵名。

他和秦林他娘已經商量好，絕對不能說出去。若姑娘逼問，就把姑太太搬出來。

江意惜更加懷疑了。竟還把扈氏搬出來發誓，這是有什麼大破天的事，怕自己追問嗎？

扈氏溫柔良善，鄭夫人的性格也看似柔弱內向，若「年少」一時有事，就說明兩人歲數都小，再如何也不應該太交惡，除非上一輩有深仇大恨。但若是上一輩的事，吳大伯和秦嬤嬤也不會這麼為難，咬死不說。

江意惜又想起來，她第一次去鄭府和第一次去大長公主府回府，秦嬤嬤都在灼園幫水清做活。現在想來，秦嬤嬤或許不是在幫水清，而是擔心自己在那兩個府裡有沒有出事。若是如此，秦嬤嬤和吳大伯肯定早就知道鄭夫人對自己不善。

還有，那次她用愚和大師給她算命的事打探吳嬤嬤和秦嬤嬤，吳嬤嬤說沒有，秦嬤嬤雖然也說沒有，卻是嚇得犯了病，急急走了……

吳大伯和秦嬤嬤都是扈氏留下的忠奴，他們守口如瓶，一定是得了扈氏生前的交代，必須得讓吳大伯開口才行。不止是江意惜不願意有她不知道的危險，還因為她百思不得的愚和大師的那一卦。

江意惜強壓下不寧的心緒，面色平靜地說：「興許吳嬤嬤和秦嬤嬤把報國寺和尚給我算的卦告訴過你，今天我跟你說實話，算命的和尚不是一般的和尚，而是愚和大師。他說，我本是大富大貴之命，大凶大吉皆因三次水。我已經平安度過兩次，還有一次，若化險為夷，才能一生順遂。經過的兩次，有一次我知道，就是桃花宴那次落水。另一次我不知道，問了吳嬤嬤和秦嬤嬤，她們都說不知。這兩次我不害怕，因為已經過了。可還有一次沒過，我一直惶惶不安，不知什麼時候就會被人害死。吳大伯似乎知道什麼，若你不說實話，我不知道其中凶險，說不定哪天真的會被人害了。」

吳大伯似是嚇壞了，前額滲出汗珠，嘴唇不停抖動著。

和尚給姑娘算卦的事他的確知道，媳婦問他知不知道姑娘小時候出過什麼與水有關的事，秦林他娘則是說和尚算得很準。原來竟是愚和大師算的，能不準嗎？發生過的另一次的確與水有關，若姑太太不被二老爺救下，母女兩人就都淹死了，姑娘連天日都看不到。

姑娘出身高貴，擁有天家血脈，的確應該大富大貴，可氣那個老太太棒打鴛鴦……沒想到，姑娘還有一次與水有關的險情。若過不去，興許姑娘真的活不成了！

吳大伯起身衝著窗外跪下，輕聲說道：「姑太太，妳一直希望姑娘能平平安安長大，嫁個好人家幸福一生，如今，為了姑娘免遭不測，奴才不得不把那件事告訴姑娘，姑太太勿怪。」說完，他向窗外磕了一個頭。起身後，他來到江意惜身邊，用極低的聲音說道：「姑娘，此事有關姑娘的真正身世，不能讓任何人聽見，我連有富的娘都沒說過。如今這世上，只有我和秦林他娘知道。」

她的真正身世？江意惜瞪圓了眼睛看著吳大伯，片刻後才反應過來。她起身去了臥房，裡面空無一人，又去淨房瞧了一眼，出來後把門關上，又打開通往廳屋的門。

廳屋沒有人，通往西側屋的門沒關，吳嬤嬤正坐在門邊的小杌子上做針線。

江意惜說道：「嬤嬤，我跟吳大伯有要事相商，妳守去門外，不要讓人來打擾我們。」

吳嬤嬤聽了，趕緊起身走出廳屋，在廊下站著。

江意惜退回東側屋，再把門關上。她沒有坐去臨窗的炕上，而是坐去靠牆的圈椅上。

「吳大伯，怎麼回事？可以說了。」她覺得，很可能是扈氏真正的家人犯了什麼大罪，從小就把扈氏抱去了外祖家，而鄭夫人知道扈氏的真正出身，她們兩家又恰巧有仇。

吳大伯走到江意惜身邊，重重地嘆了一口氣，眼睛又轉向窗外，回憶著已經久遠了的事……

扈老太爺是寒門舉子，又端方木訥，不太通人情世故。在陝北做了十幾年的八品小縣丞，才在近四十歲時結識了來巡視的李大人，兩人一敘居然是同鄉。得李大人提攜，終於升遷到京郊的豐平縣當縣令。

扈老太爺帶著妻子和十六歲的閨女、十四歲的次子來到任上。長子已經考上舉人，正在西州府書院學習，只他和妻子兒女沒來。

扈明雅長得明豔動人，氣韻絕佳，又頗有幾分才華，是那個小縣城的一枝花。老太爺非常寵愛這個閨女，挑人家挑花了眼，以至於十六歲還沒有找到合適的人家。正好遇到他升官，便想著去了京城能找到更好的後生。

有一次，扈明雅帶著乳娘和丫頭去寺廟上香，車夫在山下，只她們三個女人上了山。乳娘就是吳大伯的娘老吳嬤嬤，小丫頭是十四歲的秦嬤嬤，閨名叫春梅，而車夫是吳大伯的父親吳老丈。上完香，在下山時突遇大雨，她們跑去山間的一個亭子避雨。由於著急，扈明雅和扶著她的老吳嬤嬤不慎摔了一跤，把手和膝蓋都摔出了血。亭子裡正好有一位英武俊朗的年輕小將，他把身上的藥膏給了她們。

雨停後他們各走各的，都沒想到以後會再有交集。

三天後正好是中元節，扈二公子扈明卓帶著姊姊扈明雅去城外河邊放荷花燈。因為人太多，玩興正濃的扈明雅和丫頭春梅跟扈明卓等人走散了。

扈明雅和春梅初來乍到，又是晚上，害怕極了，一路找著扈明卓。她們不知道的是，有幾個小流氓一直尾隨著她們，在沒有人的時候上前調戲，剛好一位小將路過，把那幾個流氓打跑了。而那位小將，正是三天前在亭子裡遇到的人。

他們兩人都認出了對方，笑起來，同時說出兩個字——

「巧啊！」

小將又抱拳笑道：「在下姓鄭，請問姑娘……」

扈明雅自小在小縣城中長大，沒那麼多講究，笑道：「我姓扈，我爹是豐平縣的縣令。」

鄭小將軍也知道新來的縣太爺姓扈，笑道：「那巧了，我是五團營的把總，五團營離豐平縣不遠……」

兩人正說著，嚇壞了的扈二公子找了過來。

扈明卓聽說鄭小將軍幫了妹妹的忙，抱拳道了謝，便把妹妹帶走了。

幾日後的休沐日，在縣學上學的扈明卓帶回了新交的朋友鄭小將軍。

扈縣令見鄭小將軍高大英武、談吐頗佳，又在五團營當差，小小年紀就當上了七品武官，十分賞識，非常願意讓兒子跟他來往。

扈縣令心裡也起了心思，想著若那孩子妥當，正好可以招為女婿，便又問了兒子鄭小將軍的家庭情況。

扈二公子也有那個意思，已經問過了，說他父親目前沒有差事，叔叔是軍中的一位將領。

扈縣令想著，鄭小將軍本家應該不怎麼樣，但叔叔能幹。這樣的家境跟自家也算門當戶對，後生又有前途，心裡更願意了幾分。

每次鄭小將軍來找扈明卓玩，扈家都是好酒好菜好招待。

扈家父子不知道的是，鄭小將軍私下跟扈明雅有了更多的交集。兩人在墨齋裡偶遇過，在街口偶遇過，在登高時偶遇過……

兩個月後，扈明雅帶著春梅去繡坊買繡線，又在門前遇到了鄭小將軍。見鄭小將軍走路有些瘸，扈明雅問道：「鄭小將軍的腿怎麼了？」

鄭小將軍紅了臉，笑道：「這些日子我經常離營，被長官打的。」

之前扈明雅就納悶，他在軍營裡當差，怎麼會經常出現在豐平縣城？現在明白了，他應該是為了跟自己見面，偷偷跑出來的。

扈明雅也紅了臉，心裡很是心疼，輕聲勸道：「那你就好好當差唄，不要再擅自離營。」

鄭小將軍指著對面的茶樓說道：「我在那裡要了一個包廂，有幾句話想跟扈姑娘說。」

扈明雅點頭同意。

鄭小將軍先進了包廂，小半刻鐘後扈明雅和春梅才走進去。

鄭小將軍有傷不能坐，站著給扈明雅倒了一盅茶，才說道：「小將愛慕扈姑娘美麗多才、良善溫婉，但怕扈大人和扈姑娘不給我機會，所以一開始我沒敢說我家的具體情況。我母親是宜昌大長公主，皇上的親姑姑；父親是駙馬，還是榮昌侯；叔叔是都督僉事。我馬上回去跟母親和父親稟報，讓他們去扈家提親。今生今世，我非卿不娶。」

扈明雅也愛慕鄭小將軍文武雙全，相貌堂堂，更被他的一腔癡情打動。儘管她非常害羞，還是說道：「我等著。」

江意惜一直緊緊捂住嘴巴，才沒有叫出聲。她的眼裡湧上淚意，強忍著沒掉下來。

吳大伯只說那個小將是「鄭小將軍」，沒有說名字。可在他第一次說出那位小將軍姓鄭時，江意惜就猜到那個人是鄭吉了。

她不願意再往下想，喃喃說道：「一個縣令之女，還是剛從偏遠山區過來的，宜昌大長公主怎麼會同意？」

吳大伯的眼睛赤紅，拳頭握得緊緊的。

「是，姑娘猜得對。大長公主府和扈家，一個在天上，一個在地下……」

扈明雅高興地回了家。她沒敢跟父母說，也不許春梅跟任何人透露一句。她興奮又焦急地等待著，可過了將近一個月，宜昌大長公主府也沒來扈家提親。

那天家裡來了一個人，把扈縣令夫婦叫去密談。

出去打探消息的春梅跑回來說：「姑娘，我打聽到了，那人是宜昌大長公主府的！」

聽了春梅的話，扈明雅極為激動，她覺得是宜昌大長公主府的人來跟父母商量親事了。

大概一刻多鐘後，扈縣令夫婦沈著臉來找扈明雅。

來家裡的那個人先是痛斥了一番小戶女不自愛，私自跟外男相會。又說鄭吉是宜昌大長公主的獨子，皇上的表弟，不可能娶扈家女。若扈家女敢糾纏不休，他們一家就捲鋪蓋滾蛋，態度蠻橫決絕，不留一點餘地。

扈縣令作夢都沒想到鄭吉有那樣的家世。大長公主府他根本得罪不起，承諾會盡快把閨女嫁了。他讓扈明雅收起心思，不許再跟鄭吉來往，他會盡快給她找個好人家。

扈明雅根本不相信。「鄭哥說他這輩子非我不娶，還說會說服他父母……」

扈縣令訓斥了她一頓，禁了她足。

扈明雅傷心欲絕，痛哭不已，生了病。

半個月後，鄭吉又來了扈家，扈家沒讓他進門，鄭吉無法，只得在扈家不遠處轉悠。那天下晌，總算看到扈明雅的丫頭出來買針線。

鄭吉跑上前去。「春梅！扈姑娘她……」

春梅「哼」了一聲，扭頭就走。

鄭吉攔住她，低聲說了自己對扈明雅的思念，以及他會想辦法說服自己的父母。

「你真的能說服你爹娘？」

「當然能！我爹娘只有我一個兒子，只要我堅持，他們就會妥協的。」

春梅見鄭吉瘦了不少，嘴唇上還長了幾個燎泡，心腸也軟了下來，答應把他的一封信送給扈明雅。

扈明雅看了信以後，又燃起了新的希望。

從此之後，兩人開始書信來往，偶爾夜裡鄭吉還會翻牆去扈明雅的小院相會。

春梅不止負責送信，還負責看門。

老吳嬤嬤雖然是扈明雅的乳娘，但扈家下人少，她還兼做廚房裡的一些事，不會天天守著扈明雅。所以，這件事她也不知道。

這期間，扈縣令給閨女找了兩戶人家，扈明雅都是又哭又鬧，找著各種理由不同意。扈縣令夫婦最疼這個閨女，她不願意也捨不得逼迫，又繼續找著下一家。

一天夜裡，鄭吉又來了扈明雅的小院。

他高興地跟扈明雅說，他爹娘終於同意了他們的親事，過些天家裡就會找媒婆來提親。不過，上峰正好派他去外地辦差事，明日就走。他會抓緊時間辦事，趕在一個月內回來。

「明雅，我娘已經答應，今年年底娶妳過門……」

兩顆年輕的心越靠越攏，在這天夜裡成就了好事……

次日起，扈明雅又開始盼望大長公主府來提親。

結果一個月過去了，她沒等來提親，也沒等來鄭吉，扈縣令卻等來一紙調令，被調去湘西的一個邊遠小縣當縣令。

扈明雅明白了，是自己害了父親。大長公主不僅不同意他們的婚事，還利用權勢把父親弄去千里之外。只不知鄭吉是被他爹娘瞞著，哄去了外地，還是知道實情，欺騙她的感情？

在扈明雅痛不欲生時，又出現了嘔吐和渾身無力、嗜睡的現象。扈明雅聽母親和乳娘說過一些事，再想到自己的月信已經遲了幾天，猜到自己有可能懷孕，嚇壞了。

她不敢跟爹娘說，哭著告訴了老吳嬤嬤。

認。

老吳嬸嬸嚇得魂飛魄散，氣得把春梅好一頓打。三人哭了一場，商量著還是先看大夫確

次日，扈明雅先去了老吳嬸嬸家。吳家沒有其他人，扈明雅躺上吳家大兒媳婦的床，放下帳子。

春梅把大夫請來，大夫給帳子外的手腕診脈。

診完脈，大夫對老吳嬸嬸笑道：「是滑脈。恭喜，妳兒媳婦懷孕了！」

老吳嬸嬸強笑著給了大夫診費。

三個女人又是一陣哭，還不敢哭出聲，用帕子死死捂著嘴。

老吳嬸嬸勸道：「姑娘，那個人就是個紈袴子弟，忘了他吧！趁現在胎兒還小，趕緊打了。老爺要做交接，聽說還有一件什麼大事要做完，兩個月後才啟程，姑娘正好可以利用這段時間休養身體。若老爺走得急，姑娘可要傷身子了……」

扈明雅還是不相信鄭吉會騙她，心裡存了一絲念想，哭道：「五團營離豐平縣不遠，我要去營裡問他，為何這樣對我？」

老吳嬸嬸自是不同意，但說乾了嘴，扈明雅就是堅持要去找鄭吉問清楚。

老吳嬸嬸無法，想著把話說清楚也好，說清楚了姑娘也就死心了，到時再悄悄打胎。

扈明雅平靜地回了家，又平靜地跟父母說：「聽說四十里外有個昭明庵，是京城最著名的庵堂，香火極旺，我想去那裡燒香，求菩薩保佑爹娘身體安康，保佑我們此去湘西一路平

安，再求一道姻緣籤。」

扈縣令對自己被調去湘西沒有一點不高興，他老實木訥，這裡的官員大多狡猾，他根本融入不進去，現在又被大長公主府記恨上，遠離這裡最好。見閨女已經想通，十分高興，點頭同意。

這次派了吳大伯趕車，老吳嬤嬤和春梅陪著一起。由於路程有些遠，要在庵堂住一晚。

次日，幾人坐騾車出了縣城，他們先去了五團營。到了那裡，扈明雅幾個女人坐在車裡，吳大伯去軍營大門找鄭吉。守門的人說，鄭吉外出辦差還沒回來。

聽了吳大伯的話，扈明雅倒進老吳嬤嬤懷裡痛哭失聲，哭聲淒厲，另幾人都落了淚。春梅也哭得特別厲害，覺得若自己不幫姑娘和那個人送信，姑娘就不會遭此橫禍。

老吳嬤嬤哭著勸道：「姑娘，那個人不好，他是躲著妳呢！聽話，從庵堂回去後，就打了吧。我們幾人咬死不說，別人發現不了……」

扈明雅一路哭到昭明庵，抹乾眼淚後平靜下來。「我想通了，聽嬤嬤的。拜託你們，不管遇到什麼，都不要把這件事說出去。」

幾個下人見她想通了，都鬆了一口氣，又發誓賭咒不會把這事說出去。

拜了菩薩，捐了香油錢後，他們在庵堂後要了三間房住下。吳大伯一間，老吳嬤嬤一間，扈明雅和春梅一間。

趕路疲倦，又哭了一路，春梅很快睡熟。

扈明雅輕輕起床，穿好衣裳，借著透進的月光，用墨條在一張紙上寫下兩行字——

「爹、娘，對不起，女兒不好，讓你們傷心了。不怪他們，是女兒自己不想活了。」

她不忍心老吳嬤嬤幾人因自己而被父母打死，替他們求了情。

她輕輕走出院子，看看天際，一輪明月已上中天，四周灑著幾顆寂寥的星星。她摸了摸肚子，向北走去。白天她注意到，庵堂北邊有一條小河。

此時是二月中，夜風又大又涼，吹起她的頭髮和裙裾。她沒感覺到寒冷，呆呆地向前走著。走過庵堂的圍牆，穿過一片樹林，來到小河邊。河水剛解凍不久，嘩嘩向前流著，在月光的照耀下閃著寒光。她清楚地看到，河邊的水很淺很清，能看到底下的石頭，越往裡越深、越綠。她抹了一把眼淚，摸著肚子輕聲說道：「對不起，娘不能生下你。我們一起死，去那邊做伴。」她向河裡走去。河水冰涼，寒徹透骨，她繼續往前走著。

突然，後面傳來一個男人的喊聲——

「不要！停下來——」

她步伐加快，繼續走著。河水淹過了她的小腿、膝蓋，水的阻擋力量也越來越大。

隨著喊聲越近，後面傳來踩水的聲音。

扈明雅回頭看了一眼，是一個男人向她跑來。

她尖聲叫道：「站住！你不要過來，不要管我！」

那個男人的腳步停下，說道：「姑娘，妳死都不怕了，還怕什麼？」

扈明雅沒理他，又回頭快步往深處跑去。在河水漫過她的腰際時，那個男人追上她，抓住了她的胳膊。

扈明雅掙扎著，哭喊道：「讓我死、讓我死！我是壞女人，還沒嫁人就有了孩子，可他不要我了，我還有什麼臉活下去……」

那個男人的手一頓，接著又把她的胳膊抓得更緊。「不管什麼難事，總有解決的辦法。相信我，我幫妳想法子……」說著，他把扈明雅扛上肩就往河邊走。

扈明雅哭喊著捶了幾下他的後背，就暈厥了過去。

再度醒來時，扈明雅發現自己居然躺在一個漏頂的破房子裡，看得到一塊天空及明亮的月亮。她嚇得一骨碌坐起來。她坐在土炕上，土炕很熱，炕下燒著一堆火，火裡的柴火「噼哩啪啦」響著。一個男人坐在火邊，正往火裡加著柴。

男人見她坐了起來，站起身笑道：「妳醒了？別怕，我是好人。這裡是間被廢棄的土屋。」

扈明雅才想起來，自己去投河，被這個男人救了。她的眼淚又流了出來，搖頭哭道：「你為什麼要救我？我沒臉活下去，不想活了……」

男人說道：「扈姑娘，妳還記得我嗎？」

扈明雅止了淚看向他，他歲數不大，長相俊朗，穿著低級武官服。

江辰見她眼裡一片茫然，走到土坑邊說道：「妳一定不記得了，上年重陽節在香山登高時，一個孩子跑得快，不注意摔了一跤，妳把他抱起來，為他擦了眼淚，還給他搽藥膏。」扈明雅想了起來，好像是有那麼回事。她把孩子交給趕過來的父母，孩子的父母謝謝她，還說孩子的父親是縣衙裡的書吏，見過她，知道她是扈大人的千金。

扈明雅問道：「你是那個孩子的親戚？」

江辰搖頭說：「不是，我正在旁邊，看到了。」他當時就被這位美麗善良的姑娘吸引了，悄悄跟著她爬了許久的山。聽說她父親是豐平縣的縣太爺，休沐那天他就去豐平縣衙附近轉悠，想打聽扈姑娘的消息。若她沒訂親，就請媒人去說合。

就是那麼巧，他突然看到扈姑娘帶著一個小丫頭從街口走過來，看著另一個方向笑，一個年輕男人迎上去，兩人站著說了幾句話。姑娘笑靨如花，他哪怕離得遠，也看得出姑娘對那個男人極有好感；那個男人江辰認識，是宜昌大長公主的獨子鄭吉。鄭吉看扈姑娘更是滿眼傾慕，目送她消失在人流中才收回目光，大踏步走了。

若是換一個人，江辰還會跟對方爭一爭，可是鄭吉，他自忖什麼都比不上。鄭吉出身高貴，能文能武，又頗得聖上喜愛。他自己要求進五團營，還要求從底層的七品把總做起。

江辰悵然若失，騎馬走了。

後來江辰從京武堂肄業進了西大營，為了忘記扈姑娘，天天在軍營裡拚命練武，母親給他說的兩門親事都推了。

前幾天他才聽說只幹了一年不到的扈縣令被調去湘西，一想就知道他是得罪人了。再一打聽，他的獨女說了幾門親事都沒說成，到現在還未訂親。

江辰又是高興、又是自責。高興的是扈姑娘並未訂親，自己還有機會；自責的是自己早該想到鄭吉不一定能頂住大長公主的壓力，自己多該打聽一下的。

為了哄母親高興，他今天特地來昭明庵為母親祈福，打算明天就回家告訴母親，自己有心儀的姑娘了。由於激動，他大半夜還睡不著，出來轉悠的時候碰到有人投河自殺，後來發現投河的人居然是扈姑娘！

江辰的心痛得厲害，問道：「害妳的人是鄭吉？」

扈明雅又哭了起來，把臉埋在膝蓋上。「你為什麼要救我？讓我去死……」

果真是鄭吉！都說鄭吉豪爽仗義、不好女色，卻原來是個衣冠禽獸！江辰咬牙罵了一句。「可惡！」他看向哭得傷心的扈明雅，輕聲說道：「扈姑娘，還是有辦法的。」

扈明雅搖頭說道：「沒有辦法，沒有的……」

江辰蹲下，對著扈明雅的頭說道：「有辦法，我願意娶妳，願意當孩子的父親。」

扈明雅震驚地抬起頭，怔怔地望著江辰。

江辰又說道：「我叫江辰，今年十七歲，剛進西大營不久，任從七品副尉。上有母親，兄長是武襄伯，兄弟共三人，我行二。不瞞扈姑娘，自從上年在香山相遇，我就傾慕姑娘，再也裝不下別人。前幾天才知姑娘並未許人，正想回家告知母親，請媒人上門提親。」

扈明雅愣愣地看著江辰，覺得自己一定是聽錯了。

江辰又道：「我說的是真心話，我保證。」

扈明雅才曉得剛才確實沒聽錯，但她搖頭不信，喃喃道：「我是壞女人，沒有人會願意要我……」

江辰真誠地道：「能夠用死換取尊嚴的，不會是壞人。妳只是被騙了，輕信了他人。妳是好姑娘，美麗、單純、良善，我江辰願意娶妳，並以能娶到妳為榮。」

扈明雅的眼淚又流了下來，哽咽道：「可我已經有了身孕，是不潔的女人……你走吧，你這樣的好人，應該娶更好的姑娘……」

「在我眼裡，妳就是最好的。只要是妳的，就都是美好的。我願意當孩子的父親，把這孩子當親生子女一樣疼愛。」

扈明雅依然搖頭。「你家人不會願意的……你是好人，我不能害你，讓你成為笑柄。」

江辰沈吟了一下，說道：「我有辦法，沒有人會知道孩子不是我的。我明天就讓我娘找人去妳家提親，以妳父親快離京為由，盡快娶妳進門。我還會想辦法調去離京五百里外的軍營，我一個同窗的父親在那裡當參將，他非常賞識我，一直讓我去他那裡。之後我再以要妳照顧我為由，把妳帶出府，藏去那裡的鄉下。等孩子大些以後再帶回家給我娘看，把孩子說小三個月，說孩子長得高，他們會相信的。」

聽到江辰把之後的事情安排得妥妥當當，看到他眼裡的真誠，扈明雅才相信這個男人是真心求娶自己。「你……不嫌棄我？」

江辰笑道：「我第一眼看到妳時就在想，若我此生有幸娶到妳，一定是上天厚待我。我高興還來不及，怎會嫌棄？」他從領子裡取出一個小虎頭掛件塞進她手裡。「這是我祖輩越過我爹和我大哥直接傳給我的，是我們江家的傳家寶。送給妳當表禮，代表我的誠意。」

看看手裡的掛件，想到自己有了活路，孩子有了依靠，這個男人還如此之好，扈明雅心裡酸酸澀澀，各種情緒齊湧心頭，哭得不能自已。

江辰勸了她一陣，又道：「扈姑娘，天快亮了，得趕緊回庵堂。若跟妳同來的人發現妳不在，鬧了出來，事情就大了。」

他們趕回庵堂時，春梅居然還在睡。

等到早上，江辰和扈明雅跟老吳嬤嬤講了夜裡的事，老吳嬤嬤又是後怕、又是高興。幾人商議一陣，早飯後，扈明雅幾人回豐平縣家裡，江辰快馬加鞭回京。

三天後，武襄伯府請的官媒上門求親，扈縣令見武襄伯府家世好，江辰又相貌堂堂，真心求娶，女兒也終於同意，便高興地答應了。婚事進行得很順利，兩個月後扈明雅嫁給江辰。江辰早已經調去駐守石州的軍營，婚後二人便一起去了那裡。

不過，在扈明雅和江辰訂親一個月後，從外地回來的鄭吉跑來了扈家，扈明雅堅決不見，扈縣令把他趕了出去。在扈明雅去了石州後，鄭吉又跑去石州找扈明雅，這次扈明雅見了，兩人交談不到半刻鐘後鄭吉便離開，從此鄭吉再沒找過扈明雅。

那時正逢南邊戰起，鄭吉就跟隨孟老國公去平叛，之後長駐邊塞。

在江意惜滿了七個月後，江辰和扈氏才把她帶回江家住了幾天，說孩子四個多月，但個子長得高。

在江意惜一歲半時，江辰又調回西大營。那時扈氏懷了孕，回江府長住，卻在生完江洵後大出血死了。死前特地交代秦嬤嬤，不許把那件事說出去，惜惜永遠是江辰的後人……

第二十五章

江意惜是哭著聽完的，她既氣扈明雅輕率地交出自己後差點死了，又為她好命地遇到真心愛她的江辰而感到慶幸。然而，她更氣的是，自己為何不是江辰的親閨女？

淚眼迷濛中，她想起江辰抱著她買糖人、手把手教她寫字、輕言細語跟她講道理、問她喜歡什麼樣的漂亮衣裳和首飾、教育江洵要愛護姊姊，給姊姊撐腰等往事。

還有那個模糊的記憶也清晰了起來——娘死後，江辰痛苦地拿腦袋撞牆，一個小女孩拉著他的衣襬哭喊：「爹爹，惜惜怕、惜惜怕……」江辰蹲下把小女孩抱進懷裡，哽咽地說：「惜惜不怕，妳沒有娘親了，但還有爹爹。」

他完全兌現了他的諾言，把江意惜當親生女兒一樣疼，甚至比親子還要疼。想到這些，江意惜哭得更是不能自已。怕外面聽到動靜，她用帕子死死捂住嘴，不敢發出聲音。

吳大伯勸道：「姑娘節哀。二老爺和姑太太去另一個世界團聚了，姑娘還要繼續在這個世界活下去。姑娘的親生父親是那位，知道實情的只有三人。我娘已經去世，現在只有我和秦林他娘知道。鄭夫人不高興姑娘和二爺，最大的可能是記恨那個人一直記掛著姑太太而不願意回京。這件事計劃周密，只要我們咬死，不會有其他人知道。不過，姑娘長得跟那個人有些許相像，還是要提防鄭夫人，也不要跟鄭府的人過多接觸，以防萬一。」

聽了吳大伯的話，江意惜擦乾眼淚。她抬頭望向窗外，白花花的陽光刺眼，樹木蔥蘢，樹葉在風中打著轉兒，廊下的鳥兒歡快地叫著，猶以啾啾為最。

「花兒、花兒，江姑娘！北方有佳人，佳人、佳人，在水一方……」

江意惜徹底從往事中抽離出來，她看向吳大伯說道：「謝謝吳大伯告訴我實情，也謝謝你們一直忠心守護我娘，又守護我和洵兒。我知道了，往後會注意的。再請吳大伯和秦嬤嬤繼續守口如瓶，我是江辰的親閨女，也只願做他的親閨女。你去前院吧，讓有貴哥陪你喝兩盅，在家歇息幾日後再回莊子。」

吳大伯總算鬆了一口氣，說道：「姑娘這樣想就好。眼睛長在前頭，不管何時都要往前看。」見江意惜點頭，吳大伯才打開門走了出去。

吳嬤嬤見丈夫終於出來了，小聲問道：「什麼事啊？」

吳大伯皺眉小聲嗔道：「老娘兒們，問那麼多做甚！」大踏步走去院門。

吳嬤嬤轉身走進屋裡，看到江意惜雙眼紅腫，嚇了一跳，咬牙罵道：「哎喲，大奶奶怎麼了？看我回家不罵那死鬼！」

江意惜道：「不怪吳大伯，我只是問了一些往事，嬤嬤當什麼都沒看到。我讓吳大伯在家歇息幾天，妳回去吧，也商量商量有貴哥和水靈的親事。」吳大伯家和江大家都有意，先把兩人的親事定下，過兩年再成親。

吳嬤嬤說：「大奶奶這樣，老奴怎麼放心回家？」

江意惜不願意讓別人看到自己哭成這樣，進了臥房。

水靈和臨梅拎了晌飯回來。

吳嬤嬤說大奶奶記掛受傷的二爺，心裡難受，她挾了一小碗菜，舀了一小碗湯，再加上一小碗飯，端進臥房。

江意惜被勸著吃了一點飯後，躺上床，閉著眼睛說道：「我累了，不要讓人打擾我。」

聽到窗外的啾啾喊不停，又道：「把啾啾拎去後院吧，吵得人心煩。」

吳嬤嬤答應著出去，把臥房門關緊。

屋裡沒人了，江意惜又睜開眼睛坐起身，聽見丫頭在拎啾啾的籠子，啾啾不高興了，大罵起來——

「滾，回家，軍棍侍候！滾、滾……」

聲音沙啞低沈，越來越遠，直至消失。

鄭吉！江意惜眼前出現一個高大身影，五官模糊。

在孟辭墨和老公爺的眼裡，鄭吉不僅有軍事韜略，是不可多得的帥才，還豪爽仗義，非常自律，不好女色，是頂天立地的男兒。那樣的男人，怎會讓閨閣中的扈明雅婚前失貞？

從鄭吉多年不願意回家來看，他應該是埋怨父母棒打鴛鴦的；從鄭夫人死水一樣的眼睛來看，她應該是大長公主強塞給鄭吉的媳婦，鄭吉不愛她。

不管後來鄭吉有多麼追悔莫及，做了多大的官，他都不算頂天立地的好男人，比江辰差遠了……江意惜搖了搖頭，幹麼想他？他是不是好男人，關自己什麼事？

現在看來，愚和大師真是老神仙，算的卦太準了，自己的確有三次大吉大凶跟水有關。還有一次危險沒有度過，之前她主要防付氏，現在還要防鄭夫人。

前世，她知道付氏不少事情，孟辭墨也特地打探了付氏的一些往事，可她跟鄭家沒有任何交集，也沒關心過他們家的任何事，只知道鄭夫人姓何，連出自哪家都不曉得。

此時，江意惜特別想孟辭墨，若他在就好了，無法與人言的事可以跟他商量，且這事她只願意也只敢告訴他。

以後，要對江洵更好。想到前世江洵早死，江意惜難過不已，自己沒保護好弟弟，真是對不起江辰。再想到貪財、涼薄的江老太太，江意惜的心居然有了一絲柔軟。老太太再討厭，也是江辰的生母，當初同意扈氏進門，比外表雍榮華貴又和善的宜昌大長公主強多了，以後儘量對她好些吧……

江意惜不知坐了多久，直到外面傳來吳嬤嬤的聲音——

「大奶奶，申時末了，您去不去福安堂？」

江意惜才注意到，窗外的陽光已經變紅，她忙下床說道：「要去。」院子裡有一個奸細，不能讓人再嗅出什麼味道來。

她走去妝檯前，眼睛已經如常。

吳嬤嬤和水香進來服侍她淨臉，又匆匆化了個妝，讓丫頭拿著吳大伯帶來的兔子和一些菜蔬、一大半番茄去往福安堂。

還沒進屋，窗內就傳來喵喵叫聲和眾人的笑聲。走進廳屋，首先看到門口擺了三個大筐，一個筐裡裝著西域甜瓜；一個筐裡裝著馬奶子葡萄；一個筐裡裝的東西江意惜是第一次見，深橙色，像棗又不像棗。

老太太笑道：「辭墨媳婦快來嚐嚐鮮，甜瓜和葡萄比中原的香瓜和葡萄都甜。那是從番外過來的波斯棗，甜得發膩呢！」

原來那東西叫波斯棗。不用說，這些肯定是鄭吉孝敬老國公的。

小几上都擺了一個五彩瓷小碟，上面放著切成丁的甜瓜、幾顆長長的綠葡萄、幾顆波斯棗，還有幾根牙籤。

坐在老太太身旁的花花正捧著一塊甜瓜吃得香。

江意惜給長輩見了禮，就坐去座位上，她不想吃，也不得不拿起一根牙籤插了一顆波斯棗吃了，的確非常甜。

付氏笑道：「聽管事說，鄭總兵不止孝敬了公爹，也孝敬了宜昌大長公主。」

孟華玩笑道：「這次大長公主不會再找由頭罵祖父了！」

眾人一陣哄笑。

老太太得意地笑道：「老公爺沒白疼鄭吉，他每年都要孝敬老公爺幾次，卻經常沒有大長公主的分兒。老公爺還要拿出去顯擺，氣得大長公主老罵人。」

吃完晚飯，每個主子都分了兩個甜瓜、一串奶葡萄、一包椰棗。

對著這一堆東西，江意惜沒有胃口，除了留下一個花花愛吃的甜瓜，其他的讓下人分吃了一些，又讓吳嬤嬤拿一些回家。

臨香問道：「啾啾精得很，自覺被主人怠慢了，不停地罵人。要拎來前院嗎？」

江意惜覺得實在沒必要把氣發在小鳥身上，說道：「拎過來吧！」

待江意惜上床後，水清把洗得乾乾淨淨的花花塞進江意惜懷裡。

江意惜看看愛說愛笑又不失穩重的水清，她比她娘年輕時可靠多了。還好老吳嬤嬤不敢把那件事告訴扈老太爺，否則春梅會被打死。現在的秦嬤嬤穩重多了，但還是經常露餡。

丫頭把紗帳放下，吹滅燭燈走出去，再把臥房門關緊。

黑暗中，花花眨著琉璃珠一樣的大眼睛看著江意惜。

「幹麼這麼看我？」

花花喵喵叫道：「主人哭過，還有心事。」

江意惜驚愕。「這麼明顯？」

花花得意道：「我是最聰明的貓貓，明不明顯我都看得出來。說說，出了什麼事？」

江意惜本能地搖搖頭，又想著牠不會說人話，知道再多也不會說出去，就對著牠的耳朵悄聲道：「我的親爹不是我親爹，但我只認他當爹……」她大概講了幾句。

花花驚悚地張大嘴巴，喵喵叫道：「真是人生處處有意外，妳跟我前主人一樣，都是『意外』的結果。不過，妳比我前主人幸運多了，江辰不是妳爹還對妳這樣好。我前主人可憐，親爹恨不得她去死……」

花花唸唸叨叨地講著前主人的辛酸史，江意惜則想著自己的心事。

在側屋值夜的水香很納悶，花花喵喵叫了大半夜，主子居然沒叫停？

此後一段時間，江意惜隔兩、三天就會遣人給江洵送一次藥膳和點心，也給江老太太送過一次番茄和點心。

終於等到八月初九，儘管天空飄著小雨，孟辭墨還是趕在戌時初回來了。

熱水和酒菜都是準備好的，他沐浴完就坐上炕喝酒。

江意惜陪著他一起喝，花花被水清強行抱去廂房。

孟辭墨看著江意惜尖尖的小下巴，疼惜道：「妳瘦了，那兩人又找事了？」

江意惜笑道：「先吃飯，吃完再說。」

孟辭墨洗了臉，以最快的速度吃完飯。

兩人進了臥房，丫頭還要服侍他們上床，江意惜說道：「無須，妳們下去吧。」

丫頭們退下，關上門。

孟辭墨在家住，值夜的丫頭不會住東側屋，而是住在隔了一間廳屋的西側屋。

屋裡沒人了，江意惜才撲進孟辭墨的懷裡，緊緊抱住他的腰。聞著這熟悉的味道，感受到寬厚的肩膀，江意惜多日懸著的心終於安穩了下來。

「辭墨，我天天都在盼你回來，盼得心焦……」重生這麼久，她第一次感到如此無助。身世之事她不會瞞孟辭墨。一是她絕對相信他，二是因為政治原因。孟辭墨一直在不遺餘力地拉攏鄭吉和鄭家投靠平王，孟家和鄭家又是世交，必須讓他知曉此事，避免以後出現不必要的麻煩，或者出現麻煩了他能幫著掩蓋。

孟辭墨以為江意惜被付氏和成國公欺負狠了，沈聲說道：「可惡，我明天想辦法讓祖父收拾他們！」

江意惜的頭在孟辭墨的頸窩處搖了搖，悶悶說道：「不是他們，是姓鄭的。你一定想不到，鄭吉……是我的親生父親。」

孟辭墨驚詫極了，不可思議道：「什麼？這、這……」

江意惜的眼裡湧上淚水。「你沒聽錯，我娘是懷著身孕嫁進江家的，我爹不是我親爹……」

當孟辭墨聽完江意惜的話後震驚不已，張著的嘴一直合不攏。

江意惜囑咐道：「這事你誰都不許說，包括祖父。我永遠是江辰的長女，江家二姑娘，這是我娘的遺願，也是我的願望。」

孟辭墨半張的嘴合上。「當然，我誰都不會說。」又似是恍然大悟。「我總算知道鄭叔不願意回京的真正原因了……」

孟辭墨經常聽孟老國公說鄭吉如何作戰勇猛，那次南下平叛，鄭吉是第一次打仗，極是英勇無畏，哪裡危險就去哪裡。但鄭吉是宜昌大長公主的獨子，怕他戰死了不好跟皇上和大長公主交差，時為元帥的孟老國公和時為副元帥的鄭老少保都不願意讓他去涉險，結果他就當眾寫血書請戰，讓他們不好反對。最後鄭吉不僅沒戰死，還立下了大功。

鄭吉本想繼續留在南疆，卻被鄭老少保硬押了回京。回家後，他又被大長公主逼著娶了何家姑娘。讓他在御林軍或都督府當差他都不願意，選擇去了京郊五團營。他把整個心思都放在軍營裡，天天帶兵訓練，即使休沐也不著家。大長公主和駙馬爺氣得要命，派人去叫都叫不回，鄭老駙馬只得親自去軍營抓。若碰巧抓到，鄭吉只得回去；若被鄭吉跑了，也無法。

在鄭夫人生下兒子不久後，鄭吉不知跟皇上說了些什麼，突然被調去邊塞。這件事在當時鬧得很大，一個宗室子弟不在京城享清福，卻跑去戍邊，本朝只此一個。皇上大大褒獎了他，說他是宗室子弟的典範。但宜昌大長公主不願意，大哭大鬧著跑進宮求皇上和太后阻止鄭吉，可皇上卻沒如她的願。

孟辭墨的目光滑向江意惜。「算算鄭叔跑去邊塞的時間，應該是在妳娘仙逝後不久。之後的十幾年來，他只回過京城兩次，待的時間都不足一旬。而且他從來不找女人，無論是大長公主派人送去的美女，還是下屬孝敬的，他都拒了。之前我們都以為鄭叔的本性如此，除了打仗、練兵外沒有別的愛好，連最基本的人性都壓抑了。現在才知道原來另有隱情，他的心都給了那個姑娘，而那個姑娘卻嫁了別人，還早逝了。

「上次我們打仗，岳父和我都被編進鄭叔的營裡，他們公事公辦，態度如常，我居然一點兒都沒有發現他們有不對勁的地方。每場仗打完是將士們最輕鬆的日子，別人愛講女人，只有岳父喜歡講他的閨女和兒子。我歲數小，不好意思聽別人講女人，最喜歡聽岳父講家事，那時我特別羨慕你們，有個那麼疼你們的父親……惜惜，怪我不好，岳父因替我擋刀而傷重不治，苦了妳和洵兒。我們回京前，我帶著酒去給岳父掃墓，居然看到鄭叔坐在岳父的墓前，地上不止有香蠟、紙錢，還放了刀頭和酒，鄭叔也喝得半醉。他跟我說，他和岳父是舊識，年少時就認識了……」想到江辰因救自己而死，孟辭墨又難過起來，臉頰都在顫動。

江意惜是重生的，又知道李珍寶是穿越之人，對生死看得沒有那麼重了。她握著孟辭墨的大手說道：「若人真的有輪迴，我爹一定去找我娘了，他們會在另一個世界相守到老。」

孟辭墨把她的小手拿在唇邊吻了吻，輕聲道：「岳父跟岳母去另一個世界相聚了，留下的鄭叔最痛苦。或許，他把妳娘的早逝歸結在自己身上，在用他的後半生懺悔吧。」

江意惜的臉冷了下來。「他再痛苦也不值得同情！若我娘沒遇到我爹，就一屍兩命了！他沒本事搞定他爹娘就不該去招惹我娘，害得我娘未婚先孕去自盡，他再懺悔有什麼用？」

兩人心情都不好，相互依偎著坐在床頭。

沈默片刻後，江意惜又問：「你知道鄭夫人的風評如何？我那兩次與水有關的事件跟那個人和大長公主府有關，我怕另一次也跟鄭家離不開干係。看鄭夫人對我們姊弟的態度，她應該知道我娘與那個人的事，心裡是記恨我娘的。」

孟辭墨道：「鄭夫人的娘家前幾十年非常不錯，三品以上的大員出過好幾個。現在官位最高的叔叔在外地任布政使，一個兄長是通政使司副使，其他子弟官位都不高。據說大長公主當初看中她的是性子溫婉，何家又人丁興旺，何家姑娘也多生男丁。」

江意惜冷哼道：「何家姑娘倒是會生男丁，那個人回府沒幾次，鄭夫人就生了一個男孩。其實，鄭夫人也是可憐人，不招丈夫喜愛，大長公主又強勢。若她真的如表面那樣柔弱無害，只是不願意讓家人跟我們姊弟來往，那麼我與她便相安無事；若她把那個人對她的冷漠算在我娘頭上，要報復我和洵兒，我也不會客氣。」

孟辭墨點頭道：「她若敢存不好的心思，我也不會客氣。」他又湊近江意惜的臉細看了幾眼。「仔細瞧，妳跟鄭叔真的有那麼一點相像。」

江意惜有些氣惱，掙脫孟辭墨的胳膊，坐直身子，嘟嘴道：「誰跟他相像？都說誰養的像誰，我像我爹！」

孟辭墨又把她摟進懷裡。「是，妳跟岳父長得像。還好岳父聰明，把妳的生辰推後了三個月，怎麼算他們都想不到妳會是鄭叔的後人。妳以後儘量不要去大長公主府了，也儘量少跟鄭大姑娘來往。至於鄭叔，我祖父把他看成兒子和徒弟，我跟他也算莫逆之交，特別是平王，非常欣賞他，所以妳可以跟他沒有交集，但於公於私我都要繼續跟他來往。放心，我不會在他面前透露這件事……」

江意惜也知道不可能讓孟辭墨不跟他來往。兩人說到深夜，親熱了一番才歇息。

次日請完安，前院來報，鄭玉來了，還送上鄭婷婷讓鄭玉帶來的信和禮物，孟辭墨去前院見他。

信裡，小姑娘說她前兩天去昭明庵上香，在那裡住了一宿，還看望了李珍寶，李珍寶又瘦了，兩人只說了幾句話她就被請走了。

送的禮物是在庵外買的兩個竹編小花籃，大宅裡的小姑娘多喜歡這種充滿野趣的小東西。江意惜住在扈莊時經常看到，吳家父子都會編。

若是之前，江意惜會給她回信，再回送一樣禮物，這次江意惜什麼都沒送。

想著要跟那麼可愛的小姑娘漸行漸遠，江意惜還是非常不捨。

晌午，孟辭墨和鄭玉在外院喝酒、吃飯，申時初鄭玉才離開。

孟辭墨沒有回浮生居，而是去福安堂同老爺子秘密商議事情。

晚上，孟辭墨告訴江意惜，等到這個月二十二太后娘娘過完生辰，皇上會帶眾皇子和部分大臣及家眷在月底去狩獵。皇上幾乎每年都會在八月底、九月初帶人秋獵，這再尋常不過。而這次的地方特殊，是離皇陵不遠處的野蒼溝。孟辭墨軍中事務忙碌，會利用中秋節去皇陵見平王，想辦法讓皇上記起曲德嬪和平王，最好能召見他們。

中秋節休沐，江意惜原先還想著孟辭墨會回來團聚，這天許多人家都會全家去外面酒樓吃飯，老國公已經訂好了食上中的星月閣，許諾帶全家去吃飯兼賞月。

看到江意惜失望的眼神，孟辭墨輕輕捏了捏她的小鼻頭，笑道：「等到成就大事，無論家裡家外，就都太平了。」

第二日起，家裡開始為了去參加太后生辰的事做準備。之前太后娘娘只在滿十的生辰才大辦，但近兩年太后娘娘的身體不太好，皇上想通過大辦為她老人家增福添壽。

進宮拜壽的人包括宗親、公侯、三品及以上文官和家眷、二品及以上武官和家眷，還有些特召的人。

孟家有資格去的是老國公夫婦、成國公夫婦、孟辭墨夫婦、孟華。

因為二老爺的官沒達到三品以上，他們夫婦沒資格去。

孟辭墨是三品武官，但他是成國公世子，也有資格。

禮物已經準備好了，就是那盆「天女散花」。這盆花的花朵奇多，寓意好，象徵多福多壽，正好契合皇上此次大辦壽宴的願望，定能博個好彩頭。此時花開得正豔，有二十八朵之多，香氣濃郁，老遠就能聞到。

儘管老國公滿心不捨，還是捨了。他讓江意惜這些天一定要把這盆花侍弄好，以最好的狀態獻進宮。

其他的事宜就是給這幾個要去拜壽的人做新衣裳、打新首飾。江意惜沒進過宮，老太太又讓身邊的嬤嬤教她禮儀。

此時孟華特別得意，讓孟嵐和孟霜兩個小姑娘羨慕嫉妒極了。

二十那天孟辭墨沒有回來，他會在二十一晚上回來，第二日進宮拜壽。

江意惜此時已經想不到他了，她在為另一件事掛心並興奮著。

該來的月事已經超過四天沒來，她有可能懷孕了。此時尚早，怕萬一不是，不好請大夫來診脈。

江意惜看眼疾不錯，但其他醫術不怎麼樣，包括診脈。她沒摸出滑脈，卻不代表她沒懷孕。

她很矛盾，怕去了萬一勞累滑胎，觸了太后娘娘的霉頭，是會給孟家招禍的。但不去，就要找個好藉口。

次日，江意惜還是跟老太太悄聲說了老實話。

老太太一直在關心江意惜的肚子，趕緊讓人去太醫院請最擅婦科的御醫來。她沒讓江意惜回浮生居，而是在福安堂等御醫。

御醫診了脈後笑道：「恭喜老太君，恭喜孟大奶奶，孟大奶奶有喜了！雖然滑脈極淺，但不會錯的。」

老太太大喜，一迭聲地感謝御醫，讓人奉上紅包。

聲音大得在院子裡澆花的老國公都聽到了，進來問什麼事。聽說江意惜懷孕後，他也是大喜過望。長孫二十一歲了，躲過那麼多劫難，娶了個好媳婦回家，現在又有了後。他讓江意惜回去歇著，明天不要進宮。

江意惜激動得鼻子發酸，活了兩世，她終於要當母親了！

吳嬤嬤和水香等幾個丫頭聽說後，都是歡喜不已。

江意惜剛回浮生居不久，老爺子、老太太、付氏和孟二夫人的賞賜就來了。老爺子送的是一斤官燕，老太太送的是一套首飾和一根人參，孟二夫人送的是一斤阿膠。只有付氏沒送吃食、補藥，送的是一疋妝花緞和一疋適合給小嬰兒做衣裳及尿片的細絨布。

吳嬤嬤見付氏沒送入口的東西，很滿意。即使送了，她也不會讓大奶奶吃。她悄聲說道：「姑娘，以後您的早飯和晌飯都由浮生居的小廚房做，大廚房做的不要吃。」

若付氏想下毒，不會傻到在飯菜裡下，但江意惜還是決定不吃大廚房做的飯菜，除非在福安堂與其他人一起吃。付氏送的哪怕不是吃食，她也不會用。

她又遣人給江府送了信。

今天孟辭墨回來得早，未時末就回來了。

江意惜在歇晌，院子裡靜悄悄的，連籠子裡的鳥兒都縮著脖子打盹兒。

看見孟辭墨大步流星走進來，坐在廊下做針線的吳嬤嬤趕緊悄聲道：「世子爺小聲些，大奶奶還在歇息。」吳嬤嬤一直致力於讓大奶奶做個賢慧妻子，之前遇到這種事，都是去把大奶奶叫起來的。

孟辭墨有些納悶，江意惜一般不歇晌，歇晌也不會睡這麼久。再看到吳嬤嬤手裡的小衣裳，他有了猜測。「惜惜她……」

水靈正好拎著銅壺從後院走過來，回應道：「稟世子爺，大奶奶懷孕了！」由於激動，沒壓制聲音，大嗓門一下子就把院子裡的鳥兒吵得興奮起來，鳥鳴聲立即四起。

啾啾被嚇了一跳，不高興了，跳著腳大罵。「滾！回家，軍棍侍候……」

孟辭墨喜得衝進屋裡。

吳嬤嬤氣得拍了水靈一掌，罵道：「傻丫頭，驚著大奶奶了！」

水靈見一下子喧囂起來的院子，害怕地縮了縮脖子。

江意惜正睡得沈，突然被一個大嗓門驚醒。她睜開眼，正好看見孟辭墨衝進屋裡來。

「惜惜，我要當爹了？」他樂得雙眼彎彎，幾步奔到床邊。

江意惜坐起來，用手摸著肚子笑道：「嗯，我們就要當爹娘了。」

孟辭墨的大手覆蓋在她的小手上，輕輕摸了一會兒才說道：「我們的孩子會在這裡慢慢長大，我會跟岳父一樣疼惜他們，不讓他們受苦……」

江意惜倚進他的懷裡。「嗯，我們也要好好活著，沒有爹娘的孩子總是可憐的，不能讓他們受我們曾經受過的苦。」

這話說到了孟辭墨的心坎處，他低頭在江意惜的側臉上吻著。「我們都要好好活著……」

他們二人沒注意到床裡面還有一隻貓，正半瞇著眼睛偷瞄他們。花花也高興，牠又能叫主人「娘親」了，好希望娘親能讓牠喝一口奶喔！

聽了娘親的話，牠忍不住喵喵叫道：「娘親肚子裡有我的元神，還有我這具皮囊幫忙，定能活成個老妖精！」

孟辭墨這才看見花花居然躺在這裡，立即拎起牠的脖子甩到地上。「妳懷孕了，以後不許花花靠妳太近。」

花花一骨碌爬起來，流著淚衝孟辭墨惡狠狠地大叫。「孟老大，你過河拆橋！當初你追我娘親的時候天天讓我送信，現在卻這樣對我！你討厭，重色忘義，跟馬二郎一樣……」

水靈聽見聲音，趕緊進來把花花強抱出去。

江意惜嗔道：「花花傷心了，你對牠要溫柔些！」

孟辭墨見花花流淚了，也是後悔不迭。「好，以後不了。」又道：「我好像聽人說，女人懷孕要離小動物遠些，否則容易造成流產。」自從他和江意惜訂親後，就開始憧憬江意惜懷孕，因此會注意與孕婦有關的事項，不僅看過醫書，也向大夫及當了父親的人討教過。

江意惜不知道還有這一說，前世跟師父學醫，從來沒說起過孕婦的事宜。她也怕懷孕出意外，便點頭道：「好，我會注意。」

臨香和水香進來服侍江意惜穿衣裳，孟辭墨又觀察了屋裡一圈。因為有愚和大師算的卦，他最防備的是地上是否有水，又囑咐吳嬤嬤和臨香、水香道：「看住大奶奶，不許去湖邊，去外面隨時要扶著她。特別是下雨天和冬天，院子裡不許有積水和冰，不能讓大奶奶滑倒……」他看了雕花窗一眼，聲音壓得更低。「那個丫頭必須要清理了。」

江意惜之前還想留曉竹一段時日的，現在是留不得了。透過她的觀察和花花的偵察，院子裡的其他人目前還信得過。

外面突然嘈雜起來，是老國公帶著幾個婆子來抬「天女散花」，明天一早直接抬去皇宮。

江意惜已經悄悄給「天女散花」澆了含眼淚水的水。葉子水嫩翠綠，花朵豔麗香濃，又有一些花苞冒出來。

看到這麼好的花要送走，老國公心疼得臉都皺在一起，看到走出來的江意惜，他的臉上才又笑開了花，交代道：「孫媳婦好好歇著，不要再擺弄花草，也不要再下廚煲湯了。」

已經入秋，前世再過兩個月老太太就病死了，江意惜想盡一切努力留住老太太的命。

她笑道：「謝祖父體恤，孫媳該盡的孝道還是要盡。不親自動手，站在一旁指導其他人做即可。」

這話後來被老國公傳給老太太聽，讓老太太很開懷。

送走老國公後，江意惜和孟辭墨去東廂哄了幾句花花，花花才沒有繼續嘔氣。小東西記起來了，前主人懷孕的時候也不許自己靠得太近，她們不是嫌棄自己，而是因為自己這一身皮囊的關係。

牠喵喵叫了幾聲。「娘親，寶寶知道了。等妳生了弟弟或妹妹，寶寶要喝幾口奶奶。」孩子還沒出世，牠就先撒上嬌了，自稱「寶寶」不說，還把「奶」說成了「奶奶」。

江意惜哭笑不得。

連聽不懂牠話的孟辭墨和水清都納悶。

孟辭墨問：「牠的叫聲怎麼不一樣了？」

水清也道：「是啊，更嗲了！」

次日一早，老國公和老太太帶著有資格拜壽的幾人去了宮裡。

今天不用給長輩請安，吳嬤嬤和丫頭沒叫醒江意惜。

她一覺睡到巳時初，醒了還覺得頭腦不清明，想繼續睡。

坐在腳踏板上做小衣裳的吳嬤嬤笑道：「大奶奶起來了，要吃早飯。今天江家肯定會派人來看妳，若二舅爺能來就好了。」

江意惜暗忖，送了那麼多好吃食，江洵的腳傷應該好了，她也盼望江洵能來。

早飯擺上炕桌，有一碗燕窩、一碗胭脂米粥、一個雞蛋、一小碟肉包子、一小碟蔥油小餅，江意惜居然吃了一半。或許時間還早，除了嗜睡外，她沒有其他懷孕的反應。

午時初，江三夫人、江洵、江意柔帶著禮物來了。

江洵走路還是有些瘸，看著江意惜傻笑。他昨天聽說自己要當舅舅了，高興得一宿沒睡好。

江意柔快步跑過去摟住江意惜的胳膊，笑道：「二姊姊，我終於要當小姨了！」

江洵也道：「我要當舅舅了！」

江三夫人先嗔怪了江意柔兩句。「那麼大了還不知輕重，不要把妳二姊姊碰著了。」又對江意惜笑道：「恭喜惜丫頭，嫁進婆家不滿兩個月就有喜了。」這個消息讓江家所有人都高興。江意慧嫁進婆家三年未懷孕，這也是江家女找婆家時會被人詬病的一點。

江意惜檢查了江洵的傷，臉上的疤已經變得很淡，腳傷也基本好了，這才放下心來。她還是怕江洵臉上留疤，那就可惜這張俊臉了。

被姊姊這樣拉著看，江洵紅了臉，咧著嘴呵呵傻笑。

請江三夫人和江洵坐在圈椅上，江意惜拉著江意柔並肩坐在炕上。花花非常自覺地沒有去黏離江意惜近的江意柔，而是跳上了江洵的懷裡。

江三夫人看看滿屋富貴，笑道：「惜丫頭有福了。」接著說了一下江家的事。

今天老太太和江伯爺去宮裡拜壽了，老太太激動得幾天沒睡好。

江伯爺又訂親了，明年三月成親。定的是一個二十二歲的老姑娘，因為未婚夫在娶親前幾天病死，耽擱了親事。

江意言都十五了，高不成、低不就的，親事還沒著落。老太太見不好攀高枝了，就想把她許給自己姊姊的一個孫子，但江伯爺不願意，生了幾天的氣，老太太才撂開手。

說完該說的，江三夫人就有些欲言又止，看了江洵和江意柔一眼。

江洵和江意柔看出來，這是要說某些不願意讓他們聽的話題了。

江洵起身笑道：「我和四姊姊去錦園看看，那裡好看得緊。」他把花花塞進江意柔懷裡，去廊下把啾啾拎著，兩人去錦園的亭子裡喝茶。

孟二奶奶看到了，讓乳娘帶著安哥兒去陪他們說話。

按理，在前院學習的孟辭羽這時候應該把男客江洵請去前院敘話，江意惜便能把孟嵐和孟霜請來陪江意柔玩，並留她們在浮生居吃飯。但付氏母子跟孟辭墨不親厚，孟辭羽跟江意惜更有那一段緣故，便沒管江洵。

江洵和江意柔走後，江三夫人壓低聲音說：「我聽我家老爺的意思，老太太給洵兒看好了一個姑娘，是她的娘家姪孫女。我家老爺不同意，說洵兒有大出息，該配個好人家。可老太太想提攜娘家，言丫頭那門親事沒說成，就想讓洵兒娶這個姪孫女。我家老爺到底是叔叔，這事不好多管。惜丫頭想想法子，絕了老太太的這個心思吧，那姑娘我看過一次……」

她搖搖頭，沒有繼續往下說。

江意惜皺緊了眉毛。老太太的娘家不光是家世低，關鍵是不妥。瞧老太太的目光短淺和貪財，還有江三夫人的表情，那家教出來的姑娘不可能好。

江意惜有些生氣，那老太太只看得到眼前的錢和利，又涼薄，怎麼都讓人喜歡不起來。看在江辰的面上，若老太太稍稍慈祥些，江意惜都會好好孝敬她，可瞧她幹的什麼事！

江意惜說道：「謝謝三叔、三嬸，我知道了，會想辦法阻止老太太的。」

江三夫人又笑道：「又有一家看上了柔丫頭，請人來說合。那家的家世不錯，後生長得好，差事也好。我和妳三叔想請二姑爺幫忙打聽，若那後生真如說的那般好，就定下。」

這個後生正是江意柔前世說的人家。家世、差事、人才的確都不錯，但後生有隱疾，成親沒多久就死了。家人也寡情，對江意柔非常不好，說是她剋死了丈夫。

江意惜笑道：「好，我會請我家大爺打探清楚。四妹是個好姑娘，容貌、才情、性子樣樣好，三嬸不要急，我和我家大爺都在幫她打聽呢！」

江三夫人自是高興。

江意惜留他們吃了晌飯，江三夫人又說想去看看錦園，把江意柔帶了出去，她是想給江意惜和江洵說悄悄話的機會。

江意惜把江洵拉在身邊坐下，仔細看著江洵，越來越像江辰了。江意惜的鼻子有些酸澀，用帕子擦著他沒有灰的臉，笑道：「弟弟越長越像爹爹了，也越來越俊俏了。」

江洵紅著臉傻笑，任由姊姊擦著臉。

江意惜又把讓丫頭做的兩雙鞋給他，從荷包裡拿出三張五十兩的銀票塞進他手裡。

江洵推拒道：「姊，我有錢。」

「你有是你的，這是姊給你的。在學裡吃好些，沒有錢了，就跟姊說……」江意惜囉囉嗦嗦地唸叨了許久，讓他注意，若老太太娘家的姑娘來江家，一定要注意，別被人設計進去。又讓他跟鄭璟保持距離，少跟那些紈袴子弟一起玩。

江意惜說一句，江洵就答應一句。

等到江三夫人母女過來，他們才告辭離去。江意惜又給江意柔送了一盒宮花，給江老太太送了一疋緞子和一些補藥。

江意惜突然對老太太大方起來，讓江三夫人有些不解。

下晌申時初，去拜壽的人回來了。老太太累壞了，一回福安堂就上床歇著。她早上已經吩咐過，晚飯各吃各的。

江意惜還在床上睡覺，孟辭墨躡手躡腳去了西側屋。

整間屋子寂靜無聲。

吳嬤嬤和臨香、水靈在小廚房做晚飯，水香和臨梅去針線房領給小孩子做衣裳的布料、針線。

茶壺裡沒水了，水清正準備去耳房拎水，就看到從外面跑回來的花花，她抓住花花小聲嗔道：「在哪裡弄得這樣髒？去後院洗澡！」她四周望了望，對站在院子裡的曉竹說：「去耳房拎水給大爺沏茶，大爺在西側屋。手腳輕些，聲音大了吵醒大奶奶，看水靈不揍妳。」

曉竹作夢都想能近身服侍主子，今天居然還是服侍世子爺！她高興地答應一聲，拉了拉衣裳，又攏了攏頭髮，跑去燒水的耳房。小灶上放了一個銅壺，水已經開了。

她拎著銅壺進了上房。這是她在大奶奶嫁進來之後第一次踏足這裡，大奶奶嫁進來之前曾進來過幾次。她欣喜不已，四周望著。

幃幔兩邊，東側屋的門和西側屋的門都關著，但隔扇窗大開，能看到東屋臥房門半開，西側屋的榻上半倚著似睡著了的孟辭墨。

正前方的八仙桌上放著一個茶壺、幾個茶碗。

她走去桌旁，一手打開茶壺蓋，一手往裡倒水。屋裡靜極了，只能聽到她倒水的聲音。水倒進茶壺後，她又在一個粉瓷茶碗裡沏上茶，然後捧著茶碗向西側屋走去。

她輕輕打開門，見孟辭墨還斜倚在榻上，似睡得正香，她又走去榻邊，極是遺憾世子爺睡著了，沒看到她進來服侍。正想把茶碗放在榻旁的小几上，就見孟辭墨睜開眼睛坐起身。

曉竹嚇一跳，手中的茶碗晃了晃，溢出幾滴水落在手上，她忍住痛，笑道：「世子爺。」

孟辭墨伸手。

曉竹把茶碗遞上去，孟辭墨還沒接穩，她就鬆了手，茶碗一下子掉在地上，發出一聲清脆的響聲，茶碗摔得粉碎，碎瓷亂蹦，水也濺了一些在孟辭墨的腳上。曉竹嚇得魂飛魄散，趕緊跪了下去，膝蓋跪在幾片碎瓷上，連疼痛都沒感覺到。

孟辭墨喝道：「狗奴才！笨手笨腳，誰讓妳進來的？」

那邊傳來江意惜的聲音。「怎麼了？」

孟辭墨又怒喝了一句。「妳嚇著大奶奶了，滾！」又衝臥房溫聲說道：「妳醒了？無事。」一起身走去臥房。

曉竹哭著跑出去。

臨香回來後聽說了此事，找到曉竹說道：「比豬還笨！若大奶奶驚了胎，那可罪過了！快走吧，過會子我去跟大姑奶奶稟報。」

水清也氣沖沖地走過來，不高興地罵道：「蠢得要死，想抬都抬舉不起來，還害我被吳嬤嬤和水香姊罵！」

曉竹哭求道：「臨香姊姊，我下次再也不敢了，一定好好做事，不要趕我走！」

臨香冷哼道：「不是我趕妳，是世子爺嫌妳笨手笨腳，讓妳走！若妳不要體面，我只得讓婆子把妳拖出去了。」

曉竹無法，只得哭著把自己的幾件衣物收拾好，出了浮生居。

她沒有去二門，而是去了正院。

成國公正在這裡，同付氏小聲說笑著。

付氏的大丫頭雲秀出去聽了曉竹的哭訴，也氣曉竹笨手笨腳，失去那麼好的位置。此時不好跟大夫人稟報，只得先把這個丫頭安撫住。雲秀拿了二兩銀子給她，壓住氣說道：「近身服侍的活計妳不熟，那事也怪不到妳。妳先回家歇幾天，大夫人一直很賞識妳，定會給妳安排一個更好的差事。記住，把嘴閉緊。」

曉竹沒想到還能有更好的差事，道了謝，並保證那事會爛在肚子裡，就高興地回家了。

臨香去了孟月的院子。攆了丫頭，還是要跟管家的大夫人或幫忙管家的大姑奶奶說一聲。

孟月正在誦經，臨香站在屋外等了半刻多鐘，才被叫進去。

聽了臨香的稟報，孟月皺了皺眉。辭墨從小就被人說氣量小、心思多，男人有這個風評總歸不好，這次又因為小丫頭的一個小錯就趕人，豈不坐實了這個評價？自己就這麼一個胞弟，她比誰都希望他越來越好。以後得跟江氏談談，讓江氏勸著辭墨些。還要找機會跟母親解釋一下，弟弟趕走那個丫頭，的確是那個丫頭太笨，沒有別的意思。

孟月說：「又不是什麼大事，非得……算了，已經攆了，明兒我再派一個過去吧。」

臨香又道：「稟大姑奶奶，世子爺說，浮生居的人夠了。」

院子裡沒有了盯著自己的奸細，江意惜的心情極是愉悅，連飯都多吃了一些。

晚上，江意惜跟孟辭墨說了江三夫人提的兩件事。

「三叔、三嬸很好，我跟四妹妹也玩得好。我娘家那麼多人，除了洵兒，我最想幫的就是四妹妹了。」

孟辭墨道：「衛樟在御林軍當差，我不認識，讓鄭玉幫著打聽一下。王先譯在我手下當把總，人很不錯，品行好，家世好，也有一身好武藝，前程差不了。他和四姨很般配，他家不願意，是被周氏連累了。改天我找王先譯的父親王將軍喝個酒，說說這事。」

先前王家和江家那門親事都快說成了，正好遇到周氏那件事鬧出來，王家覺得江家的家風不正，便不願意了。如今江家女嫁給孟辭墨，孟辭墨又是王先譯的大上峰，孟辭墨若幫著說合，說不定能成事。

至於江洵的事，老太太愛財，又一直想讓孟辭墨提攜江家，江意惜就給她些好處，讓老太太放手江洵的親事。只是現在不好說，不能讓老太太懷疑是江三夫人給她通了氣。

三天後，江意惜得到消息，曉竹被付氏派去一個莊子做事。她暗哼，這只是第一步，過些天那丫頭就會出意外死掉。知道太多又沒完成任務的奸細，結局不會好。

懷孕滿四十天起，江意惜開始有了孕期的反應。嗜睡，還吐得厲害，渾身無力，但浮生居每天孝敬老太太的藥膳還是沒停。

老太太非常滿意江氏的孝心。之前只要一入秋，她就畏寒，喘不上氣，甚至躺在床上起不來。今年的身體比往年好多了，她覺得江氏送的藥膳起了大作用。

老太太看到江意惜難受，給她放了假，懷孕前三個月，早上都不需要去福安堂請安，晚上去吃飯即可。

月末孟辭墨沒回來，他已經帶兵提前去野蒼溝，配合御林軍和守軍保護皇上圍獵時的安全事宜。

第二十六章

九月初二一大早，孟家又忙碌起來。

今天皇上會帶皇子們和得寵的妃子、公主、一些大臣及家眷去野蒼溝狩獵，為期一旬。孟老國公、成國公、付氏、孟二老爺、孟二夫人、孟月、孟辭羽會跟著一起去打獵；孟二爺孟辭閱在御林軍裡當差，會去執行任務。家裡的主子一下子就去了大半。

之前不是讓孟月去，而是孟華，但前天孟華突然得風寒去不了，成國公臨時決定帶孟月去。對老國公夫婦的說辭是，這次去的後生多，說不定能有孟月看得上的人，他不忍孟月一輩子這麼過，若有好後生還是希望她再嫁。

孟月一直不喜人多的場合，如今她又是和離之身，根本不想去。但看到孟華去不了，大夫人又想讓一個閨女陪在身邊，只得勉為其難地答應去。

孟嵐非常想去，可她爹的官位不高，只能帶一個女眷，就她娘去了。她看到孟華去不了原先還高興，想著求大伯跟大伯娘帶自己去，結果他們帶了大姊姊，讓她鬱悶不已。

江意惜卻覺得不對，孟月長得像曲德嬪，趙貴妃會不會打了讓皇上看中孟月的壞主意？上次聽孟辭墨回來說，他們已經想到如何安排平王與皇上相見，希望皇上能回心轉意，接他們母子回宮。昨天江意惜對來侍弄花草的老國公說出這個顧慮，老國公悄聲笑道：「我們有計劃，不會讓月丫頭見那個人。之所以讓月丫頭去，是想再試試人心。」

老國公和孟辭墨已經確定付氏暗中幫著趙貴妃和鎮南侯府，卻不知道成國公到底暗自站隊沒有？這樣安排，或許是想看成國公的態度吧？他們有計劃，江意惜也就放了心。

幾個當家人都不在，老太太又是慈善人兒，所有在家的主子、下人都輕鬆多了，包括江意惜。

孟二奶奶母子、孟嵐、孟霜、黃馨每天上午都會來浮生居玩，逗花花和啾啾的同時，又能在錦園裡賞花。錦園和浮生居裡的菊花、建蘭等花開得正豔，比其他地方的花水靈多了。再加上浮生居的點心比別處都好吃，玩、看、吃樣樣不落，那幾人玩得盡興，甚至有時候連晌飯都在這裡吃。

有她們來玩，江意惜的日子也好過了許多，不覺得太難受。

初六這天，天空有些飄小雨，天氣也陰冷了不少。

那幾人給老太太請完安後，又一個不落地都來了。沒去錦園的亭子，而是坐在廊下喝茶、聊天。

安哥兒和黃馨被花花逗得大樂，自覺被冷落的啾啾又跳著腳罵人。

孟嵐和孟霜悄悄商量著，等到初十那天，她們女扮男裝，讓從國子監休沐回家的孟四爺孟辭晏帶她們出去吃飯和看戲。

孟二奶奶忙制止。「不行，妳們在家怎麼翻天都成，就是不能出府！還女扮男裝去看戲，想些什麼呢？四叔也不敢帶。」

江意惜也不同意兩個小娘子跑出去看戲，又說起了那次雙紅喜戲園被人蓄意放火的危險。

孟二奶奶和孟嵐、孟霜對彩雲卿感興趣極了。一個戲子，還那麼大歲數了，竟是把文王迷得神魂顛倒，先是想納為側妃，皇上沒同意，又置為外室。

江意惜滿足著她們的好奇心。「她長得的確漂亮，聽說唱腔好，功夫也好。當時那麼危險的情況下，還救了小郡主……」說到這事，江意惜總覺得有什麼事不對，卻又一時想不起，心裡有點不踏實。

到了晚上睡覺前，江意惜突然醍醐灌頂，想通了哪裡不對！

前世，太子在食上的萬星閣吃飯，文王帶著彩雲卿在另一間雅閣吃飯。那天孟老國公也在食上，江意惜也去了，在素食廳給老神醫買素食。太子喝醉了，趁文王被人請出去之際跑去調戲彩雲卿。文王回來看到，氣得跟太子打起來，後被護衛拉開。後來太子吃完飯帶人離開食上時，突然出現三個蒙面刺客刺殺太子，一片混亂中，太子受了輕傷，前去幫忙保護太子的孟老國公也受了傷。食上頓時大亂，許多人喊著「刺客」，東躲西藏。江意惜正在不遠處，嚇得到處躲，被一個姑娘拉進一間屋，再把門插上，那個姑娘正是李珍寶。

最後三個刺客被殺死，扯開蒙臉的布巾，居然是文王府的護衛。

皇上氣得吐了血，氣太子好色，連兄弟的女人都不放過。再想到之前太子與曲德嬪的事，覺得這個自己培養了多年的兒子道德敗壞，不配為儲君，便廢了他的太子之位，封為南王，趕出京城。

而文王派人行刺太子，屬於以下犯上，降成文郡王。文王痛哭流涕，說自己沒有讓人行刺，不知那幾個護衛為什麼要去刺殺太子？可他再辯解也沒用，事實擺在眼前。

孟老國公那時的身體已經非常不好，因為這次受傷，半年後也死了。

那件事應該是發生在三年後。

讓江意惜納悶的是，那時的彩雲卿已經年近三十，後脖頸和後背還有燒傷，再美也比不上那些十五、六歲的小嬌娘水嫩，太子為什麼會看上她？

還有當時的曲德嬪，被太子調戲時也三十幾歲了。

因此江意惜想通了，太子的愛好特殊，他喜歡年紀稍大的成熟美人！

有人知道他有這個愛好，先設計了太子和曲德嬪，又設計了太子和彩雲卿，這次又把孟月弄去那裡！

孟月今年二十四歲，長得美豔動人。雖然年紀不算很大，但因為深受和離的打擊，又不想再嫁人，不僅心態老，還故意往老了妝扮。這樣的成熟美人，太子肯定喜歡。

那些人不是想讓孟月去跟皇上見面，而是跟太子見面！若太子再跟孟月有什麼事，又會讓皇上想起曲德嬪「勾引」太子的事。那是皇上心中的痛，皇上肯定會重辦。這樣不僅他們之前的一切努力將化為泡影，孟月有可能被賜死，甚至連孟家也會受牽連……

江意惜嚇得一下子坐了起來，按住狂跳的心臟，得馬上讓人去見孟辭墨！

這事不能寫信，必須找信得過的人親自口述。

次日一早，江意惜就讓水香去把吳有貴叫進來。

吳有貴她最放心，這話只敢告訴他。但吳有貴不熟悉去野蒼溝的路，最好能找個熟悉那條路、又能第一時間見到孟辭墨的人，帶著他一起去，因為吳有貴是奴才，還是江意惜的奴才，軍隊裡的人不會買他的帳，找孟辭墨定會大費周折，浪費時間。

江意惜低聲跟吳有貴說了幾句話。

吳有貴表情驚愕，抿著嘴點點頭。

江意惜又說道：「大爺的幾個親兵都跟著他去了軍裡，老爺子的親兵有沒有留下的？」

吳有貴想了一下，說道：「奴才似乎聽說孟沉大哥的媳婦這幾天生孩子，不知他有沒有去。」

江意惜道：「馬上去孟沉家找人，若他在，就把這話告訴他，讓他馬上去找大爺。若孟沉不在……」她想了想，又道：「就去找王浩，說你有天大的急事，讓他帶你去找大爺。記住，剛才的話你只能告訴大爺，若實在找不到大爺，就只能告訴老爺子，其他誰都不許說。」

王浩是成國公府的護衛隊副管事。江意惜曾經聽孟辭墨說過，王浩之前一直跟隨老國公打仗，是老國公最信任的人之一，也是他放在國公府的眼睛。

但江意惜還是不敢把這麼重要的話告訴王浩，畢竟沒接觸過。她跟孟沉很熟，孟沉之前參與過他們的許多事，包括百子寺那件案子。

江意惜又讓水靈跟吳有貴一起去找人，找到誰，立即回來跟她稟報。

江意惜心裡忐忑，坐不住，在屋裡來回走著。

吳嬤嬤和幾個丫頭看得心顫，一個人扶著她，其他人連忙檢查地上滑不滑。

吳嬤嬤想了想，跑去庫房找了兩塊波斯絨毯出來，在江意惜常走的地方鋪上，還埋怨道：「平時看水靈風風火火跑得快，怎地這麼久還不回來？」

一個多時辰後，水靈終於氣喘吁吁地跑回來了。

水靈悄聲道：「孟沉大哥也去野蒼溝了。吳二哥找到了王浩管事，王管事聽他說有天大的事要去見世子爺，就帶著他走了。還說吳二哥的馬太孬，要趕緊去找匹好馬。」

江意惜長鬆了一口氣，但願現在還來得及。

昨天夜裡沒歇息好，心裡又有事，她沒有心情再招待那幾位客人，便說困乏，想睡覺。她躺在床上，聽到那幾位果真從福安堂來了這裡，聽說她不舒服，都不敢出聲，被孟二奶奶請去了自己的院子。

孟二奶奶又悄聲問道：「需要請大夫嗎？」

水香道：「大奶奶只是睏倦，早上又吐過兩次，說歇歇就好。哥兒和姑娘們把花花、啾啾帶過去玩吧，有牠們在，鬧得大奶奶不好歇息。」

聽說能把花花和啾啾帶走，安哥兒和黃馨都高興起來。

江意惜側過身，靜靜望著半開的小窗。

外面的小雨依然飄著，雨霧迷離，把綠樹紅花洗滌得更加豔麗。

這個鬼天氣，他們不會打獵吧？若不打獵，那些人會不會安排一個什麼機會，讓太子看到孟月？江意惜有些氣惱，為何她不早些想通其中的關節？

吳有貴的騎術不太好，天氣也不好，哪怕快馬加鞭，能在申時前趕到就不錯了。

距京一百多里的野蒼溝外，有一個氣派的三進院子，院子周圍紮著連成片的帳篷，周邊還有許多軍隊駐守著。院子是專門為皇上這次秋獵而建，皇上及妃子、公主、太子住這裡，其他人都住帳篷，包括其他皇子。

昨天便開始下雨了，但雨不大，地上還是乾的，所以皇上依然興致勃勃地打了獵。然而今天的地上已經聚了一些小水窪，草地裡更是泥濘不堪，因此除了興致正濃的一些年輕人，其他人都在屋裡或帳篷裡歇息。

每次狩獵都會帶一些女眷去，但真正願意打獵的女眷只有極少數的貴女，比如兩位年輕的公主，以及鄭婷婷等人，她們驕縱、大膽，被長輩寵著，不在意別人的評價。打獵的地方是專為女眷圈的平緩地帶，裡面只有兔子、野雞等小野物，連鹿、羊那些大點的草食動物都沒有。

大多女眷則只是穿著騎裝在外面看風景，等到男人打獵回來，去看看獵物，再聽聽哪個男人打得最多、哪個男人最勇猛，然後再誇獎幾句。

孟月不喜歡熱鬧，哪怕換上騎裝，也不願意像其他婦人那樣跑出去看風景或野物，而是坐在帳篷裡做針線或發呆。只有兩次被付氏強拉著，她才挽著付氏的胳膊去帳篷外轉了轉。

年輕女眷的騎裝都非常鮮豔，大紅色、玫紅色、芳綠色、柳綠色、淡青色、碧藍色、丁香色……只有孟月的騎裝是藏藍色。其實她沒有騎裝，在知道要去狩獵後，才向孟辭晏要了他的一套騎裝，稍微改了改，正好能穿。

付氏望了望外面的小雨，跟成國公愁道：「唉，月兒真的心如止水了，一跟她說這事就不高興，年紀輕輕的，可怎麼好？月兒自小懂事，又跟我貼心，不瞞老爺，我愁她的親事，比愁辭羽和華兒還甚。」

成國公看到妻子的眉頭擰成一股繩，開解道：「我知道妳心疼月兒，那個孩子看著柔弱，有時卻拗得很。這次咱們盡了心，她若實在不願意，就隨她吧。辭墨是她的胞弟，辭羽又溫和，將來都會善待月兒的。」他喝了口茶，又笑道：「這次，我還真看上一個人，就是羅大人的二兒子。他媳婦生產時死了，只有一個小閨女。之前羅大人跟我提過結親的事，我覺得那孩子大了些，已經三十二歲了。但前天我看了他一眼，長得很是俊朗，能力也不錯。」

付氏眉頭鬆開，喜道：「是嗎？若是可以，我悄悄帶月兒去遠遠看一眼。看到人了，說不定月兒會動心。」

成國公挑了挑眉毛，語氣曖昧地笑道：「當初葭兒是不是悄悄看過為夫，暗許芳心，才……」

付氏一下子紅了臉，嬌嗔道：「老爺！」她緊張地看了看四周，又道：「都這麼大年紀了，還說那些事做甚？」

成國公看著羞紅臉的妻子，雖已年近四十，卻依然美豔如花，更比年輕姑娘多了幾分撩人的風情。他捋捋唇邊的短鬚，朝她閃了幾下眼，可惜現在是白日，外面還有那麼多人……

付氏看出他眼裡的含義，又嗔了他一眼，說道：「我跟老爺說正事呢！我也瞧中了一個人，聽人叫他羅大人……呃，我瞧中的那個人不會跟老爺說的是同一人吧？」

成國公饒有興致地看著她。「喔？妳說的是誰？」

付氏格格嬌笑幾聲，又道：「我聽人叫他羅大人，剛剛升任光祿寺丞，負責這次狩獵的酒宴之事。我聽見兩個婦人在悄悄議論，說他心細、溫和，想把哪個親戚說給他當媳婦。」

成國公朗笑幾聲，說道：「我們說的正是同一人！那孩子還是進士出身，除了歲數大幾歲，各方面條件都不錯。」

付氏更高興了。「我也覺得那位小羅大人不錯，人才、家世、脾氣跟月兒都配。不過，咱們再樂意，正主兒不樂意也無法，還是要看月兒的決定。」

成國公說道：「那妳就帶月兒相看他吧。不要讓月兒靠得太近，那個傻丫頭，可別被人騙了。」

付氏有些羞惱，冷笑道：「到底是自家閨女，就是跟別人家的閨女不一樣。當初你是怎麼騙我的？」

成國公剛要說話，外面突然有丫頭稟報道——

「國公爺、大夫人，孟中管事求見。」

帳篷門打開，孟中在外面抱拳道：「稟國公爺，老公爺有事請您過去一趟。」

成國公立即起身去了隔壁的帳篷。

老公爺跟孟辭羽同一個帳篷，孟辭羽跟幾個年輕人一起去打獵了，此時只有他一人。

成國公走過去，先幫老爺子把茶斟滿，才在他下首坐下。「爹叫兒子什麼事？」

孟中退下，關好門。

老公爺說道：「聽說，趙貴妃今天晚上要舉辦宴會，宴請所有狩獵的人？那個女人，就不能消停點——」

之前都是回京的前一晚舉辦宴會，而趙貴妃提議今天舉辦，是因為下雨天，皇上沒有去打獵，想讓他晚上時高興一下。

成國公忙阻止道：「爹，外面人來人往的，慎言。」又道：「那事我也聽說了，我正要跟父親商量，這種宴會之類的，還是不讓月兒參加吧？」

趙貴妃提前舉辦宴會，孟老國公和孟辭墨認為她就是要利用孟月搞事。昨天平王派人給皇上送了一封信，說他如何思念皇上成疾，如今父子近在咫尺，他想來給皇上磕個頭。看了信後，皇上沈思了許久，沒答應，但也沒拒絕。

平王和孟辭墨等人想盡辦法把皇上吸引到這裡來狩獵，就是想讓他們父子見上一面，最好能讓皇上召見曲德嬪。

英王和趙家一黨鬧得厲害，還是沒能阻止皇上來這裡。那麼，他們肯定會不惜一切代價阻止皇上見平王和曲德嬪，而孟月就是阻力之一。

利用孟月，既能阻止平王的好事，也能打擊成國公府。打擊成國公府主要是要打擊孟辭墨，讓他不能再往上走。

老公爺和孟辭墨當然不會讓孟月出現在皇上能看到她的目力範圍內。

為了測試這個魯莽的大兒子，老國公故意不解地問道：「為何？」

成國公的身體前傾，聲音壓得更低。「月兒長得像那位，若被……他看到，勾起往事，怕他會把氣發在月兒身上。更有誅心的，怕他、怕他……」他不敢說怕皇上想起曲德嬪而強行讓孟月進宮，又道：「不管哪樣，對月兒和咱們家都不好。我也交代過付氏，不許月兒靠近那個大院子，也不要出現在他能看到的地方。」

老公爺看了兒子一眼。若這是他的心裡話，他還不算糊塗透頂，還是能把家族利益放在首位，沒有完全站隊英王。可他為何要冒險把孟月帶來這裡？就因為他媳婦的一句話？那個女人，為了幫趙貴妃，一意孤行把孟月帶過來。她難道不知道，這事若把孟月牽扯進去，不僅是害了平王，也會害了整個成國公府，包括她的丈夫和兒女嗎？

老公爺沈思片刻後，說道：「你顧慮得對。」

申時末，雨終於停了，太陽鑽出雲層，天邊出現一彎七色長虹。眾人都高興起來，明天又能出去打獵了。

孟辭墨站在一處高聳的山丘上俯望四周，他不敢放鬆絲毫警戒，要保證這一帶東面的安全，又要防備孟月不被設計進去。西邊的殘陽越來越紅，已接近山頂。那個大院子裡的幾間房頂冒著炊煙，人們陸續往那裡走去，不知趙家和付氏會想什麼辦法帶孟月過去？不管什麼辦法，孟月都去不了，也不會讓皇上看見她。而明天晌午，皇上肯定會和平王相見……

突然，一個青年軍官跑來跟孟辭墨身後不遠處的孟連山耳語幾句，孟連山又快步跑來跟孟辭墨低語幾句。

孟辭墨聽了，趕緊帶著人向那處跑去。

一棵大樹下，吳有貴正焦急地眺望著前方。

王浩安慰著他。「放心，我跟李小將軍很熟，他會以最快的速度把話傳給世子爺。」

一刻多鐘後，孟辭墨終於來了。

「什麼事？」

吳有貴把孟辭墨拉去一邊，用手捂住嘴邊，跟他悄聲說了幾句話。

孟辭墨眸子一縮，震驚地看向吳有貴。

吳有貴點點頭。「大奶奶就是這麼說的！」

孟辭墨氣得空甩了一下手中的馬鞭，咬牙罵道：「狗娘養的！」

帳篷裡，付氏親自幫成國公穿戴好。

成國公問道：「妳真不去？」

付氏笑道：「月兒耳根子軟，我們都不在，萬一她被人蠱惑進去怎麼辦？我留下看著她，不管什麼情況都不許她靠近那裡。」

成國公滿意地點點頭。有此賢妻，夫復何求？他低頭出了帳篷。

望著那個背影，付氏心裡也苦。

她不想做那件事，做了，肯定會惹怒老夫婦和孟辭墨，丈夫也會跟她離心。丈夫好哄過來，可跟那幾人的梁子就結下了。孟辭墨無所謂，他們之間的仇恨已不可緩解，她也恨不得孟辭墨馬上去死。但老爺子和老太太，她卻不願意得罪狠了。

那個人給她帶了信，說這是請她為他們做的最後一件事，以後他們再為難，也不會為難她了，因為「他」捨不得……付氏的拳頭在袖子裡握了握，暗罵道，老不要臉的，誰需要他的「捨不得」！她躺去小床上，輕哼出聲。

進來的丫頭雲秀焦急地說：「夫人已經喝過一次藥，還沒緩解，需不需要再去請御醫？」

付氏輕聲道：「無須，去把月兒叫過來。」

鎮南侯讓付氏做的事是，宴會開始後的二至三刻鐘之間，會有幾車京城來的美酒送至行宮東側門，作為光祿寺丞的羅仲書會在那裡檢查及接收酒，付氏就領著孟月去遠遠地看羅仲書一眼。而同時間，太子會被人引著出現在附近，只要太子看到孟月，付氏趕緊把孟月帶回去，她的任務就算完成了。

太子已經喝醉，看到成熟美豔的孟月，孟月又像曲德嬪，他色迷心竅，不出意外肯定會派人跟蹤。

相較於讓皇上看到孟月，趙貴妃等人更願意讓太子看到。若太子把持不住闖下大禍，不僅能阻止皇上見平王和曲德嬪，也打擊了成國公府，更能打擊太子。若是皇上不願意再忍，直接廢掉太子更好。

這麼安排，也能最大限度地避免孟家人懷疑付氏。即使他們怪罪，付氏也能說是聽了成國公的話，好心辦壞事。她會因大意而受罰，但不至於會失去成國公的愛以及成國公夫人的頭銜。

付氏恨得咬牙。老爺子和老太太還沒死，孟辭墨夫婦正在抓自己的把柄，他們就急不可待地讓自己走這一步！自己在國公府經營這麼多年的地位和好口碑，很可能會因為這件事而大受影響。他們沒有兌現承諾，沒能弄死或弄殘孟辭墨，憑什麼讓自己去冒這個險？可她卻不敢不做……付氏正想著，端著托盤的孟月走了進來。

「娘好些了嗎？我特地讓丫頭熬了點米粥，很清爽，娘喝一點。」若是在家，她會親手熬粥。

付氏搖頭道：「犯噁心，不想吃。」

孟月把托盤放在小床旁邊的几上，勸道：「粥裡放了山藥，娘多少吃一點。」她把付氏扶起來倚在床頭，一勺一勺地餵付氏。

看到這樣的孟月，付氏心裡有了兩分柔軟。若那件事成了，她是和離的身分，沒有資格進宮。不過，她祖父是為晉和朝東征西戰又極得皇上敬重的孟令，皇上看在老爺子的面上會破例也不一定。只是，她有這副面孔，又以這樣一種形式進宮，皇上和太后都不會待見她。她性子軟，又單純，在那裡不知能活多久……但想到鎮南侯的威脅，又想到從小就跟自己作對的孟辭墨，付氏的心腸又硬了下來。

付氏勉強喝了半碗粥後，把碗推開。她閉了閉眼睛，對坐在床邊的孟月說道：「不知怎地，娘越發感覺身子不濟，不知能活多久。」

孟月眼裡倏地湧上淚水。「娘……」

付氏握住孟月的手說道：「娘知道妳孝順，我就是那麼一說。唉，妳從小就良善單純，幾個孩子中，我最不放心的就是妳。今天上午，我還和妳爹說起妳的親事……」
孟月的臉紅如胭脂。「娘，我不想再嫁人，受夠了。」
付氏把她的手捏得更緊。「我知道妳是嚇著了。唉，當初把妳許配給黃程，娘是看中了他的家世、才情、相貌，也特地打聽了他的脾氣秉性，哪裡想到那個老虔婆會那麼壞……因為娘看走了眼，老公爺和辭墨對我頗多怨言，覺得是我這個後娘故意把繼女推進火坑……」
孟月忙道：「娘，我知道您是真心為我好，我跟祖父、祖母、辭墨都解釋過。」
付氏嘆了一口氣。「妳解釋有用嗎？不說他們，連妳爹都埋怨過我。後娘不好當，我真是冤枉死了……」說著，她的眼圈紅了，又道：「妳爹說的這個小羅大人很不錯，進士及第，只有一個閨女，雖然大了幾歲，但年紀大了會疼人。聽說他長輩都溫和，他的脾氣也好。妳爹讓我有機會了帶妳瞧瞧他，若滿意更好，若不滿意，娘也算交差了。」說完，就殷殷地看著孟月。
孟月被付氏看得低下頭，咬了咬嘴唇，沈思片刻後，才紅著眼圈抬頭說道：「娘，我答應考慮考慮。我還是不想再嫁人，只是為了娘考慮這件事。」
付氏語重心長道：「傻孩子，話不能說滿了，若小羅大人真的不錯，妳就答應吧。人的一輩子長著呢，等我和妳爹死了，馨兒再嫁了人，辭墨和辭羽最在意的人會是他們的媳婦和兒女，到時妳能靠誰呢？妳不能讓我和妳爹死了都不瞑目啊！」滿眼關切，語氣輕柔。
孟月又為難、又感動，眼裡湧上淚水，哽咽道：「娘，我知道您心疼我，我一直都知道。」

付氏伸手理了理她的頭髮，笑道：「傻丫頭，妳是我從小帶大的閨女，我當然心疼妳啦……」

兩人輕聲交談著，外面突然傳來一個男人的聲音——

「內務府送酒來了，在行宮東側門。羅大人在那裡交接，咱們去瞧瞧，看能不能討一點來喝。」

緊接著，幾串腳步聲遠去。

付氏笑道：「小羅大人是負責酒宴的官員之一，他們說的羅大人肯定是他了。我覺得好些了，我們出去遠遠地看看他吧？若月兒實在看不上，就算了。」

孟月滿臉通紅，不願意。「娘，這樣不好的。」

「有什麼不好？許多人家訂親前，男女雙方都要相看的。就是各種花宴，也是讓那些未婚男女先相看，看對眼了再說親。我們只是出去散步，遠遠看見一眼，那是碰巧。」

孟月還是不願意。老國公、成國公、孟辭墨，加上付氏都一再告誡她，絕對不許靠近行宮，不能被皇上看到。「娘，你們不是不讓我靠近那個院子嗎？」

付氏笑說：「傻孩子，我們又不去前面。那個人別說現在不會出來，即使出來，也是走前面的正門。」

孟月無法，只得親自服侍她穿上衣裳，兩人相攜走出帳篷。

雨後的黃昏美極了。西邊彩霞滿天，燦爛無比，雲層中間還透著數道金光。另一邊天際一片瓦藍，沒有一絲白雲，像剛被沖洗過一般。

帳篷密密麻麻，形狀相近，大多土白色，也有土黃色。怕不好區分，門楣上還掛了號牌。

穿梭在帳篷之間的行人很少，大多是下人，還有巡視的士卒。

孟月扶著付氏的胳膊，後面跟著兩個丫頭，幾人挑揀著乾淨的地方往行宮後面走著。行宮周圍是青石板路和碎石子路，已經乾了，比別處的路都好走。

付氏和孟月四人剛繞過後牆，就看到側門前停著五輛馬車，還站了十幾個男人，有車夫、軍士、太監等。其中一個穿著六品官服的男人特別突出，他三十歲左右，唇邊一條短鬚，長得白淨斯文、瘦瘦高高，一看就是穩重溫和之人。

付氏和孟月看了幾眼，便轉身向後走去。

付氏悄聲笑道：「後生長得不錯，又溫文爾雅……」

孟月紅著臉沒言語。她心裡牴觸，根本沒仔細看。但不好意思馬上忤逆付氏，想著過後再說吧。

走沒多久，突然看見三個男人迎面走來，隨之襲來的是一股刺鼻的酒氣。

其中一個男人二十六、七歲，華服裹身，腳步踉蹌。他看到孟月後滿眼驚豔，目光極其放肆地在她臉上轉來轉去。

孟月嚇得趕緊低下頭。

付氏給那個男人屈膝施禮道：「見過太子殿下。」

孟月和另兩個丫頭聽了，也趕緊屈膝施禮。

太子看向付氏，笑道：「孟大夫人，巧啊！這位是……」他的目光又看向孟月。

付氏答非所問道：「臣婦告辭。」說完，拉著孟月快步走了。

看著那個略顯豐腴的背影，太子扯了扯嘴角。

柔美、曼妙、丰姿綽約，還有兩分曲德嬪的風情，像剛剛成熟的紅櫻桃……若是再熟透些，就更好了。

她應該是成國公那個和離了的長女，曲德嬪的外甥女。前些年約莫在宮宴還是花宴上見過，當時也不覺得她這麼撩人啊！可見女人還是成熟些才好……他對身後的人耳語了幾句。

回到帳篷裡，孟月害怕地問：「娘，都說太子好色，他會不會……早知道，不該出去的。」

付氏笑出了聲，說道：「都是二十幾歲的人了，膽子還這麼小。這周圍都是人，那個人就是色膽包天，也不敢打重臣家眷的主意。何況妳是誰啊？妳的祖父是孟老國公，連皇上都敬重。好孩子，妳還是想想那件事吧。娘覺得小羅大人不錯呢，溫和、有才情，家世也好。過了這個村，可就沒這個店了。」她既是在安慰孟月，也毫不客氣地點出孟月的歲數，意思是——妳都這把年紀了，比不上更年輕的小娘子！

孟月紅了臉，不好再說。

付氏回了自己的帳篷。她又覺得頭痛，讓雲秀服侍她上床歇息。

雲秀道：「晚飯快送過來了，夫人吃完飯再歇息吧？」

付氏搖頭道：「頭痛得厲害，心慌……」

「夫人喝安神散嗎？」近兩年付氏的睡眠一直不太好，特別不好時就會喝安神散。

付氏道：「給我兌一碗吧。」

西邊最後一絲光亮被吞沒，彎月爬上柳梢，星子撒滿天際。夜色，已悄然而至。

四周靜謐，只有行宮裡的絲樂聲和歌聲隱約傳來。

孟月睏得厲害，眼睛都有些睜不開了，但想到太子的眼神，她又害怕得不敢睡。雖然自己歲數大了，但剛才太子的眼神她沒看錯。「春分，看看門插好沒有。」

春分也睏得要命，笑道：「姑奶奶已經吩咐了三次，奴婢也已經看了三次，插好了。」

帳篷有限，來狩獵的人帶的下人很少，基本上都是帶一、兩個。孟月就只帶了一個春分，兩人住一個帳篷。

春分還是去門邊看了看。門是插好了，只不過這門不是木頭，而是桐油布做的，若真有壞人，哪裡擋得住？

孟月打了個哈欠。「睏了，睡吧。」

小半個時辰後，親自給皇上斟酒的柳嬪突然暈厥。柳嬪是四年前進宮的，這也是皇上最後一次納女人進宮。她年輕、美麗、可人，很得皇上喜愛，幾年間就從美人升到嬪的位分。皇上極是心疼，也沒有了再喝酒、看歌舞的興致，宮宴提前結束。

成國公回到帳篷時，付氏還在睡。他有些擔心，伸手摸了摸付氏的前額，把她摸醒了。

「宮宴結束了？」

成國公道：「嗯，柳嬪暈厥，宮宴提前結束。」又擔心道：「妳睡了這麼久，需不需要請御醫？」

付氏道：「無須。喝了安神散，這一覺睡得沈，頭腦清明多了。我也沒有一直睡，天黑之前還和月兒出去轉了轉。老爺猜猜，我們遇到誰了？」

成國公玩笑道：「總不會遇到羅仲書吧？」

付氏說道：「我們還真遇到他了！老爺走後，月兒來這裡跟我敘話，我們聽到外面有人說內務府送酒過來，羅大人會去接酒，我想著，那個羅大人可能就是你說的小羅大人，就拉著月兒去看看。只是，唉……」

成國公納悶。「是月兒沒看上？看不上就算了，妳也盡了心。」

付氏搖頭道：「不是。我們遠遠看了兩眼就往回走，誰知遇到了太子。哎喲，那個人越來越不像話了，哪裡是一個儲君的作派。他直盯著月兒看，還問那是誰？我沒搭理他，趕緊拉著月兒走了。」

成國公眨了眨眼，之前他一直防著皇上，若好色的太子見到孟月會不會打什麼壞主意？

看到沈下臉的成國公，付氏安慰道：「太子再大的膽子，也不敢調戲咱們家的閨女，老爺子和老爺是股肱重臣……」

成國公罵道：「那個色胚，膽子大得緊……」他站起來想去看孟月，又覺得現在天晚了，他去不合適，便對一旁的雲秀說道：「妳去看看月丫頭。」

付氏似也害怕起來，忙說道：「我也去！」

雲秀服侍她穿好衣裳，兩人去了孟月住的帳篷。

帳篷裡熄了燈，靜悄悄的，像是裡面的人睡得正熟。

付氏想拍門，卻發現門上被劃破了一塊，她輕輕一推，門就開了！

她剛「哎呀」地叫了一聲，就趕緊把驚叫聲壓進嗓子裡。

雲秀可沒有這麼鎮定，當即驚叫道：「天，門被劃開了！」

一位路過的夫人聽見她們的話，走過來問道：「怎麼回事？」

付氏沒搭理她，推門走進去，看見兩張小床都是空的。

付氏和雲秀嚇得魂飛魄散，趕緊跑去找成國公，還不敢叫出聲。

那個夫人也嚇到了，趕緊回去找自己的丈夫，再去查看家裡的年輕女眷。

成國公聽說孟月和丫頭不見了，帳篷也被劃破了，嚇得一下子跳起來，向她們的帳篷跑去，看到劃破的門、空著的床，眼珠都紅了。「他娘的！怎麼回事？」他跑了出去，對跑過來的孟辭羽和負責這裡安全的軍士說：「趕緊找！帳篷裡、樹林裡……動靜不要鬧大了！」

外面的聲音把許多人都吸引了出來，趕緊檢查起女眷住的帳篷。有幾個帳篷門被劃開，但不明顯，要仔細看才能看清楚，幸好裡面的女眷都在。

突然，北邊傳來一聲驚叫，那裡又有一個帳篷門被劃開，裡面住的主子也失蹤了，只丫頭還睡得香，於是一群人又湧去了那裡。

「哎喲，是鎮南侯府的趙五姑娘！丫頭被叫醒，都嚇哭了，說什麼都不知道……」

聽說鎮南侯府的五姑娘失蹤了，原本假著急的付氏這下子是真著急了。怎麼會這樣？不應該啊！付氏的身子晃了晃，被雲秀扶住。

之前還想瞞著悄悄找人，眼下也瞞不住了，都大聲嚷嚷起來，眾人紛紛拿著燈籠，檢查帳篷門、帳篷裡。男人們把自家女眷集中起來，檢查有沒有人失蹤。

孟辭羽安慰付氏道：「娘莫急，失蹤的不止大姊，說不定她們相約去哪裡玩了。」說完連自己都不信。孟月跟趙五姑娘不熟，即使真的相約出去玩，也不可能把門劃破。

他們到處看著，付氏隱約看見一個熟悉的身影。哪怕看不大清楚，也能感覺到那個人胖了，背也不像年輕時那樣挺得筆直，臉上有許多皺紋，甚至頭髮和鬍鬚都變成了灰色……他老得真快。

成國公府住的帳篷與鎮南侯府隔了一段距離，兩人又刻意避開，因此住這裡幾天了還是第一次見面。

鎮南侯趙互也看到付氏了，眼裡有埋怨和怒其不爭，瞬息即逝。

兩人都像沒看見對方一樣，一個朝東、一個朝西，各自找著人。

付氏又氣又怕。她一切都是按照他們說的做，沒有透露出一點消息，也沒有表現出不妥被人懷疑，但自己似乎被埋怨了？

那邊傳來興奮的說話聲——

「孟家大姑奶奶在這裡，她沒有失蹤！」

又有人高聲叫道：「孟家姑奶奶找到了，趙五姑娘還沒找到！」

付氏的腦袋「嗡」的一聲，身子又晃了晃。怎麼會這樣？不應該啊！

孟辭羽還以為他娘是激動的，高興地扶著她往那個方向走去。

此時，孟老國公的大嗓門傳來——

「你們不要亂說，我家姑娘沒有失蹤，她一直跟我在一起！我頭痛，提前出來，讓她陪我去那邊吹吹風。這裡是怎麼了？有姑娘丟了？」

孟老國公和孟辭墨、被春分扶著的孟月一起向這邊走來。

孟月臉色蒼白，眼神驚惶，緊緊咬著嘴唇。她還是不相信，待自己如親閨女的大夫人怎麼會害她？可剛剛聽說與她帳篷上的號牌交換過的趙五姑娘真的失蹤了，她還是嚇壞了。

弟弟說，想不明白就慢慢想，但今天晚上必須按照他說的做。

一看到孟月，付氏就跑上前拉著她的手哭道：「好孩子，還好妳沒事，娘都要嚇死了！妳啊，出去怎地不跟娘說一聲？」

孟月木木地看著她，她哭得這樣難過，像是真的著急……孟月想到弟弟的囑咐，只低頭任付氏摟著，不說一句話。

孟月被找到，鎮南侯府的幾人更著急了。

這時，從行宮裡傳來一聲驚恐的尖叫聲——

「啊——這是哪裡？」

行宮不大，這聲尖叫，外面的人全聽得清清楚楚。

趙二夫人驚道：「天哪，這像是元洛的聲音！她怎麼會在那裡——」元洛前天打獵崴了腳，這兩天都在帳篷裡歇著，哪裡都沒去。她總不可能自己走去行宮吧？想到這裡，趙二夫人更害怕了。她還要發問，被趙二老爺制止了。

「閉嘴！妳胡說什麼！那聲音怎麼會是元洛？」

鎮南侯、趙二老爺、趙大夫人、世子爺趙元會幾個知道內情的人臉色更難看了。之前還存著一點僥倖，現在是真害怕了。不知孟家怎麼知道了他們的計劃，提前把人換了……但願趙貴妃能幫著善後，讓皇上不至於懷疑到趙家，可趙元洛是真的折損進去了。

鎮南侯使了個眼色，趙二老爺立即拉著不知情的趙二夫人向自家帳篷走去。

趙二夫人猜測閨女應該是出了什麼事，不敢再說話，只得趕緊回去問丈夫。

這時，宮裡來了個內侍，躬身跟鎮南侯說道：「趙侯爺、趙大夫人，皇上傳你們見駕。」

孟老國公哈哈笑道：「趙互，若剛才的聲音真是你家姑娘的，恭喜你府上又要跟皇家結親了啊！」

鎮南侯沈臉道：「孟老大人慎言，皇家的事可不是你能作主的。」語畢，他和趙大夫人跟著太監向行宮走去。

眾人的眼裡都有了了然和不屑，或許真如孟老國公所言，趙家女用不正當的手段再一次攀上了皇家的誰。他們也不繼續找了，各自回去。

成國公看到閨女完完好好地回來，喜不自禁。他也看出了事情不對勁，悄聲問道：「爹，怎麼回事？」

老爺子看了付氏一眼，沈聲說道：「外面的事你都聽到了，家裡的事回府再說。」

幾頂被劃破的帳篷重新換成了新帳篷，但孟月不願意進去，對孟辭墨說道：「我怕。」這是她長這麼大以來，在面對付氏和孟辭墨同時都在的情況下，第一次沒有求助付氏，而是求助弟弟。

孟辭墨冷峻的臉有了笑意，說道：「不怕。弟弟保證，沒人可以傷害妳。」心裡還是覺得苦澀，若不是惜惜及時傳來消息，姊姊還是會受到傷害。

雖說自己提前做了安排，不至於讓孟月被人擄走，但若鬧出來，孟月被太子看上的事就瞞不住了，她的名聲肯定會受損。而且，自己也無法提早設計，悄悄把孟月和趙元洛的帳篷號牌換了，等到趙元洛被擄走後再把號牌換回來。

趙家事先沒看出一點端倪，才會把事情一步步鬧大。

孟老國公也說道：「莫怕，妳有祖父，還有個好兄弟，沒人傷害得到妳。」他直接把成國公這個父親排除在外。

看來，他們是提前知道有人要害孟月而作了安排……付氏想不通，那件事那麼隱密，他們怎麼會知道？付氏也更加心驚，不知他們是否知道自己也參與其中？

孟辭墨圍著帳篷檢查了一圈後，說道：「帳篷完好無缺。大姊放心歇息，有人看著。」

孟月和春分進去後，付氏也跟了進去。

付氏安慰孟月好一陣子，還一定要看著孟月躺上床才走出帳篷。

鎮南侯和趙大夫人被直接領去太子住的正殿。

正殿裡，皇上沈臉坐在羅漢床上；趙貴妃坐在側座，神情憔悴，像是哭過；太子則是衣冠不整地站在一旁，臉上還有紅印，一看就挨了打。

太子到現在還有些懵，事態怎麼會發展到了這一步？他讓人去擄孟月，可擄回來的卻是青澀又沒有幾兩肉的小姑娘。這個小姑娘他還認識，是趙貴妃的娘家姪女趙元洛……

太子氣急敗壞地踢了擄人的護衛一腳，罵道：「眼睛瞎了？怎麼換人了？」

一旁的曹公公趕緊說道：「咱家明明跟你說八十二號、八十二號，你莫不是記錯了？」

去擄人的護衛說：「小的沒記錯，去的就是八十二號帳篷。」

另一個一起去的護衛也說道：「小的也看了好幾遍，的確是八十二號帳篷。」

太子又踢了曹公公一腳，罵道：「沒用的東西！白長那麼大的眼睛，改天讓人剜了餵狗吃！」

曹公公連忙跪下，磕頭如搗蒜。「殿下饒命、殿下饒命……」他真是冤枉死了，孟月進的的確是八十二號帳篷啊！

擄人的護衛又說：「趁她還沒醒，小的這就把她送回去？」

太子圍著趙元洛轉了一圈。

小姑娘十四、五歲，小臉酡紅，眉目精緻，倒是跟她的姑姑趙貴妃有兩分相像。雖然比不上孟月，倒也不是不能將就。特別是想到趙貴妃，他的身體立即有了幾分燥熱。

他皺眉說道：「著什麼急？離宮宴結束還有大半個時辰。也不能讓她白來，將就完再送回去吧！」之前的計劃是，把孟月擄來，玩完就送回去，神不知、鬼不覺，還玩了一次美人。若孟月不是曲德嬪的外甥女，她們二人長得還這麼像，他說什麼都會想辦法把人名正言順地弄進宮。

聞言，太監和護衛都退了下去。

不多時，前面的宮宴突然結束，守在外殿的曹公公害怕了。他跑去寢殿門口小聲說道：「殿下，宮宴結束了，可怎生是好？」

太子聽了也嚇一跳，怎麼會提前結束？

曹公公又道：「現在人多眼雜，不可能把她送回去她住的帳篷了。要不，把她扔去行宮外的大樹下吧？別人懷疑不到殿下身上。」

太子覺得這個主意不錯，雖然陰損了些，總能把自己摘出來。既然能把自己摘出來，那還是玩完了再扔吧！他說道：「不著急，等爺玩夠了再扔出去。滾，別打擾爺的好事！」

曹公公急得跳腳，卻也不敢再說話。

同一時間，皇上正在柳嬪的側殿裡，他滿眼含笑地看著柳嬪。柳嬪被診出懷孕了，自己又將迎來一個老來子。

突然，一個太監匆匆過來稟報。「稟皇上，外面吵得厲害，到處在找人，說是成國公府的大姑奶奶失蹤了。」

皇上嚇得一下子站了起來。他打了這麼多年的秋圍，是第一次出現這種事，而且，出事的還是孟老愛卿家。皇上立即說道：「再去打聽看看人找到沒有。」

皇上的大太監郭公公前額滲出汗來，那件事不敢再隱瞞了。他忙躬身對著皇上的耳邊說：「奴才剛才聽說，有人扛著一個大麻袋去了太子寢宮。」

皇上的眼睛倏地瞪圓了。「為何不早說？」

郭公公的腰躬得更低。「奴才不知麻袋裡裝的是什麼，不敢胡亂揣測。」

想到太子的德行，皇上倏地起身向太子寢宮走去，又交代一個太監。「去請趙貴妃。」那種事，要有一個女性長輩在場才好。

看到那幾個身影匆匆消失，柳嬪的嘴角滑過一絲笑意。

趙貴妃說，若她今天配合這件事，就讓她順利生下孩子，還會幫她升位分。皇上已經四十六歲，自己哪怕生出兒子，也不敢奢求那個位置，只希望再找個除了皇上以外的靠山，把兒子平安養大。

看見皇上來到太子寢宮外，曹公公嚇得一下子跪了下去。

皇上怒吼道：「讓那個逆子滾出來！」

正在辦好事的太子聽到皇上的怒吼聲，嚇得一下子疲軟，趕緊抖著身子把外衣穿上走出去，跪下說道：「兒臣正在歇息，父皇來此有何要事？」

還在裝！皇上氣得一腳把他踹倒在地上，指著屋裡問道：「說！那裡頭藏了誰？」

太子沒想到這件事居然揭了出來，連皇上都知道了！

他嚇得把頭埋在地上，抖著聲音說：「是、是……是趙五姑娘。」

一旁的趙貴妃驀地有了種不祥的預感，皺眉問道：「哪個趙五姑娘？」

太子道：「是……鎮南侯府的趙五姑娘。」

鎮南侯府的？皇上眨了眨眼睛，不對啊！

趙貴妃急步走進寢殿，果真看見被脫光衣裳的趙元洛還在床上睡得香！趙貴妃血往上湧，跑去床邊先拉被子把趙元洛蓋好，才使勁搖晃著她。「洛洛，醒醒！洛洛，快醒醒……」

趙元洛沒醒。

趙貴妃又使勁掐趙元洛的人中，她才終於被掐醒。

趙元洛坐起身，這才發現身上一絲不掛。再看看趙貴妃、陌生的環境，她嚇得毛骨悚然，扯開嗓門尖聲叫道：「啊——這是哪裡？」

趙貴妃迅速捂住她的嘴。「洛洛，快住嘴！」

趙元洛嚇得倒下，又昏了過去。

皇上又踢了太子一腳，咬牙罵道：「混帳東西！到底怎麼回事？快說！」

太子的腦子急忙轉了轉，屋裡已經藏了一個女人，他不敢再把另一個女人拉進來讓事態惡化，否則更不好收拾。他磕頭說道：「父皇，是兒臣混帳，兒子該死！自從兒臣看到趙五姑娘後，就被她的美貌和端莊所吸引，夜裡夢裡想著她。就、就讓人把她請來……」

趙貴妃走了出來，哭道：「皇上，您要給臣妾的姪女作主啊！洛洛遭此大難，她可怎麼活啊……」

太子忙道：「貴妃娘娘，本宮願意負責！」

趙貴妃氣得一噎。誰想讓你這死東西負責！她恨不得一腳踹死這個色胚！她和兒子天天巴望著把太子鬥下去，怎麼可能願意讓娘家姪女當太子的女人？可事情到了這一步，洛洛不嫁給太子，就是死路一條。

她氣娘家辦事不力，讓孟家鑽了空子，更恨孟家將計就計擺了他們一道！若是真能憑著這件事把太子廢了，犧牲一個姪女也值了。可皇上對元后的感情深厚，這件事還不足以讓皇上狠心廢掉太子。這個姪女肯定要捨棄了，只得想辦法讓皇上給娘家補償一二。

她沒搭理太子，繼續對皇上哭道：「皇上，臣妾的臉都被人踩到地上了！他是儲君，怎麼能做出這種強搶重臣之女的事？臣妾該如何向娘家交代啊……」

皇上氣得又一腳踢在太子臉上。「混帳東西，你居然敢做這種事！」

太子抱著皇上的腿哭道：「父皇，兒臣知錯了！看在兒臣母后的情分上，就饒了兒臣這次吧！兒臣只是太傾慕趙五姑娘，才把她請來。兒臣保證，下次再也不敢了……」

皇上看了一眼跪在地上痛哭流涕的太子。皇后還活著的時候跟他感情甚篤，死前拉著他的手讓他護好這個兒子，他也鄭重地承諾了。

太子五歲起皇上就帶在身邊培養，還指派幾個重臣教導他，可他卻如此不爭氣……

外面已經鬧開來，這事若處理不好，別說趙貴妃無法向趙家交代，皇上也無法向群臣交代。

皇上又想起孟家女失蹤的事。若只一個女人進去，雖然太子的做法不當，也還能說是青年男女相互傾慕，做了錯事。但若兩個女人同時被弄進去，那就不是傾慕，而是太子德行有虧了。到時他即使想閉著眼睛和稀泥，都找不到藉口。更何況孟令可不是趙互，老爺子脾氣拗，不是那麼容易能說通的。

皇上又問道：「說！孟家姑娘是不是也被你弄進去了？」

太子忙否認道：「沒有！兒臣只……只請了趙五姑娘一人。」

一旁的太監躬身道：「剛剛聽人來說，孟家姑奶奶已經找到，她是陪孟老公爺散步消食去了。」

皇上的心情倏地輕鬆了幾分，說道：「去，召鎮南侯及其夫人過來。」

趙貴妃氣得要吐血。只踹了幾腳，這就打算放過了？她的哭聲更加尖利。

皇上皺眉道：「一遇到事就哭，又不是沒有法子解決……」

第二十七章

次日天剛亮，朝陽似火，朝霞明媚。悶了兩天，皇上急不可待地帶著男人們出去打獵了。

不多時，一條消息在獵場傳開來——

太子在打獵時無意間看到趙五姑娘，頓生愛慕。皇上也聽說趙五姑娘端莊賢淑、美麗溫婉，願意成就好事，封趙五姑娘為太子良媛。

孟月聽說這件事後，又流下眼淚。這麼看來，趙元洛真的被太子擄進行宮了。若不是辭墨交換號牌，被擄進行宮的就是自己，而趙元洛現在的下場，就會是自己的下場……

祖父和弟弟說，他們不止怕她被皇上看到，更怕她被太子看上，所以一直派人悄悄跟蹤並保護她。在發現大夫人故意引著她出去讓太子看到時，就想到太子會派人擄人，所以才偷偷換了號牌。

大夫人會是故意的嗎？若她是故意的，那人心真是太可怕了。

祖父讓她發誓，換號牌的事萬不能從她嘴裡說出去。

鎮南侯府先設計人，成國公府將計就計後設計回去，而太子的做法失德，所以他們任何一方都不敢把這事公諸於眾，都要裝作太子看上的人就是趙元洛，他想搶的也是趙元洛。這不僅是給皇上看，也是給外人看的。

這些彎彎繞繞，搞得孟月頭痛。

鎮南侯府的姑娘是貴妃，可成國公府和奪嫡根本沾不上邊，他們為何要如此黑心整自己？最讓她不能理解的是，鎮南侯府只是大夫人的表親，而成國公府是她的婆家，自己對她有多孝順她知道，她怎麼能幫著鎮南侯府作踐自己？再者，自己再傻也知道一榮俱榮、一損俱損的道理，若成國公府倒楣了，大夫人的丈夫和親生兒女都跑不掉啊……

帳外傳來雲秀的聲音。「大姑奶奶，大夫人來看您了。」

春分趕緊過去把門打開。

付氏神色萎靡，眼睛微紅，一看就沒歇息好。

孟月站起身叫道：「母親。」叫「母親」而沒叫「娘」，也沒有過去扶她。

付氏嘆了一口氣，對奉上茶的春分說道：「退下。」

春分把茶放在小桌上退下，再把帳篷關好。

付氏走過去拉著孟月的手坐下，看著她的眼睛輕聲說道：「怎麼，妳真的以為是娘故意引妳出去讓那個人看到？」

孟月扯了扯嘴角不知該怎麼說，低下了頭。

付氏道：「看來，妳真的那麼想了。」她掏出帕子擦了擦湧出的眼淚，說道：「娘進孟家門時，妳剛剛三歲。看到那個小小的、如雪團一樣的人兒叫我『娘親』，聲音嬌嬌的，我的心軟得如水一般，當即發誓要對妳好，把妳當親閨女一樣疼。月兒，妳今年二十四歲，我心疼了妳二十一年，這點妳承不承認？」

孟月想了想，點點頭。

付氏又道：「昨天真的是碰巧，上午妳爹說羅仲書不錯，讓我有機會帶妳去相看相看，傍晚就聽人說羅仲書在行宮東側門。我想著，難得有這個機會，就領妳去看一看，若妳真的看上，後半生也有依靠了……誰知恰巧遇到那個人。他、他真是色膽包天！」

昨天夜裡，她也是這麼跟成國公解釋的。這裡人多嘴雜，隔窗有耳，她哭都不敢哭太大聲。付氏眼裡噙著眼水，似難受極了，捏孟月的手更緊了。

「唉，後娘不好當。若妳是我的親閨女，我即使出現再大的失誤，你們也不會往壞處想。天地良心，妳雖然是繼女，娘卻把妳當親閨女一樣疼愛了二十一年。都說日久見人心，這麼久了，娘的心妳還沒看懂嗎？」

孟月抬眼看向付氏。二十幾年的往事歷歷在目，細心呵護，關懷備至，有好東西都緊著她挑，孟華因為生氣母親偏心，都不知哭過多少次了。

可昨天，祖父和辭墨說，要學會看人心，不要輕易相信沒有血緣關係的人……孟月不確定地問：「遇到那個人，真的只是巧合？」

付氏急道：「當然只是巧合！妳想想，若妳真出了事，公婆會懲罰我，老爺會跟我生隙，辭墨會恨死我，孟家閨女也會受影響，這於我來說，完全是有百害而無一利啊！我得了失心瘋嗎？幹麼做這事？唉，辭墨心思多，他從小就不待見我這個後母……」昨天，就是因為這個理由，讓丈夫選擇相信了她。

孟月想想也是。任何人做事都有其理由，大夫人完全沒有理由這麼做。辭墨因為對她有偏見，才會那樣想她。可祖父是公正的，祖父也認為她是故意為之。「不止辭墨，祖父也……」想起辭墨和祖父囑咐自己有些話不要亂說，孟月趕緊止住話，低下頭。

付氏心裡一沈，老爺子看出什麼端倪了？之前她覺得，老爺子即使不高興也會跟成國公一樣，認為她不該帶孟月出去相看男人，而不會認為她是故意為之。若老爺子認為她是故意陷害繼女，那她將來的日子不會好過；若認為她暗中幫助鎮南侯，她就徹底完了！

付氏捏孟月的手都顫抖起來，哽咽道：「老爺子也是那麼想的？天大的冤枉啊……」

孟月忙說道：「祖父的確很生氣，說我是和離過的人，本就不容易找到好人家，再傳出相看男人的事，名聲就徹底毀了。他還說，回去會處罰您……娘，因為我，您要受委屈了。」祖父還說，大夫人心思不純，有害繼子、繼女之嫌。還告誡她，即使不一定完全相信祖父和辭墨，也不要完全相信大夫人，要用眼睛去看，用心去體會。那麼，她就再看看吧。

孟月雖然言辭閃爍，但付氏還是聽出來了，老爺子和孟辭墨懷疑她這個繼母不慈。只要不是懷疑她幫鎮南侯府辦事，那就好。

付氏暗鬆一口氣。老倆口年紀大了，老太太的身體又特別不好，只要他們一死，成國公府就是自己說了算。至於孟辭墨，到時有的是辦法收拾他。若英王順利上位，就直接讓孟辭墨死！

她伸手理了理孟月的頭髮，說道：「我受委屈不打緊，妳無事就好。妳也是大人了，誰好、誰不好，不要聽別人怎麼說，而是要自己用眼睛去看，要細思量。日久見人心，妳總會明白的。」

孟月點點頭。這話跟祖父和弟弟的話大致一樣。

付氏又安慰了孟月幾句話，才回了自己的帳篷。

一坐上床，剛才的精氣神就如同被抽空般，付氏無力地倒在床上。她知道，有相當長一段時間，自己在國公府的日子不會好過了。

那個老不修，年輕時騙著她失身，轉頭卻娶了另一個女人當繼室。之後又威逼利誘她取悅成國公並嫁給他，讓自己做了那麼多事還嫌不夠，這次的事居然把她給搭了進去……

不知過了多久，外面傳來雲秀的聲音。「大夫人，劉公公來了。」

劉公公是趙貴妃的大太監。

付氏聽了，趕緊坐起身，對著鏡子理了理頭髮，才說道：「請劉公公進來。」

劉公公進來笑道：「孟大夫人，貴妃娘娘請您進宮一敘。」

付氏嫁給成國公二十一年，這位表姊從來沒有單獨召她進宮過。這次不避嫌地要見她，不知是氣她事沒辦好，還是什麼別的。

付氏只得跟著劉公公去了行宮。

傍晚，太陽還沒完全落山，天地之間流淌著融融暖色。

吃完晚飯的江意惜在院子裡散步消食。這兩天她都是愁眉不展，不知那件事辦得怎麼樣了？會不會是自己猜測錯了？

花花老實地跟在她後面轉，不敢太靠近。

吳嬤嬤和幾個丫頭都以為主子是懷孕導致身體不適，想盡辦法為她做吃的。

外院的婆子來報，世子爺讓孟青山給大奶奶送野物回來了。

江意惜一喜。「讓他進來。」

孟青山拎著兩個筐走進來，一個筐裡裝著幾隻野雞，一個筐裡裝著野梨、野山楂等野果。他笑道：「世子爺說，野雞給老夫人和大奶奶補身子。野果酸，能開胃，但大奶奶也不要吃得太多……」聲音又放低了一些。「世子爺還讓小的告訴大奶奶，一切順利，趙五姑娘當上太子良媛了，那件事也成了。」

趙家姑娘當上太子良媛，就說明她是孟月的替代品；「那件事成了」，是指皇上見到平王或者曲德嬪了。

提了兩天的心終於放了下來，江意惜長長呼出一口氣。

她賞了孟青山五兩銀子，讓他回家歇息。

九月十二酉時，狩獵的人浩浩蕩蕩進入京城城門。

孟老國公等人帶著一些野物在戌時初回到成國公府，只有負責保護皇上的孟辭墨和孟辭閱沒有一起回來。

孟家在家的人都知道他們今天回來，吃完飯後等在福安堂。

老國公和成國公、付氏、孟辭羽來了福安堂，其他人則先回了自己的院子。

他們四人都臉色不好。特別是付氏，臉色憔悴，一路被孟辭羽扶著。

老太太詫異道：「這是怎麼了？」

孟華也嚇著了，起身扶著付氏問道：「娘生病了嗎？」

老國公揮手說道：「老大和老大媳婦留下，其他人都回吧。」

老太太知道出大事了，便對這些天一直住在這裡的黃馨說道：「妳娘回來了，妳回去陪她吧。」

孟辭羽走在最後，見其他人都出了門，才給老國公跪下磕了頭。「祖父，我娘是無心的。她是好媳婦、好妻子、好母親……」孟辭羽「咚咚」地磕著頭，不停地為付氏求情。他從來都是斯文秀雅，這是他第二次失態，第一次是孟老國公讓他娶江意惜。

孟老國公看看這個孫子。自建朝以來，這是老孟家出的第三個文舉人，或許還將是第一個文進士。也是所有勛貴中最年輕的文舉人，興許還會是最年輕的文進士。為了這個孩子，哪怕將來查到付氏為何要出賣家族，他也只能私下處置。

老爺子說道：「你出去吧。該如何做，長輩們心裡有數。」

孟辭羽只得抹了一把眼淚，起身出去。

孟華還在福安堂外的一棵大樹下等，見孟辭羽出來了，忙招手道：「三哥，這裡！」

孟辭羽走了過去。

孟華問道：「三哥，娘出什麼事了？」

孟辭羽不好細說，只道：「是因為大姊的一些事……」

孟華氣道：「那個蠢人又闖禍了？哼，娘把她從小疼到大，比疼我這個親閨女還疼，她卻盡給娘找事！我要去找祖父，憑什麼她闖了禍，處置的卻是我娘？」之前她不知道是什麼事，現在聽說是因為孟月，頓時氣得不輕。

孟辭羽一把抓住了她。「不要去。有爹在，娘受不了大委屈。唉，那件事娘做得的確欠妥，總得讓祖父出出氣。」

「到底是什麼事？」

孟辭羽沒回答，硬把孟華拉走了。

那天夜裡，祖父跟他說了很多家務事。還讓他放下負擔，母親做了錯事，與他無關。

祖父不僅把孟月招惹到太子的氣發洩在母親身上，也把氣死曲氏、孟辭墨從小受的委屈、孟月嫁進黃家被揉搓、江意惜一進門就被非議這些事都算在了母親身上，說母親不慈，處心積慮苛待和教歪繼子、繼女。

他知道，哪怕有父親極力護著，自己極力求情，母親也要受委屈了。他必須要更加努力，爭取三年後考上進士，甚至進入前三，才能有更多的籌碼讓母親少受委屈。就像孟辭墨，他出息了，他的話祖父就是會聽。

那些事，有些是母親做得欠妥，但有些卻是欲加之罪，何患無辭了。

比如孟月在黃家的事。她管不住下人，下人去她前婆婆那裡多嘴，婆婆把氣發在她身上，這頂多是母親派的下人不好，但主要責任應該在用人不察的孟月身上。

再比如曲氏的死。成了親的男人去招惹未婚姑娘，又管家不嚴，讓下人把話傳給曲氏，致使曲氏氣得早產，大出血而亡，這要怪也應該怪父親，憑什麼都算在母親頭上？

孟辭羽想著，臉脹得通紅。父親看著端方嚴肅，怎麼能做那些事……

福安堂東側屋裡，只剩下老國公夫婦和成國公夫婦四個人。

老國公夫婦坐在羅漢床上。

付氏走過去跪下，磕了一個頭說道：「兒媳想了幾天，那件事的確欠妥。好在沒有對月兒造成影響，兒媳定會引以為戒。」

成國公也跪下說道：「爹、娘，那事怪兒子！是兒子讓付氏帶著月兒去相看羅仲書的，要處罰就處罰兒子吧！」

老國公氣得把茶水潑到成國公臉上，罵道：「不成器的蠢東西，眼裡、心裡只裝著這個女人！你不想想，若是辭墨沒有事先發現端倪，做了準備，如今那趙家姑娘的下場就是月丫頭的下場！再想想早死的曲氏，那孩子可憐，死的時候還那麼年輕！還有辭墨，小時候被惡奴教唆著做壞事，還好他小小年紀就有成算，沒有上當。他找長輩傾訴，長輩沒有人信他，你還要揍他！最終，他小氣、自私、心思多的名聲也傳出去了。十五歲的時候，他終於如願被你們逼去戰場，你不調查清楚，給了他一個奸細，差點害死、害瞎他！還有月兒，若是沒有我和辭墨的謀劃，她在老黃家就死了！」老國公鬱悶不已。

這個女人禍害孟家二十幾年，現在知道了，有些話卻不能痛快地說開，不能把這個女人弄死，還必須給她留一條活路。

有些事，表面看付氏是害辭墨和孟月，但究其根源已經不完全是陷害繼子、繼女那麼簡單，而是在陷害整個孟家。可她和她的兒女也是孟家的一員，她為什麼要幫著外人整自家？鎮南侯府再是親戚也只是表親，趙貴妃再是貴妃也只是表姊，就是傻子都知道關鍵時刻應該幫自家而不是幫他們。何況，大家長老國公一直強調，不許站隊，只忠於皇上。可付氏就是不顧丈夫、兒女幫他們了！她這麼精明的女人，為什麼要這麼做？出於什麼目的？還有什麼後手？孟老國公和孟辭墨反覆商議，最後只得決定暫時留下她，等適當的時候再放一條口子，查明原由。

但是，為了家族安危和孟辭墨夫妻的安全，絕對不能讓付氏再管這個家了。她可以暫時留著，但她在成國公府的勢力必須連根拔起。理由就是氣死元配、苛待繼子和繼女。

通過這次試探，令孟老國公和孟辭墨慶幸的是，成國公沒有傻到站隊英王一黨，他只是被這個女人蠱惑了，做的幾件傻事都是從情感出發，而不是從政治利益出發。他們雖怒其不爭，看不上他那一副為了個女人連兒女都不管的德行，但這是小節，至少政治立場沒站偏。

老太太聽說孟月差點被太子擄進行宮，也是嚇得不輕。再聽到懷孕八個月的曲氏是事先聽到成國公的不堪才氣得早產，也是氣極了。她指著付氏啐了一口，罵道：「妳這個不知廉恥的女人！勾引有婦之夫，氣死元配，陷害元配子女，偏還裝得賢慧！滾，休了！我們家不要這種不要臉的女人！」

付氏臊極了，捂著臉大哭道：「冤枉，冤枉啊！老爺，那件事到底是怎麼回事，你最清楚！明明是老爺哄騙年少不知事的我，我不得已才嫁進來的！下人跟曲氏學舌，致她早產，那也是孟家管家不力，關我什麼事？至於月兒的事，我是聽老爺的吩咐，是老爺讓我那麼做的！可是現在，公婆卻這樣罵我，我還有什麼臉活著……」

付氏的一番哭訴，讓成國公心疼壞了。他跪著上前幾步，說道：「爹、娘，這幾件事的確不怪付氏，兒子的錯更大。您們要處置，就處置兒子吧！」

老國公氣得一腳把他踹到地上，罵道：「你怎麼知道老子不收拾你？」他拿起馬鞭，向成國公抽去！

等到老太太和付氏反應過來，一個去攔老國公，一個趴在成國公身上時，成國公已經挨了好幾鞭子了，付氏背上也挨了一鞭子。

老爺子用馬鞭指著成國公說道：「這些事你的確參與了，老子之所以沒有打死你，是因為你只是糊塗，不是有意為之！而這個女人，她就是打算氣死曲氏後嫁進來，再苛待、教歪辭墨和月丫頭，她的心是黑的！」

付氏跪著上前抱住老太太的腿，哭道：「婆婆，兒媳服侍您這麼多年，有多孝順您應該知道啊！兒媳做事或許不夠周到，但絕對沒有那麼歹毒！公爹大半時間都不在府裡，他聽信了某些人的話，但您老人家可是看得真真的，您要說句公道話啊！嗚嗚嗚……」由於激動，她還晃了晃老太太的腿。咦？老太太怎麼沒犯病？她之所以沒裝暈，跟來福安堂，就是想著老太太身體不好，最好這事能把老太太氣得犯病，甚至氣死，那麼，老爺子暫時就沒心思管她了。到時再讓孟道明教訓孟辭墨，因為他黑心冤枉父親及繼母，把禍水引到他身上。

老太太能支撐到現在已經不易，她扶著腦袋說道：「哎喲……不要晃了，我頭暈！」

付氏嚇得趕緊放了手。

老爺子起先沒注意到，聽了老太太的話，才察覺付氏起了那個壞心思！他心裡慶幸著老太太的身體真被調養好了，辭墨媳婦的藥膳沒白送。

老爺子對成國公說道：「聽見你娘的話了嗎？這個壞娘兒們，在我們眼皮子底下就敢做這事，還有什麼是她不敢做的？」

成國公護道：「爹，人難過起來哪會注意那麼多？兒子剛剛也不小心衝撞父親了不是？不能因為您對葭寶兒有成見，就事事把她往壞處想啊！」一著急，把私下叫的稱呼都說了出來。

老爺子簡直氣得要吐血！他知道不可能因為這幾件事就讓這個傻兒子認清付氏的真面目，卻也沒想到他護媳婦護得這樣不要臉！

他又甩了成國公一馬鞭，罵道：「老子一身正氣，怎麼養了你這麼個糊塗東西！為了個壞心思的女人，之前不顧媳婦兒女，如今又不顧老邁的母親！你這是要護定她了？」

成國公嚇得磕了幾個響頭，把前額都磕青了。「爹臊著兒子了、爹臊著兒子了！兒子讓付氏給娘道歉！」

付氏也嚇得磕了一個頭，泣道：「婆婆，兒媳太傷心了，剛才做了什麼自己都不知道。但是，兒媳絕對沒起那個心思啊，天地良心……」

老太太的頭有些暈，氣也有些喘不上來，她喘著粗氣說道：「我頭昏、胸悶，想歇歇……」

老爺子也沒想一棒子把付氏打死。「不管妳承不承認，那些事妳都做了。我沒讓道明休棄妳，不是看在他的面上，而是因為妳養了一對好兒女，我不忍因為妳，讓那兩個孩子受到非議和委屈。禁足一年，把妳手中的中饋交給辭墨媳婦，讓道正媳婦和月丫頭協助。對外就說妳生了重病，不宜見人和管家。」

付氏一下子昏了過去——是真昏！

見狀，成國公嚇得大叫。「來人！來人，快請御醫！」

老爺子冷哼道：「她還死不了！若是把人都叫來，丟臉的也是她！」又叫兩個婆子把付氏架回正院。

成國公也想跟著一起走，被老爺子一嗓子吼了回來。

「滾回來，老子話還沒說完！」再如何，這個人也是自己的兒子，是成國公府的當家人。雖然不能馬上把他教回頭，但該教的還是要教。

沒人鬧了，老太太又好了些。她鄙視地看了兒子一眼，搖頭說道：「你都一把年紀了，你媳婦也快四十了，還『葭寶兒』，怎麼好意思！」

成國公老臉一紅，低頭說道：「娘，您就給兒子留點臉面吧……」

老太太又道：「你還要臉啊？哎喲，還好辭墨聰明，像老公爺，小小年紀就看得出好人、壞人，沒有被教歪。可憐月兒，二十幾歲的人了，被付氏害了幾次，還在說她的好……」話沒說完，就覺得自己的腳被什麼東西拱了拱。她低頭一看，一隻花貓從羅漢床下鑽了出來。

花花咧著嘴大叫。「看完熱鬧了，回去告訴娘親！」然後就跳上窗戶，再跳下去，跑向浮生居。

江意惜已經躺上床了，睡不著，心焦地盼望花花回來。

花花跳上小窗，又跳下來，瘋跑到腳踏板上。牠不敢上床，立著身子把那四個人的對話學出來。

當江意惜聽到「葭寶兒」的稱呼和老太太的話後，笑出了聲。

豔冠群芳的曲氏都能被成國公忽略，付氏一定有不一樣的手段。

把付氏的權奪了，再把她的心腹換下來，自己和孩子就能在這個家裡安全生活了。當然，還是要注意「水」。

花花見娘親高興，乘機提出條件。

「娘親，等妳生下弟弟或妹妹，讓我趴在妳胸口上喝口奶如何？我想當妳的寶貝。」

江意惜紅了臉，嗔怪道：「去去去！想些什麼呢？也不害臊！」

花花的眼淚湧了上來。「過完河就拆橋，太傷貓心了！我就想當個真正的兒子，嚐嚐有娘親的滋味，妳卻這樣說我！」

江意惜忙說道：「對不起，是我急切了，我道歉。」又苦口婆心地教育道：「你是貓，不能直接喝人奶。你實在想喝，我就擠到碗裡讓你喝。要知道，即使是我的孩子，也是喝乳娘的奶，而不是喝我的奶。」

花花一想，也對啊，弟弟、妹妹都喝不上娘親的奶，只有牠能喝，於是又高興起來。

牠跳出小窗，找水清服侍牠睡覺了。

江意惜激動得睡不著，沒想到剛剛嫁進來兩個多月，就把付氏掀了下去。雖然沒有休棄，日後卻不容易掀起大風浪了。

次日一早，福安堂的大丫頭紅葉來了浮生居。

紅葉跟江意惜笑道：「老公爺和老太太請大奶奶去福安堂議事。」

江意惜猜測應該是通報大夫人患病的事，以及交接中饋。

她今天不止熬了藥膳，還做了點心，讓臨香拎著一起去了福安堂。

除了公幹的孟辭墨、孟辭閔以及上國子監的孟辭晏，所有人都在，包括成國公。

成國公眼下一圈黑，臉色憔悴，一看就沒歇息好。

孟辭羽和孟華也是神情萎靡，憂心忡忡的樣子。

老倆口看到臨香從食盒裡拿出藥膳和點心，嚴肅的臉上又泛起幾絲笑意。

他們一人喝了一碗，又各吃了一塊點心。

老太太從腕上抹下一對玉鐲給江意惜，笑道：「好孩子，妳有孝心，老婆子因為天天喝妳熬的藥膳，身子骨好多了。」

昨天他們才知道江氏的藥膳有多好！若是之前，老太太被付氏那一氣，肯定會倒下。

江意惜接過，笑道：「是老太太有福氣，這個功勞孫媳還不敢占。」

孟華氣得翻了個白眼。自從江意惜來到這個家後，母親就開始事事不順，這就是一個害人精！

老太太看到該來的人都來了，便說道：「付氏突發惡疾，你們不要隨意去正院走動，以免過了病氣。她要養病，中饋全部交出來，以後內院就由辭墨媳婦主管。辭墨媳婦有身孕不能勞累，道正媳婦和月丫頭先協助她一段時日。」

孟辭羽和孟華知道母親這是被禁足了。

孟華氣道：「祖母——」

孟辭羽忙制止道：「住嘴！聽祖母的。」母親已折進去了，若妹妹再鬧，也得不了好。

孟華第一次看到哥哥如此嚴厲，只得憤憤地閉上嘴。

老爺子又道：「是孟家的一員，就要維護這個家，不許有一點點外心。誰敢和著外人算計自家人，絕不輕饒。」

這下眾人聽明白了，大夫人不是得了惡疾，而是做了對家族不利的事，被罰了。

他們不明白的是，這個家以後都是大夫人的，她為什麼要做出對這個家不利的事？

二夫人垂下眼皮，掩蓋住眼裡的一絲興奮。她沒想到，付氏倒楣了，自己還能有參與管家的一天。

眾人又說了幾句話，老爺子就帶著二老爺去了前院外書房，有些家事要與他說一下。二老爺的腦子比成國公清明些，至少沒被女人蠱惑進去。

老太太留下江意惜和二夫人、孟月幾個管家的人商議事情。

幾人都把目光投向江意惜，意思是——妳想怎麼辦？

江意惜已經想好了，開門見山地說道：「我年輕，內院主要崗位的管事都是老人，怕是不會老實聽話。」

老太太也怕那些老人暗中聽付氏的話，陽奉陰違，遂指著季嬤嬤和紅葉說道：「該換的人都換了，讓她們二人跟妳們一起去議事堂，那些老貨敢不聽招呼，就打板子。」

江意惜抿嘴笑道：「孫媳厚著臉皮向老太太討個人，就是您這裡小廚房的全嬤嬤，我想請她去大廚房當管事。」廚房是重地，必須要信得過。

因為番茄和補湯的關係，全嬤嬤經常請教江意惜。她的徒弟也帶出來了，小廚房不缺她一個。

聽說江意惜看上了自己的人，老太太很高興，笑道：「妳喜歡，就帶走。」

因為「水」的關係，江意惜也非常重視內院灑掃管事這個差，她圈定了王浩的媳婦。王浩得老國公和孟辭墨同時信任，這次送信又多虧他。他媳婦成親前是老國公外書房的丫頭，不得大夫人喜歡，成親後就沒有出來做事。

內院管事屬於當家主婦的助手，不僅要能幹，還要是心腹。江意惜看上的是外院灑掃管事夏嬤嬤，之前孟辭墨就跟她提過這個人。臨香也說夏嬤嬤能幹，不像有些人捧高踩低。

還有一個比較重要的，是針線房管事。

江意惜對二夫人笑道：「二嬸有沒有合意的，提一個？」

水至清則無魚。只要不是太過貪心，想提攜一下自己的人、打個小算盤，還是允許的。也只有孟月，讓她學管家她就只想著如何把家管好，沒想過自己要在中間撈點好處，也沒想過要提攜一下自己的人。

讓二夫人的人當針線房管事，也就意味著這一塊主要由二夫人負責。

二夫人沒想到江氏會劃了這一塊給自己，笑得眉眼舒展。「那我就提一個，我院子裡譚大家的不錯。」

又把其他崗位的管事、副管事都商議好後，江意惜、二夫人、孟月便帶著季嬤嬤和紅葉一起去往浮生居。

幾人坐在廳屋裡，讓人去叫即將上任的管事來這裡說話。

二夫人跟江意惜說著家務事。孟月一直神遊在外，江意惜精神不濟，不想跟她多話。等到把林嬤嬤接回來後，再讓孟辭墨和林嬤嬤好好跟她談談。

去議事堂宣佈換人消息後回來的臨香稟報道：「奴婢讓她們暫時回去，下晌未時末再來。」

江意惜問道：「她們老實的走了？」

臨香苦笑道：「她們可沒那麼老實，特別是那宋大嫂子，厲害極了。」又解釋道：「宋大嫂子管著針線房，是宋二總管的大兒媳婦，宋二總管是大夫人的陪房。」

付氏被禁，宋二總管的位置都不一定保得住，他兒媳婦還這麼橫？

除了王浩家住得遠，王浩媳婦還沒來，其他人都先後來了。

聽說自己被委以重任，都樂開了花，自是表著決心，提著建議。

正說著，守門的小丫頭稟報道：「二姑娘來了。」

眾人都住了嘴，看著走到門口的孟華。

孟華說道：「妳們說，我找大姊有事。」

孟月看看江意惜，見江意惜沒表態，只得硬著頭皮走出去。

她們二人去錦園說話，屋裡繼續談論管事事宜。

不多時，聽見外面傳來驚叫聲，孟二夫人和吳嬤嬤、臨香跑了出去。

江意惜不能受刺激，沒出去，而且她也不想出去。

半刻多鐘後，孟二夫人回來了，皺眉道：「華丫頭性子烈，再如何也不能動手打長姊啊！」

吳嬤嬤說道：「二姑娘被勸走了，臨香陪著大姑奶奶回去了。」

江意惜讓那些管事退下，吳嬤嬤這才小聲說了一下孟月跟孟華爭執的事。

孟華大罵孟月不知廉恥，自己勾引外男，卻把禍推到她娘頭上。孟月氣得大哭，跟她爭執起來，孟華一氣之下就打了孟月一巴掌。

二夫人隔了房，江意惜有身孕，她們二人都不會多管閒事。

臨香問孟月，是否要請老太太作主？孟月不願意，還說她是寄人籬下，已經闖了大禍，讓父親弟妹不高興，不願意再多事了。臨香只得先陪著她回院子。

江意惜哀其不爭，都打上臉了，她還只是一味的退讓！付氏成功把孟月養廢，又一心想著如何收拾孟辭墨，如何把孟辭羽養優秀，就沒有多餘的精力管孟華了。

孟華衝動易怒的性子像極了成國公，今天在福安堂時就要大放厥詞了，被孟辭羽強抑下去，沒想到現在又跑到這裡來鬧。

到了吃晌飯的時間，孟二夫人便走了。

江意惜吃完飯，又歇息了小半個時辰，醒來的時候，王浩媳婦已經在廊下等了兩刻鐘。

王浩媳婦三十幾歲，很俐落的樣子。

王浩跟著老國公掙了不少錢，買了一個二進宅子。王浩媳婦不得付氏待見，一直在家裡享清福。聽說大奶奶當了家，還讓她去當灑掃管事，夫妻兩人極是高興。這是世子爺和大奶奶對他們夫妻的信任。本以為等到老國公去世後，他們將不再得用，沒想到付氏被踩下去了，大奶奶直接掌管了內院。

江意惜帶著吳嬤嬤、臨香、王浩媳婦去了內院議事堂。

江意惜近段時間沒有太多精力管中饋，打算讓吳嬤嬤和臨香幫著管。

特別是臨香，爽快、潑辣、絕對忠心，又瞭解孟家的人和事，會特別培養她。以後臨香歲數大了，若她和孟青山願意，讓她做內院管事都不一定。

再把扈莊的水珠調過來，江意惜身邊的人就夠用了。還有之前被付氏冤枉的郭嬤嬤，再讓她重新回到之前的崗位。

半路，孟月的丫頭來稟報，說孟月身體欠佳，今天不能去議事堂了。

議事堂在內院西邊的一角，院子裡站了二十幾個人，原大小管事都來了，大多一臉緊張，有幾個或許聽到了風聲，都一臉戾氣。

議事堂外站了十幾個人，是等著接班的人。之前的九個副管事沒動，不僅是她們表現尚可，還因為她們一直被付氏的心腹打壓。

孟二夫人坐在廳屋的羅漢床上喝茶，季嬤嬤和紅葉坐在旁邊的錦凳上。還站了幾個膀大腰圓的婆子，是在外院專門負責打人的。

孟二夫人笑道：「辭墨媳婦過來坐。有些老貨還沒看清形勢，在那裡煽風點火呢！」

江意惜笑笑，對臨香說道：「妳們出去把對牌都收了，重新分配。」她現在怕吵，讓幾個丫頭、婆子出去收，而不是讓那些人進來交。

不管那些人願不願意，都交了對牌。

臨香又代表江意惜說了誰負責什麼差事，把對牌發給她們。

院子裡馬上傳來嚷嚷聲，還有人不服氣，想進來質問大奶奶和二夫人。那幾個打人的婆子就派上了用場，打了幾個帶頭鬧事的，外面才靜下來。

江意惜去門口說了幾句話，她又覺得不舒服，便留下臨香和吳嬤嬤同二夫人一起分派活計，她回浮生居歇息。

一回去，水靈就稟報道：「福安堂的人來通知，老夫人說身子不爽利，晚上主子們各吃各的。」

江意惜斜倚在炕上歇息，聽見院子裡花花的叫聲，她坐了起來。

她讓花花去正院偵察情況，不知道牠聽到什麼沒有？

花花精明，知道自己是江意惜的小乖乖，不得付婆子喜歡，白天從來不去正院，想聽那裡的動靜，都是去靠近正院的院子。

牠跳上踏板，與江意惜保持一定的距離，喵喵叫道：「我從上午聽到現在，只聽到付婆子哭哭，成國公哄哄哄。哼，又肉麻、又煩人，不好玩！」

看到小東西一臉不耐煩，江意惜哄了牠幾句，又承諾過幾天讓牠去林子裡玩兩天，再去看看李珍寶，小東西才開心起來，答應無事就去聽壁腳。

江意惜暗哼，老國公沒敢跟成國公講付氏暗中幫趙貴妃和鎮南侯府辦事的事，卻講了付氏如何禍害孟月和孟辭墨。成國公不僅沒有怪罪付氏，相反還覺得她受了委屈，真是有了後娘就有後爹。

江意惜更想江辰爹了。扈氏死後他沒有再娶，既是懷念扈氏，也是為了一雙兒女。

晚飯前，看守丫頭驚喜的聲音傳來——

「世子爺回來了！」

這個聲音讓寂靜的浮生居立即喧囂歡快起來，鳥籠裡的鳥兒都唱起了歌。

啾啾又開始背情詩——

「所謂伊人，在水一方，北方有佳人……」

丫頭婆子的聲音——

「見過世子爺。」

江意惜起身迎出門外。

看見江意惜，孟辭墨臉上的笑比火紅的夕陽還耀眼。

他快走幾步，兩人攜手進屋。

一進屋，孟辭墨就把江意惜擁進懷裡，嚇得吳嬤嬤和幾個丫頭避去了西側屋。

孟辭墨親了江意惜的臉頰一下，嘴唇停留在她的耳畔，輕聲說道：「惜惜，謝謝妳。妳不知道，妳這次的功勞有多大……」

兩人耳鬢廝磨了一陣後，江意惜讓丫頭服侍孟辭墨淨手、淨臉。

飯後，把下人打發下去，孟辭墨才簡單地講了一下狩獵時的事。

皇上召見了平王，平王抱著皇上的腿哭得傷心，讓皇上也有幾分心酸。見面時間不長，只兩刻多鐘，但意義遠大，皇上對平王和曲德嬪的不滿已經減少許多了。

皇上沒見曲德嬪，或許因為太子同趙五姑娘的事，讓他又想起之前的不快。雖然這是個遺憾，但趙貴妃和鎮南侯府的損失更嚴重。他們不僅沒能如願阻止皇上見平王，還損失了一個姑娘和臉面。

「為了阻止皇上見平王和曲德嬪，鎮南侯府可是下足了本錢，寧可把付氏推出來。不知付氏基於什麼考慮，知道那麼做會招至孟家當家人的不快，卻還是做了。趙貴妃召見了她，應該是安撫，或是又許了什麼重利。」

江意惜道：「再重的利，還能重過丈夫和兒女？」

「我們分析，或許是利重得能夠閃瞎她的眼，比如英王上位後我爹能位列三公，弄死我讓辭羽承爵等等。也或許是她受制於人，趙貴妃或鎮南侯府握有她之前的什麼把柄，她不敢不做。若只是前一種，祖父不會手軟留下她，怕是後一種，我們想知道她有什麼把柄？對我們府有沒有壞影響？經歷這件事，祖父恨毒了趙貴妃和趙互，允諾會盡一切努力扶平王上位。」

之前老爺子只是不反對孟辭墨幫平王做事，這次的事讓他徹底站隊平王，也是好事。

江意惜也為老爺子的轉變高興。

孟辭墨又道：「已經派人去接林嬤嬤了，再讓她在我姊身邊服侍。我姊和離後，雖然把她身邊的惡僕都趕走了，但新去的不保證沒有付氏的人。讓林嬤嬤把她看住，不要再做傻事，我也放心。」

江意惜笑道：「林嬤嬤是聰明人，又忠心。有她服侍、提點大姊，再好不過。」

曲氏留下的老人都被付氏弄死或弄走，只有林嬤嬤留的時間最長，還看出孟辭墨人小鬼大，告訴他真相，也徹底把孟辭墨點醒。

想到那件事，孟辭墨笑問：「惜惜，妳怎麼知道太子會打我姊的主意？妳真聰明！」

江意惜說道：「我一直納悶太子怎麼有那麼大的膽子敢去調戲曲德嬪，而且，曲德嬪哪怕再美，那年也三十七了，比太子大了十三歲。我突然靈光一閃，覺得太子或許有一種怪癖，喜歡成熟美豔的女人。趙貴妃大概是知道了他的這個癖好，才讓他喝醉酒後看到曲德嬪，製造出那起事件。我又想起了大姊，怕趙家如法炮製，讓太子看到她，這比讓皇上看到大姊的後果更壞，因此便趕緊讓吳有貴給你送信，沒想到真是這樣。」說完，還後怕地拍拍胸脯。

孟辭墨笑起來，眼睛亮晶晶地看著小媳婦，心裡有著說不出的得意和自豪。

他拉起江意惜的小手在唇邊吻了吻，說道：「以後好好養胎，管家事宜讓二嬸和臨香她們做，妳不要再勞累傷神。」

孟辭墨有三天假期，但他沒有像之前那樣，整天窩在浮生居黏著媳婦，而是大多數時間都在外院老爺子的書房，同老爺子和孟辭閱商量事情。

老爺子已經跟孟二老爺和孟辭閱明說，孟家站隊平王。這事瞞著成國公，怕他透露給付氏。如此一來，成國公明面上是孟家的當家人，實際上已經被架空。
成國公看出了端倪，但表面上毫不在意，畢竟再如何，也不可能把他的國公爵位拿走。等到老父仙逝，這個府還是自己的。
然而，他心裡更氣孟辭墨了。葭寶兒說長子心思多、氣量窄，要防著些，果真！如今翅膀硬了，就敢挑唆著祖父打擊父親跟繼母，興許暗中已經投靠了平王。早知如此，真該先把他的翅膀剪了，省得他亂家！
葭寶兒曾經暗示過幾次，英王非常欣賞他，成國公明白，這個意思是想讓他加入英王一黨，只有這一點成國公沒有聽她的。
他覺得老父說得對，孟家已經承聖恩太多，無須站隊掙從龍之功。若他知道孟辭墨那個豎子真敢站隊平王，會先廢了他，省得給家族招禍！
孟辭羽近來極其難受。曾經有很長一段時間，他都是被當成未來的當家人培養的。而現在，別說未來的當家人，他已經被孟家男人排擠在外了。
這天下學後，他去找孟老爺子，但千言萬語卻不知從何說起，只「唉」了一聲，便低下頭。
老爺子知道他的心思。這個孫子曾經是老爺子最疼愛和欣賞的，對他寄予厚望。現在也疼愛和欣賞，也寄予厚望，只不過排在了長孫之後。

可惜這麼好的孫子，卻有那樣一個母親。某些事，必須等到付氏死了之後才能不瞞他。

老爺子說道：「你是好孩子，我和你祖母對你的疼愛從來沒變過。如今家裡有些事不是不告訴你，而是不想讓你分心。祖父希望下次春闈你能金榜題名，同你大哥一文一武，共同擔負起這個家。」

老爺子一番聲情並茂的說辭，讓孟辭羽的小心肝總算好過了些。

第二十八章

傍晚，浮生居來了三個人，一個是水香，一個是郭嬤嬤，一個是看起來五十幾歲的婦人。

不用人介紹，江意惜就知道這個婦人是林嬤嬤。之前聽說林嬤嬤只有四十幾歲，沒想到看起來卻老得多，一點兒都不像公府姑娘的奶嬤嬤，像個十足的鄉下老嫗。

林嬤嬤給江意惜磕了頭，流淚道：「世子爺能幹，居然能在這個府裡活下來，把那個壞女人鬥下去，還娶了這麼好的大奶奶，快要當父親了。老奴就是死，也對得起先大夫人了！」她男人已經死了，兒子跟媳婦被安排在孟家莊做事，一個孫子及一個孫女也在那裡，只有她一人進了成國公府。

江意惜把她扶起來，感謝了她從前對孟辭墨的提點，又賞了她五十兩銀子。孟辭墨之前賞了她五百兩銀子，一家人已經算是小財主了。林嬤嬤之前從來不敢想，大少爺能活下來，還這麼記情，派人找到她，給了他們一家這麼好的生活。

江意惜又跟林嬤嬤大概講了一下孟月的情況，然後派人去請孟月過來。

林嬤嬤是在孟月十歲的時候被攆走的，孟月對這個帶大她的奶嬤嬤還有印象，也有感情，一看到林嬤嬤就哭了起來。「嬤嬤，妳還活著啊？怎麼才來找我？」

當初，付氏以林嬤嬤患病為由讓她暫時回家歇息，後來又說她病死了，重新給孟月派了個嬤嬤。

看到孟月，林嬤嬤朝她跪下大哭，傷心地說道：「老天有眼，老奴還有命看到大姑娘！我的姑娘，妳命苦喔，早早死了娘，又攤上那家人……」

兩人哭了一陣，被人勸好，丫頭端上銅盆給她們淨臉、淨手。

孟月同江意惜一同坐在炕上，林嬤嬤坐在小杌子上。

孟月又道：「我聽說嬤嬤死了，原來妳還活著。」

林嬤嬤說了離開成國公府的事。「那年，老奴的男人得了個小風寒，付氏就讓老奴回家服侍男人。一個月以後，又以莫須有的罪名把老奴一家賣給人牙子，還讓人牙子把我們賣去遠地方。幸好老天有眼，我們一家居然被一個商戶同時買下……」那個商戶為人不錯，他們一家就在晉州生活下來。她男人幾年前死了，後來他們被孟辭墨透過牙行找到，派人又買了回來。林嬤嬤又哭道：「我的姑娘，那付氏壞透了！一個未婚姑娘，不要臉地勾搭別人的丈夫，在寺廟裡私通，還收買婆子故意說給先大夫人聽……她一嫁進孟家，先大夫人留下的老人就死的死、賣的賣，老奴看出情況不對，卻不敢多說一句話，還拿出所有家底討好付氏的貼身下人。等到世子爺七歲時，才把之前的事告訴了世子爺……」

這些話之前孟辭墨跟孟月講過，但孟月不相信，還覺得是孟辭墨對繼母有成見。在野蒼溝時祖父也跟她說過，她依然不太相信。那是從小把她疼到大的、勝似母親的人啊！

當初付氏說林嬤嬤病死，可如今林嬤嬤還活著，實際上竟是被賣了。現在聽林嬤嬤這麼說，孟月方才相信自己的一次次倒楣不是巧合，自己被付氏帶出去跟太子相遇也不是碰巧。她用帕子捂著臉哭起來，哭得肝腸寸斷。

她那麼信任的母親，卻一直存著害她的心，把她騙得好苦啊！想著自己甜甜地叫她「娘」，貼心地摟著她，傻傻地跟她說心事，包括弟弟跟自己說的那些話……

江意惜沒去勸孟月，也對還想去勸人的林嬤嬤搖了搖頭。孟月的確應該多哭一哭、多痛一痛。不敢奢望她能變得多麼精明，但必須要分得清好歹。

孟月哭了小半個時辰後，孟辭墨從前院回來了。

孟月拉著孟辭墨的手哭道：「弟弟，姊對不起你，小時候把你對姊說的話跟……都跟那個人說了，害你受了好多苦。也對不起親娘，那個人害了她，我卻認賊作母，是我蠢……」

孟辭墨心道，害母親的何止是付氏，孟道明也害了。但孟道明是親爹，再氣他也無法。姊姊的這個變化還是讓他很高興，孟辭墨說道：「姊想通就好，以後跟付氏保持距離，她說什麼都不要聽。」

孟月道：「嗯，以後姊只聽弟弟的，弟弟不會害我。」

孟辭墨看看哭得梨花帶雨的孟月，都二十四歲了，說話、行事還單純得像個孩子。單純就單純吧，只要她不認賊作母，自己可以護她一輩子。

丫頭服侍孟月淨了面，又把黃馨接來，母女二人在浮生居吃了晚飯。

孟月走之前，又量了孟辭墨衣裳和鞋子的尺寸，說要親手給弟弟做衣裳跟鞋子。

一場秋雨一場寒，日子滑到十月中，天更冷了。

往年這個時候，老太太基本上都是臥床不起。而今年老太太精神頭很好，只是有些咳嗽。江意惜對老太太的調養更上心了，因為前世老太太就是十月底死的。

老太太只有活過十月底，才敢確認她無事。

府中的事務也大致理順了。一般鎖事都是孟二夫人和臨香、孟月直接處理，支錢等大一些的事務才請示江意惜。

孟月隔三差五會來浮生居坐坐，她同江意惜的關係比之前親厚了一些。

李珍寶的情況越來越不好，大半時間都在藥浴，讓江意惜心疼不已。

聽說孟辭羽更用功了，幾乎把所有的心思都用在了學業上。

十六這天早上，江意惜一醒來，沒有噁心、沒有吐，頭腦非常清明，沒有一點困乏、想繼續賴床的感覺。最關鍵的是，她想吃東西。

人的某些方面就是這麼說不清、道不明，一到時間，懷孕的反應就真的一下子消失不見了。江意惜摸摸小肚子，似乎有了一點點凸起。

她提高聲音說道：「水香，我餓！想吃蒸蛋、乳鴿、蔥油餅……」聲音輕快愉悅。

側屋裡的水香和吳嬤嬤一迭聲地答應著。

前兩個月，早上不叫大奶奶她就起不來。現在剛剛卯時末，她就醒了，還想吃東西了！水香進屋服侍，吳嬤嬤則跑去小廚房做江意惜想吃的東西。

現在小廚房由水珠主管，吳嬤嬤輕省多了。

大廚房的加上小廚房的，早飯擺了滿滿一桌。江意惜敞開肚皮吃，吳嬤嬤說了幾遍才停下。

飯後去給老太太請了安，奉上藥膳，江意惜就同二夫人、孟月一起去了議事堂。身體好些了，偶爾還是要去做做事的。

處理完瑣事後，江意惜回浮生居。離老遠就看到老爺子在錦園侍弄花草，旁邊還站著一個身材高眺的姑娘。

居然是鄭婷婷，江意惜已經三個多月沒見過她了。

鄭婷婷也看到江意惜了，向她揮了揮手，迎面走來。

小姑娘笑容燦爛，腳步輕快，看到就讓人歡喜。

她拉著江意惜的手說道：「要當娘了，就把妹妹忘了？我給妳寫了信，妳也不回。」半個月前她給江意惜寫了一封信，還送了兩條她親手繡的帕子。江意惜沒回信，只回了禮。

江意惜笑道：「前些時候難受得緊，今天才好些……」

鄭婷婷摟著她的胳膊撒嬌道：「我知道，不怪妳。早就想來看望妳，都被我娘攔了，她說妳剛剛有喜，不能來煩妳……」一通碎唸。

有些人，哪怕理智告訴自己應該把她推遠些，可情感上就是捨不得，江意惜此時就是這種心境。她的心不由自主地愉悅起來，和鄭婷婷去錦園跟老爺子說了幾句話，才回浮生居。

鄭晶晶也來了，正在廊下逗花花和啾啾玩。

鄭晶晶衝上前想抱江意惜，被鄭婷婷眼疾手快地拉開。「江二姊姊有身子，莫衝撞了！」

鄭晶晶眨了眨漂亮的大眼睛。「二姊姊，我的眼睛是不是更好看了？」

江意惜認真地看了她的眼睛一眼，笑道：「的確更好看了，個子也長高了，更水靈了。」

小妮子笑得眼睛瞇了瞇，又道：「還是不嫁人好，想出去串門子就出去串門子。一嫁了人，就身不由己了。」

這是在說自己嫁人後就沒去過她家嘍？江意惜大樂，說道：「當媳婦當然沒有當姑娘自由了。」鄭家這兩姊妹都討喜。

但看到宜昌大長公主賞賜的半斤血燕和一疋軟緞，江意惜的好心情又沒了。那個府裡送的任何東西，江意惜都不願意要，也不敢用。

江意惜硬著頭皮接下，笑問：「大長公主她老人家身體還好吧？」

鄭婷婷道：「前幾個月連著吃了江二姊姊送的補湯，身體倒是好多了。可這幾天又不好起來，說胸悶、難受，我想求姊姊熬一罐之前那樣的補湯。她老人家還讓我告訴妳，等妳胎坐穩些了，去看看她，她想妳……」

自從知道鄭吉是她親爹後，江意惜就非常不待見那個老太太，更不想見對方。何況他們家還有個對自己不善的何氏，她不可能去他們家的。但鄭婷婷來要補湯，她總不能說不給。

江意惜遣人去請黃馨來陪鄭晶晶玩。

鄭晶晶只比黃馨大一歲，兩人的性格都有些靦腆、害羞，但有花花的逗趣、啾啾的聒噪，兩個小姑娘被逗得格格大笑，沒一會兒就好得手拉手了。

江意惜去小廚房看了看，要用的食材、藥材都有，她把補湯熬上，看著熬開後，讓下人看著，就拉著鄭婷婷去了上房，兩人斜靠在東側屋的炕上說悄悄話。

大長公主犯病，跟鄭吉有些關係。她送信讓鄭吉回來過年，鄭吉沒有明著拒絕，只說鄰國一個部落似乎有異動，他要看情況而定。

大長公主氣得又是一陣哭罵，說：「他都說有異動了，我還敢強求他回來嗎？強求了，就是不以家國為重！那個孽障，本宮前輩子欠了他，這輩子他就是來討債的。」

鄭婷婷的嘴嘟得更高了。「我只見過吉叔兩次，第一次歲數太小，已經沒有印象了。第二次是我七歲的時候，覺得他非常嚴肅，連笑都沒有，我怕他，不敢跟他說話。璟弟想了他好多年，鼓足勇氣去叫他，他沒有多說話，而是帶著璟弟去考校武藝功課。那次他在家裡待了十天就走了，伯祖母哭得要命，嬸子則是連哭都不敢當眾哭。」

江意惜不想聽鄭吉的事，只對何氏感興趣，似是無意地道：「要我說，最可憐的是鄭夫人。欸，她怎麼不跟著去服侍鄭將軍呢？即使不一直待在一起，也應該偶爾去看看他呀！」

鄭婷婷嘟了嘟嘴，小聲道：「雖然大人們沒明說，我還是從伯祖母的話裡聽出了一點門道來。吉叔不願意回家，有公務忙的原因，還有其他原因，他……他或許跟我嬸子的關係不算和睦。」又不好意思地扯了扯江意惜的袖子。「好姊姊，這話我只跟妳說，萬莫說出去。」

江意惜點點頭，詫異道：「我看鄭夫人脾氣溫婉，樣貌清秀，年輕時肯定也是個不可多得的美人，鄭將軍還不滿意嗎？既然這樣，大長公主怎麼不為兒子想一想，找個他心儀的姑娘？」

鄭婷婷搖頭道：「我也不清楚，一問我娘，我娘就罵我。」

江意惜笑道：「晚輩的確不好議論長輩的事……」又把話扯去了別處。「妳也去狩獵了，趙五姑娘真的先同太子有了首尾？」

一說這事鄭婷婷就興奮，她直起身說道：「當然啦，好些人都聽到了，肯定是那人把趙元洛搶進去的！皇上沒法子，只能封她當太子良媛。不過，那趙元洛也討嫌，她嫁進東宮正好，兩人是絕配。」說著又沈下臉來，啐道：「哼，他們家還想把我說給他家的趙老四，我伯祖母、伯祖父和祖父都沒同意。結果趙貴妃又請太后娘娘指婚，想強娶，好在太后娘娘先問了我伯祖母的意思，沒同意。那一家子都髒得緊，沒一個好東西！」

那一家的確髒。百子寺夠髒的，趙元成就是百子寺的幕後金主，趙家有其他人參與進去了也不一定。孟辭墨為了保護去百子寺上過香的女人和她們所生的孩子，沒敢把事情鬧出來，也沒深究，而是匆忙把寺廟燒了，把幾個做壞事的和尚弄死。

江意惜看看面前這個乾淨美麗的小姑娘，活潑靈動，還有一股英氣，若嫁進那樣的人家真是毀了。她冷哼道：「趙貴妃和趙家是跟妳家槓上了，升平公主想尚妳大哥，趙家又打上妳的主意。」

鄭婷婷冷笑道：「他們看上的不是我大哥和我，而是我們背後的吉叔。我吉叔不僅手握重兵，還極得皇上信任和賞識。」

晌飯前，江意惜派人去請孟嵐和孟霜來作陪。

孟華因動手打長姊，被老太太禁足一個月，即便不禁足，江意惜也不會請她。

大廚房送了一桌上好席面，浮生居的小廚房也做了幾個菜。

吃完晌飯，江意惜領著幾個姑娘坐在炕上閒話。

鄭家姊妹玩到申時初才告辭離開，不僅帶走了一罐補湯，還有兩盆孟老爺子送鄭老駙馬和鄭老少保的名品君子蘭，以及老爺子的一個承諾——大長公主身子不好的這段時間，江意惜每隔三天會熬一次補湯派人送去大長公主府。

老爺子這是使出渾身解數，要大力拉攏鄭家了。

江意惜非常鬱悶，她恨不得躲鄭家躲得遠遠的，但孟家為了政治利益卻硬要把鄭家拉攏過來。

接近十月底，江意惜更加精心熬製老太太的藥膳，老太太終於撐過了十月二十八，前世她是這天早上死的。

江意惜清楚地記得，那是冬月的一天，天空飄著雪，江洵去庵裡跟她說了這件事。那時的江意惜對孟老太太無感，對她的死也沒有什麼感覺，卻知道，孟辭墨在那個府裡更艱難了，想證明他們的清白，也更加不易了。之後老爺子也死了，然後不知何故，孟辭墨去殺了付氏，接著自殺。

而這一世，孟辭墨眼睛好了，把付氏踩下去了，老太太還仍然活著，老爺子的身體也越來越棒。

江意惜一直等到十月二十九凌晨到了，才安心地睡下。

早飯後，她帶著臨梅和拎了食盒的水靈出門。

外面大雪紛飛，天還未大亮，一頂轎子已經等在院門口。江意惜上轎，接過食盒，兩個丫頭跟著轎，一起去往福安堂。

如今，老倆口要等到江意惜過來，喝了藥膳以後才會吃早飯。

老太太看見她，笑眯了眼。「快拿來，就等著這一口呢！」

水靈忙把裝藥膳的青花白瓷罐放上桌，給老倆口各盛一碗。

老太太喝了一口湯，笑道：「真的很奇怪，昨兒之前我老是覺得胸悶、不舒坦，但今兒一早起來，就覺得喘氣鬆快多了，精神頭也極好。」

江意惜看看老太太，她的臉色好像真的比之前好些了。再想到孟辭墨之前作過的夢，或許每個人這一世總能感知前一世的一些事吧，只是本人不知道那是前世的記憶而已。

江意惜笑道：「請御醫來給祖母把把脈吧？若病好些了，藥膳就要停一段時間。畢竟藥膳也是藥，過量總不好。」

老太太點頭稱是。她看看江意惜的肚子，說道：「妳已經顯懷了，有些事讓奴才做即可，老婆子還等著再抱一個大胖重孫子呢！」

服侍老倆口吃完飯，晚輩們陸續來請安，最先到的是孟辭羽。

除了送藥膳的江意惜，每天最早來的都是孟辭羽。

他比之前清瘦了一些，也更加顯得清俊秀雅。

因為付氏，孟華明明白白讓老倆口看出她不高興了，更是對孟月、孟辭墨和江意惜不滿。成國公也對老父母多有埋怨，嘴上的一圈燎泡前半個月才好，沒少被老倆口罵。唯獨孟辭羽，不僅對老夫婦的態度和孝敬一點都未變，對孟月和孟辭墨的態度依然如昔，就連對江意惜也更加尊重了。

江意惜覺得，無論相貌還是性格，孟華像極了魯莽的成國公，孟辭羽則像極了精明的付氏。之前孟辭羽要單純一些，對江意惜的態度非常不好，但在經歷過付氏的事後，他變得更加冷靜了。說得好聽，是他迅速長大了；說得難聽，便是他把所有的壞心思都藏起來了。

他恨他們三人很正常，就像孟辭墨和江意惜恨付氏，連點面子情都不會給。可面上卻一定要裝作不恨，這就不正常了。孟辭羽和孟華相較，孟華要真實得多。

老太太把孟辭羽招到跟前，拉著他的手心疼地說道：「哎喲，怎麼又瘦了？用功是好事，卻不能不顧身體。還有啊，心思不要太重，你娘有你爹護著，委屈不了。等過了禁足期，她就能出來了。」又送了他一根高麗參。

孟辭羽笑道：「孫兒倒不擔心我娘，她不僅有我爹護著，還有祖父、祖母的疼惜。我總想著在會試取得好成績，所以睡得少了些。」

老爺子也非常滿意這個孫子，興許，孟家真的要出一個探花郎……狀元郎還是不敢想。他也說道：「你祖母說得對，要注意身體。有學問，也要有強健的體魄。」

孟辭羽躬了躬身。「謹遵祖父、祖母的教誨。」

江意惜回到浮生居後，讓人準備晚上的食材。

孟辭墨今天晚上要回家，回來得晚，肯定趕不上家裡的晚飯，就由浮生居給他準備。

戌時，孟辭墨回家了。

他一進門就捲進來一陣風雪，帽子和肩膀上落滿雪花。

他沒像之前那樣先去拉江意惜的手，而是把斗篷脫下交給丫頭，在溫水裡淨完手和臉，才走到江意惜面前，盯著她的肚子看。
江意惜摸著肚子笑道：「大些了，祖母也說顯懷了。」
孟辭墨笑得一臉燦爛，摸了摸她稍微凸起的肚子。「真神奇，這就長大了。」又遺憾道：「可惜我要出去一段時間，不能陪伴妳和孩子。」
「你要出去？」
「嗯。飯準備好了嗎？我還要去跟祖父議事。」
二人攜手進了東側屋，酒菜陸續擺上桌後，下人們退下。
孟辭墨一口喝完杯中酒，江意惜又給他滿上。
「過兩天我要去雍城辦差，會儘量爭取年前趕回來。」聲音壓得更低。「還有些私事，會跟鄭叔會面。」這是借著辦差的由頭，去幫平王辦事了。
江意惜又是不捨、又是心疼，鼻子都酸澀起來。「這麼冷的天，往南還好，你卻是往西，多遭罪啊！」
「這比打仗輕鬆多了。我無事，就是擔心妳。我不在的時候，妳要注意安全，無事不要到處走，注意地滑，不要去湖邊……」
孟辭墨囑咐完，又以最快的速度喝完酒、吃完飯，便起身去找老國公了。
每次孟辭墨回家都是江意惜最高興的時候，也是浮生居最熱鬧的時候。可此時，看到那個背影急急消失在門後，江意惜長嘆了一口氣，心裡難受得緊。

被冷落的還有蹲在腳踏板一頭的花花，以及高几上的啾啾。

孟老大沒跟自己打一聲招呼，就這麼走了？花花扯開嗓門開始罵。「孟老大，人家再也不理你了……」

「滾！回家、回家，軍棍侍候……」

江意惜此時可沒心思哄兩個小東西，讓丫頭把牠們拎去了西廂房。

她聽到外面呼呼的風聲，想著不僅要給他準備路上吃的、穿的，還要給他準備一些經過處理的治風寒和外傷的藥丸才行。再想到他要去見鄭吉……

對於鄭吉這個人，江意惜一直持無視的態度，也絕對不會認他。但是，聽到孟辭墨要去見他，心裡還是不平靜。

丫頭們把碗盤都收走了，江意惜還在發呆。

孟辭墨半夜才回來，見小窗還亮著燈，他的心裡溢滿溫情，腳步更快。

一進東側屋，就看到江意惜坐在炕上縫護膝。旁邊堆了一小堆的東西——一雙靴子、兩套中衣褲、一套蓑衣、兩對護膝、兩個小匣子。

孟辭墨此去要快馬加鞭，輕裝簡行，除了身上穿的，就準備了這些東西，走的時候再帶少量路上吃的乾糧即可。

「妳怎麼還沒歇息？」

江意惜抬頭說道：「那邊風沙大，我再做對厚些的護膝，就快做好了。」

「我大後天才走，明兒讓丫頭做吧。」

江意惜放下針線，把小匣子打開，裡面裝了二十顆丸藥。「小的治風寒，大的治腹瀉，另外這盒是外傷膏藥。這些都是我師父留下的，比藥堂的藥好得多，莫弄丟了。有其他毛病，就近看大夫，不要耽擱。若風雪太大，不要急著趕路，趕不回來過年就算了，不要太辛苦……」這些藥是她之前在藥堂買的常備藥，剛才趁沒人的時候用光珠照過，又用牙籤蘸了點眼淚水扎進去，藥效要好得多。

聽她叮囑個不停，再看她有些紅了的小鼻頭，孟辭墨的心更柔軟了。

往年在軍營的時候，他經常聽同袍兄弟說媳婦如何囉嗦，老母或長輩如何唸叨，言語裡似乎滿是不耐煩，但表情卻是極得意的樣子。當時他特別羨慕嫉妒，這是他從沒經歷過的。現在聽小媳婦不停地囑咐，生怕他記不住，一件極小的事也能掰成幾瓣說……他終於感受到了這種幸福，心裡溢滿了甜蜜和不捨，身體也不由自主有了變化。

江意惜看到他火熱的眼神，嘟嘴嗔道：「你聽沒聽進去呀？我跟你說正事呢！」

孟辭墨笑道：「聽著呢，都記住了。唔……聽人說，懷孕滿了三個月，就能……那個了。」

「討厭，聽誰說的……」

江意惜還想說，就被孟辭墨扶起來，擁著去了臥房。

一旁服侍的水香趕緊紅著臉去淨房準備他們洗漱用的水。

第二日，孟辭墨去兵部和都督府忙碌了一天。

第三日又出去了一天，秘密同鄭老駙馬、鄭老少保、鄭玉會面。

他帶回來了鄭家給鄭吉的信，也帶回來一個消息。

鄭玉說，衛樟的身體好像不太好，前幾天執行任務時他突然臉色蒼白，走去一邊歇息了小半個時辰才好，問他有什麼毛病，他只說夜裡沒有睡好。鄭玉覺得衛樟應該有什麼病，但人家不願意說，鄭玉也就不好多問。

前世衛樟是暴病而死的，這麼聽來有些像心疾。但進御林軍要檢查身體，他或許是進了御林軍後得的病，也有可能病不算嚴重，買通了御醫。

既然鄭玉這麼說了，正好可以告訴江三老爺夫婦，千萬不能把江意柔嫁給他。

冬月初二，下了幾天大雪的天空終於放晴，陽光燦爛，把積雪照得橘紅。

上午，江意惜帶著花花，依依不捨地把孟辭墨送去院門外。

啾啾似乎知道孟辭墨要去見原主人似的，扯著低沈的聲音喊道：「回家、回家、回家……」

走至拐彎處，孟辭墨回頭笑著跟江意惜揮揮手，燦爛的笑容亦如燦爛的陽光。

看不到人影了，江意惜才悵然若失地走回東側屋，坐在炕上發呆。

下人不敢弄出一點聲響，只有聒噪的啾啾反覆叫著。「回家、回家、回家……」

蹲在腳踏板上的花花沈默了一會兒，也喵喵叫道：「小別勝新婚，距離產生美，短暫的分別，是為了更長久的相聚……」

江意惜哭笑不得，沒搭理小東西。

不多時，孟月帶著黃馨來了，還把她親自給孟辭墨做的一套冬衣、一套春衣、一雙千層底鞋拿過來，江意惜道了謝。

孟月或許是有些怕孟辭墨，只要孟辭墨回來，她就不會來浮生居。送這些東西，應該孟辭墨本人在的時候來送才對。何況孟辭墨這次是出遠門，若她來送行，會讓孟辭墨更開懷。

孟月的眼睛有些紅，一看就哭過，江意惜問道：「大姊怎麼了？孟華又找妳晦氣了？」

孟月搖搖頭，眼裡又湧上水霧。

她真的極美，身材曼妙微豐，鵝蛋臉白皙細膩，小巧的鼻子微微上翹，紅唇如三月裡的桃花，特別是含著水霧的雙眸，似結著秋波一樣的幽怨，讓人心生憐惜。

江意惜自覺自己的皮囊已經非常不錯了，可純論長相，真的比不上孟月。

但江意惜已經審美疲勞，沒有憐惜了，甚至有些不耐煩，幾不可察地皺了一下眉毛。

孟月不管受了誰的氣，既不敢跟老國公夫婦說，更不敢跟成國公說，連孟辭墨都不敢說，每次都找江意惜哭訴。

見孟月垂目不語，江意惜只得再問道：「又怎麼了？」

孟月抬起頭說道：「我想搬出府去住，省得被人嫌棄。」

「是孟華又說不好聽的話了？」

孟月沈默不語。

黃馨說道：「二姨說……說什麼偏份、正份，禍害娘家……我想告訴太外祖母，我娘不允，只得來告訴大舅娘。」小姑娘氣得小嘴噘老高。

江意惜把黃馨拉到身邊，和聲說道：「妳太外祖父、太外祖母、大舅和我都願意你們住在這裡，是正份。有人對你們不善，告訴太外祖母沒錯，告訴大舅娘也沒錯，我們都會教訓對方。不過，收拾敵人最好的辦法不是告狀，也不是讓別人去收拾，而是自己收拾。」

小姑娘的眼睛一亮，扯著江意惜的袖子問：「怎麼收拾？求大舅娘教我！」

江意惜摸著她的包包頭說：「妳還小，收拾大人，要靠妳娘。」又看向孟月道：「大姊，妳是咱們府的長房嫡長女，生母是國公爺元配，胞弟是世子，妳的底氣比孟家所有姑娘都足，只有妳欺負別人，沒理由被別人欺負。孟華算什麼？她比妳小，還是繼室生的。」

「可我如今不是姑娘，是和離過的姑奶奶，底氣哪裡比得上正經姑娘？」

「妳再是姑奶奶也有倚仗，除了公爹，這個家的所有當家人都幫妳。」

孟月的嘴唇抖了抖。「我嘴笨，說不過她，也吵不過她。」

江意惜的聲音提高了。「那就打她！即便被禁足也豁出去！她不是也打過妳這個長姊嗎？禁足一個月，又放出來了。長姊教訓妹妹，即使禁足也不會超過一個月。」

孟月搖搖頭，又嘆了一口氣。

江意惜有勁使不上，氣得肚子痛。怪不得有這麼好的皮囊、有這麼得勢的娘家，在黃家不僅沒攏住丈夫的心，還被婆婆虐待，受小妾的氣。在這個家裡，她管著家，手中有權力，結果不說不敢惹孟華，連刁奴都沒辦法治！還好現在有精明的林嬤嬤在她身邊，那些奴才不敢放肆。

孟辭墨說得對，孟月被付氏教廢了，不僅單純，還懦弱，不知如何反擊。不要妄想把她教厲害，只要她分得出好歹，不認賊作母就好，一切都有他這個弟弟擔著。以後她要嫁人就低嫁，夫君必須拿捏在孟辭墨手裡。

江意惜想想自己，前世她也單純，不會看人，但絕不懦弱，也絕不蠢。若老天再給孟月一次重生的機會，孟月的日子依然不會好過。

江意惜摸摸肚子，自己一定要好好活著，好好教孩子。若生了閨女，寧可她當悍婦，也不能由著別人欺負。

江意惜承諾找機會教訓孟華，孟月才又高興起來。

孟月母女剛走，水香就稟報道：「剛才外院婆子來報，丁二夫人去看望大夫人了。正院的人還來稟報大奶奶，想讓大廚房送一桌席面過去。奴婢不好打擾大奶奶和大姑奶奶敘話，就自作主張答應了。」

江意惜說道：「做得對，這是待客之道。來的是丁御史府的丁二夫人？」

付氏的父母死了，一個胞兄在外地為官。這一個多月來，有兩家夫人來看望過付氏，都是付家本家族親。作為表親的鎮南侯府，還沒有任何人來。

每次有客人去付氏那裡，江意惜都會打發花花去竊聽。白天花花不敢進內院，都是在院外的大樹上，或者孟辭羽的院子裡聽，至今還沒聽到一點有用的內容。

當然，這也不能說明他們沒談過某些事，有可能怕隔牆有耳，放低了聲音說，也有可能用筆寫再銷毀紙張。

水香小聲道：「是。這位丁二夫人是大夫人的表妹，也是趙貴妃和鎮南侯趙互的胞妹。」

不僅江意惜弄清楚了付氏在京城的所有親戚關係，也讓她的幾個心腹把這些關係記牢。

終於來了一個有用的人！只是知道晚了，沒有早些去聽。

江意惜看看屋裡，問道：「花花又跑去福安堂了？」

水靈笑道：「老公爺去暖房了，花花在暖房陪老公爺玩呢！」

錦園有兩間大暖房，許多珍品及名品花卉都移了進去。

江意惜起身說道：「我也去暖房跟祖父說說話。」

水香扶著江意惜走出去，水靈走在她們前頭。

世子爺走之前再一次重申，只要大奶奶出門，就必須有人扶著她。

還沒進暖房，就能聽到花花的喵喵聲，以及老爺子暢快的大笑聲。

江意惜的心情立即明媚起來，不由自主想加快腳步，但水香緊緊扶著她，她想快也快不了。一進暖房，江意惜就給吊在架子上的花花擠了擠眼睛，垂在下面的右手比了個手勢，這是他們之間的暗號。

只見小身影一閃，花花一溜煙就跑了出去。

娘親說了，若聽到有用的內容，就再放牠出去玩兩天！現在是隆冬季節，牠不進山，去鄉下看看李珍寶，再去扈莊和孟家莊玩玩也不錯啊！

牠跑到離正院不遠處的樹根下觀察敵情的時候，正好正院的一個婆子從這裡經過。婆子踢了牠一腳，罵道：「這麼醜，還到處現眼，以為誰都該稀罕你似的！滾！」

花花被踢出幾步遠，那罵人的話更是讓牠碎了一地的玻璃心。

但牠知道自己此時不能嚎，正事要緊。牠哧溜一下爬上樹，用爪子捂著嘴，任由大滴大滴的眼淚流下來，豎起耳朵聽院子裡的動靜。

先是孟華那個棒槌的大嗓門——

「表姨來了，我怎麼不能進去？」

接著是一個婆子的聲音——

「大夫人難過，丁二夫人正在勸她，有些話晚輩在不好說……」

這個聲音花花熟悉，是付氏最信任的婆子。

然後是一道極輕又陌生的耳語聲——

「……知道、知道，娘娘和我大哥都知道妳受了委屈。那件事怪不得妳，是他們大意，沒防著孟辭墨那匹惡狼。娘娘特地說了，妳遭的難她都看在眼裡，等那位上去，會補償妳。」

付氏冷哼一聲，輕聲道：「看在眼裡？是恨在心裡吧！」聲音裡滿是怨懟。

「大哥知道錯怪妳了，娘娘也說了他，他很是自責呢！妳再忍忍，我大哥派出去的人已經跟那人聯繫上，說好春末夏初會來，只要他來了京城，許多事就好辦了……可能還需要妳做件事，最後一件……」

付氏氣道：「他說那件事是最後一件！雖然沒辦成，卻不是我的責任。為了做那件事，我如今已經被害得這樣慘，名聲沒了，臉面沒了，權力沒了，平靜的日子也沒了。不僅我完了，我的兒女也被厭棄了……」付氏流出了眼淚。她知道，另一件事肯定更難辦。

丁二夫人尷尬地笑了笑，又附在付氏的耳邊說：「那事沒辦成，我哥哥家更被動，還折進去一個姑娘。只要這件事辦成，孟家的天就塌了一半。另一半是國公爺的，有他給妳頂著，妳還怕翻不了身？」

付氏沒言語。若辦成還好，若再被發現，她的命就沒了。她死也就死了，可她的兒女怎麼辦？科考、說媳婦、說婆家，這幾年正是兒子及閨女人生中最重要的時刻。

她已經看出來了，只要英王沒上位，所謂的最後一件事永遠都不會是最後一件，哪怕老爺子和孟辭墨死了，也還會有事，除非她死。
丁二夫人笑道：「我大哥說，他才發現，辭羽真真是一副好人才，越長越俊俏……」
付氏眼裡閃過一絲驚恐，趕緊垂下眼皮，袖子裡的拳頭握得緊緊的，長指甲把手心都刺破了。那個惡人，他怎麼不去死！
那是他們的最後一次，她並不願意。
自從嫁給孟道明後，有丈夫的疼愛，過上了最富貴的日子，公公長年不在家，婆婆身體不好不管事，繼女跟繼子還小，這個家裡簡直是她說了算，她不想失去來之不易的一切。可是他卻……更沒想到的是，她治了幾年的病偏偏在那一年好了，她居然懷了孕！她抱著僥倖，想著跟丈夫那麼多次，跟那個人只有那一次，孩子應該是丈夫的。
可是，當孩子越長越大，眉眼居然跟那個人有了一、兩分的相像，她嚇得魂飛魄散，有好長一段日子都寢食難安。
幸而這個特徵所有人都沒有發現，她才又放下心來。孩子長得多像她，她與他是表兄妹，只要不知道他們在那個時間段裡發生過那種事，就不會對兒子有懷疑。她已經把除了奶嬤嬤以外知道內情的兩個丫頭都處置了，這個秘密，她將永遠藏在心裡，誰都不會說。
她兒子是最優秀的，有子建之才、潘安之貌，還是謙謙君子，得丈夫和長輩極度寵愛，被眾人誇讚，她為有這樣的兒子而自豪。因為有了這樣優秀的兒子，也更加讓長輩滿意她。
可是，前幾個月，那個人讓人給她送了一封信，信中大加誇讚兒子，居然說辭羽比他的兒子還像他，他甚是喜愛……她又傷心、又害怕，迫不得已在獵場時為他們做了那件事。

而今天，他又捏著這個命脈威脅她，讓她做另一件事！她完了也就完了，可她怎麼捨得把她的兒子置於死地？那個老不死的混蛋！他怎麼不去死，把那個秘密永遠帶進土裡……手心的刺痛讓付氏清醒了過來。

她抬起眼皮笑了笑，非常得意地說道：「都說我兒是再世潘安，當然俊俏了！」見丁二夫人神色如常，付氏又放心了些許。那個人再惡，也不敢隨意把這件事說出去。

丁二夫人笑道：「可不是？都說辭羽是京城第一美男加第一才子，傾心他的姑娘數都數不過來呢！」她又把頭伸至付氏耳畔，輕聲道：「若那件事辦成，英王殿下會想辦法讓肖大人當下屆會試的主考官。妳也知道，肖大人極其賞識孟三公子的才華，在多個場合誇獎過他，孟三公子長得又是少有的俊，只要會考成績尚可，很容易被皇上點為探花。」

付氏沈默片刻，想給丁二夫人一種「這個條件打動了她」的錯覺。

她問道：「那個要來京城的人是誰？」

這是同意嘍？丁二夫人心下暗喜，搖頭說道：「我也不知道。不過，聽說是從……」她用指頭蘸了點水，在桌面上寫了三個字，見付氏看到，又抹了。「那邊來的，很厲害。」

付氏的聲音大了起來。「唉，我這段時間身體特別不好，覺得困乏、無力，也不知什麼時候就死了……」

丁二夫人的聲音也大了起來。「妳要保重身體，兒女們的大事都還沒辦呢！華兒美麗大氣，我倒有個好人選，元茂如何？他比元成穩重得多，前程不會差，又是親上加親，嫁進去不會受委屈。」

付氏又氣著了，厲聲拒絕道：「不行！他家敢打華兒的主意，別怪我拚命！」見丁二夫人冷了臉，又緩下口氣說道：「老爺子一直說孟家不站隊，他和我家老爺都不會同意孟家閨女嫁進鎮南侯府的。華兒的親事，我們已經有了計較。」

丁二夫人扯著嘴角笑道：「好、好，妳不願意就算了……」

江意惜已經感覺到花花哭了，想著或許牠在靠近正院時受了什麼委屈。這個家裡，除了正院的主子、奴才不喜歡花花，花花得所有人喜歡。

吃了晌飯，小東西還在哭，江意惜有些著急了。她正想讓丫頭去尋牠，就聽到小東西的叫聲，牠翻過牆進來了。

花花滿臉「冰棍」，還在慫著鼻子。沒等到牠進正房，就被水清心疼地抱了起來。水清大聲說道：「大奶奶，花花哭得好傷心，滿臉冰碴，奴婢先給牠洗個熱水澡！」

給花花洗了澡，又把牠的毛擦得半乾，水清才把牠抱來東側屋。

炕是燒著的，江意惜讓水清把牠放在炕尾暖和暖和。

小東西看到主人，鼻子又慫了慫，眼裡蓄上淚水。

這個傷心樣，一定是哪個嘴賤的罵了牠醜。

江意惜從懷裡抽出帕子遞給牠，心疼道：「哎喲，委屈成這樣，是有人罵你啦？快莫委屈了，越罵你的人，越是嫉妒你長得俊。」

花花想想也是，便拿起帕子擦了擦眼淚。

小東西不長記性，每次有人罵牠醜，江意惜都是這麼勸慰牠。可下次再遇到罵牠醜的人，牠依然會這麼傷心，而江意惜同樣的安慰，又能讓牠不再難過。

江意惜斜倚在靠枕上，對一旁的水香和吳嬤嬤說道：「我再勸勸花花，妳們下去吧。」

屋裡沒有外人了，花花的眼睛瞪得溜圓，亮晶晶地看著江意惜，一副「快問我吧，我聽到了特別有價值的情報」的表情。

江意惜小聲問道：「聽到什麼了？」

花花喵喵叫道：「我說了，妳就要放我去鄉下玩兩天。」

江意惜點點頭。「好。」

花花走近兩步，放低音量喵喵叫道：「客人是女的，又給付婆子任務了。」

「喔？什麼任務？」

「那個女人說，娘娘和她大哥知道付婆子受了委屈，會補償她，他們還罵孟老大是惡狼。她大哥找了一個人來幫忙，說春末夏初來，等他來了京城，就讓付婆子做件事，這是最後一件……付婆子好像不願意。那個女人許諾下次會考，英王會爭取讓欣賞孟辭羽的肖大人當主考官，還說孟辭羽中探花的機會大。付婆子沒說同意，也沒說不同意，又問那個人是哪裡來的，那個女人沒說……那個女人又說，想把孟華說給趙什麼茂的，付婆子很生氣，不同意。」

江意惜問：「就這些？」

花花喵喵道：「這些還不夠？」

江意惜懇求道：「好孩子，你像原來一樣來個那什麼實況轉播吧，誰說了什麼，一字不落都說出來。」又誇了牠一句。「你的記性很好的！」江意惜非常不滿意花花今天的表現。這麼重要的內容，牠幾句話就說完了，居然還用了「好像」二字，這是之前從來沒有過的。

花花縮了縮脖子，喵喵說道：「我正難過傷心，有些話沒仔細聽，不能實況轉播。」

江意惜氣得瞪了花花一眼。「人家說你一句醜你就氣成那樣，連正經事都不好好做。你這次表現不好，不能出去玩！」

花花盼了許久，聽說不讓牠出去玩，立即咧開嘴嚎起來。「我不理妳了！再不幫妳搞竊聽了……」小東西哭著跳下炕，再把門打開，向外面跑去。牠要去找老太太，讓她罵娘親！

江意惜沒理小東西，坐在炕上分析小東西的話。總結下來，牠共講了四件事。

第一件事，趙貴妃和趙互的確跟付氏暗中有來往，付氏在幫他們辦事。

這件事江意惜和孟家祖孫已經知道了，不足為奇。

第二件事，趙互找了個人來京城幫忙，大概在明年春末夏初時到。但那個人是誰、從哪裡來的皆不詳。等他來了，就會讓付氏去做一件事。

讓付氏親自出手做的事，肯定是對成國公府極其不利、外人又做不了的事。

第三件事，付氏不願意，那邊許諾下次會考想辦法讓欣賞孟辭羽的肖大人當主考官，孟辭羽或許還能被點為探花。

江意惜暗哼，哪怕孟辭羽當了狀元，對成國公府這種頂級勛貴之家來說，也只是喜事一樁，屬於錦上添花。跟讓付氏做的足以撼動成國公府根基的事相比，不在一個階級上。

付氏的丈夫是成國公府的當家人，成國公府倒楣了，成國公也得不了好，為什麼付氏會答應？她會答應，絕對不僅僅只是因為孟辭羽有機會當探花。

第四件事，鎮南侯府想讓趙元茂娶孟華，付氏堅決不同意。

付氏不同意，說明她知道鎮南侯府不會對孟華好，亦即她跟鎮南侯府真正的關係其實不算親厚。

這四件事中，第二件事最重要，可小東西只說了個大概，或許裡面還摻雜了牠的理解，不一定是全部的事實。

來的到底是什麼人？要讓付氏做什麼事？

付氏沒同意，也沒有不同意。她應該是在等更大的利，絕對不是讓孟辭羽當探花那麼簡單。或者，是老國公和孟辭墨分析的那樣，她有什麼把柄被趙貴妃或者趙互拿捏著，所以她不敢不做。

江意惜氣得肝痛，這麼好的竊聽機會，被小東西怠忽職守了。若是牠「實況轉播」，自己也能根據她們的話分析一下，抓抓重點。

成國公府的人也調查過付氏早年和鎮南侯府的牽扯。

付氏的母親同趙貴妃、趙互的母親是表姊妹，關係不算很近，但付家一直巴結著趙家，兩家關係比較好。

付家的家世不算高，仰仗著鎮南侯府也辦好了幾件事，特別是趙貴妃上位後，付氏的兄長也步步高升，現在已是南中省安察使。

自從付氏嫁進成國公府，便遵照老爺子「孟家子弟不站隊」的家訓，明面上跟趙貴妃和鎮南侯府保持了距離，從不來往。這次狩獵才知道，付氏不僅跟趙貴妃和趙家私下來往密切，還幫他們辦事，甚至不惜出賣成國公府的利益。

他們分析，若付氏有把柄，應該是在她當姑娘時落下的，或者是付家有什麼不可告人的秘密，付氏為了娘家不得不做。

孟家知道的只是一點皮毛，更深層的情報一時沒有辦法打聽到。或許在英王剛一出世，趙貴妃和鎮南侯府就打上了奪嫡的主意，那時就開始佈局了。

而孟家，之前孟老國公幾乎大半時間都在外，心思也全用在打仗上。如今站隊了，想幫平王了，許多事情都處於下風。老國公唯一留的一手，就是悄悄養了一隊私兵，現在全權聽命於孟辭墨。

還有孟家想不到的，就是她江意惜是重生人，知道一些先機，以及花花是九天外的一朵雲，偶爾能搞搞偷聽，否則，孟家會更被動……

不知不覺，窗紙已經泛紅。

吳嬤嬤道：「大奶奶，該去福安堂了。」

江意惜起身，臨香和水靈過來服侍穿衣。把薄襖脫下，穿上厚厚的棉褙子，在外面披了件斗篷，戴上昭君套。

常走的路已經被掃淨，路兩旁是厚厚的積雪，在夕陽的照耀下閃著紅光。水靈走在前面，臨香扶著江意惜跟在後面。

剛走過錦園，就遇到孟二奶奶母子。

圓滾滾的小安哥兒跑上前問道：「大伯娘，花花呢？」

江意惜牽著他的小手笑道：「已經去了福安堂。」

幾人說說笑笑地走著，半路遇到了孟華。

孟華穿著銀紅提花錦緞褙子，披著一件湖藍緞面出風毛斗篷。雖然臉型略方，也算得上是個漂亮小娘子，但眼裡的戾氣減了分。

付氏一心想把別人的閨女教歪，反倒沒時間把自己的閨女教好。

孟華見著兩個嫂子，沒說站下行禮，反倒腦袋一扭，向前走去。哼，曲氏生的種不好，娶的人更是上不了檯面！

江意惜喊道：「孟華，我有話跟妳說。」

孟華只得站住回過頭。「什麼事？」

江意惜走上前，離她有小半丈距離時停下，沈臉說道：「大姑奶奶是祖父、公爹、我家世子爺請回家住的，她再是和離身分，也是成國公府的嫡長女，任何人都沒有資格說她是偏份，不該住在這個家。我家世子爺還說了，他是大姑奶奶一輩子的倚仗，誰再敢動手打大姑奶奶，他就大耳巴掌招過去。」

孟華杏眼圓睜。「妳敢威脅我?!」

江意惜冷笑道：「我不是在威脅妳，而是在告知妳。告訴妳怎麼做人，怎麼做個識時務的聰明人。」

孟華怒極，罵道：「妳個賤人！」

江意惜滿眼鄙視，搖頭說道：「嘖嘖，連親都還沒訂的小姑娘，出口不遜、動手打人，還不友善姊妹，傳出去，哪個好後生敢要？」

孟華氣得大哭。「我要告訴我娘……」想著如今告訴她娘沒用，她娘即使要收拾江氏，也要等到明年秋天，便又道：「告訴我爹，告訴祖母，妳當嫂子的欺負人！」說完氣鼓鼓地向前走去。

江意惜對著她的背影說道：「正好，我也想跟公爹和祖母說說大姑奶奶如何受氣的事。」

孟華腳步一頓，而後繼續向前走去。

孟二奶奶羨慕地看了江意惜一眼。敢這麼豪橫地教訓小姑子，還是厲害的孟華，也只有江氏了。之前以為江氏出身小門小戶，嫁進高高在上的成國公府，又不得公爹和繼婆婆喜歡，生活肯定不易，說不定會被擠對得無法立足，結果事實卻完全相反。江氏沒有倒楣，倒楣的反而是大夫人，不僅坐實了她苛待繼女、繼子、繼媳，還出賣家族利益。

孟華即便再驕縱，只要大夫人不解禁，江氏就要強壓她一頭。

聽公爹和丈夫的意思，老爺子對孟辭墨的信任已超過了成國公，還讓二夫人和她要跟江氏維持好關係。

孟二奶奶笑得更真誠了，輕聲說道：「聽我家二爺說，祖父跟祖母心疼三叔早逝，三嬸本分，想在族中抱個小子給三嬸養。年後我家二爺就會回老家一趟，幫三嬸找個兩至五歲的小子。」

江意惜沒聽孟辭墨說過此事，或許是孟辭墨太忙了，這些家事沒怎麼上心。她真心笑道：「這樣很好，三嬸也有個盼頭了。」

第二十九章

幾人去了福安堂，卻沒看到孟華。或許她自知向老爺子和老太太告狀得不了好，去什麼地方等著成國公回來好告狀吧。

成國公若要昧著良心偏幫付氏生的閨女，江意惜也沒辦法。

孟三夫人臉上難得有了笑容，跟老太太和二夫人說笑著。

孟霜看著也比平時高興，正眉開眼笑地跟孟嵐說著悄悄話。

孟月和黃馨安靜地坐在那裡。

沒有愛做臉色的孟華，場面要和諧得多。

花花趴在老太太的膝蓋上，看到江意惜進來，小腦袋一昂，轉去了一邊。

老太太跟江意惜眨眨眼睛後，故意沈臉問道：「妳得罪花花了？」

江意惜笑道：「小東西不聽話，我說了牠兩句，牠就生氣了。原來，牠來找祖母告狀了。」

老太太嗔道：「牠不聽話妳也不能說，要好好哄著牠！」

江意惜趕緊說：「哎喲，牠有了祖母這個大倚仗，日後要更驕縱了！」

眾人一陣笑。

孟二奶奶笑道：「我之前就沒看到過像花花這樣的貓，又漂亮、又聰明，也不怪祖母喜歡牠。」

小安哥兒吃醋道：「有了花花，太祖母都不像之前那麼喜歡我了！」

眾人又是一陣笑。

老太太招手笑道：「我的小乖乖，還吃上醋了？快來太祖母這裡，太祖母稀罕你！」又對黃馨說道：「馨兒也來，太外祖母也稀罕妳。」

兩個孩子跑過去，一邊一個倚在老太太身邊。

老爺子是從外書房過來的。如今他已經不像之前那樣只知養花、養鳥，等著聽皇上的差遣，而是開始謀劃家族大事。鎮南侯居然把手伸到他家，家裡還有個裡應外合的，不站隊都不行。放下繁雜的朝事，看到和樂的一家，老爺子心裡還是高興的。男人們的一切謀劃，除了朝廷，就是為了這個家的繁盛和美。

眾人起身給他行禮，他坐去羅漢床上。

不多時，孟辭羽來了，接著是孟辭閱、孟二老爺，最後是成國公。

成國公沈著臉，後面跟著孟華，孟華臉上還有淚痕。

成國公不善地看了江意惜一眼，給老倆口行完禮後，坐去自己的座位上。明明葭寶兒只是聽了自己的話，帶著孟月去相看羅仲書，遇到太子完全是巧合，但他們兩口子卻拿著這事大做文章，說葭寶兒有意苛待繼子、繼女、繼媳，把二十幾年前的老帳都翻了出來。偏偏老父和老母都聽了進去，不僅懲罰了葭寶兒，奪了她的管家權，還把自己在家中的權力架空了！他們真的以為如此一來這個家就是他們兩口子的了？以為他這個父親是擺設？小戶出身的江氏膽敢恃寵而驕，欺負出身高貴的小姑子，她怎麼敢！

成國公攏在袖子裡的拳頭握了握。若是那個逆子在家，自己一定會暴揍他一頓出氣。可如今江氏身懷有孕，老父又無原則地護著他們，還是忍一忍，私下訓斥江氏為好。

江意惜已經看到成國公的不善、孟華的得意，但她臉上渾然不覺。雖然早知道成國公是這種人，但心裡就是忍不住生氣，替曲氏和孟辭墨姊弟不值。

孟道明這個後爹，只想著付氏和付氏生的一對兒女，對曲氏生的一雙兒女沒有一點疼惜之情。若是有一點點父親的擔當，前世孟辭墨和孟月也不會死得那麼慘。

這次也是如此，孟華的一面之詞就讓他氣成這樣。

孟辭墨不在，江意惜本不想跟成國公正面槓上，可看到他這副德行，也不想忍了。

而且，老太太心軟，覺得處罰了付氏，就有些對不起付氏生的兒子及閨女，於是更加縱著他們。孟華動手打長姊，只禁了一個月的足，抄了幾篇《女誡》而已。

江意惜跟孟月、孟嵐和孟霜幾個大小姑子說笑著，就是不搭理孟華。

孟華覺得委屈極了，扭著手裡的帕子，時不時看一眼父親。

扮可憐？孟華終於學到付氏的一點精髓了。

孟月也看出了父親的不善，有些嚇著了，主動找話跟孟華說，覺得這樣是在幫江意惜緩和跟孟華的關係。

成國公更生氣了。江氏當著自己的面就敢如此冷落小閨女，背著自己還不知怎麼欺負她！而且，大閨女跟小閨女的關係明明很好嘛！江氏不僅欺負人，還挑唆她們姊妹的關係！

他再也忍不住，沈著臉對江意惜說道：「江氏，作為長嫂，妳居然敢辱罵小姑，還揚言要打她，我倒要問問，誰給妳的膽子？」

他聲音不大，卻冰冷極了，嚇得眾人都住了嘴，江意惜也戰戰兢兢地站起來。

她扶著肚子，站都有些站不穩，紅著眼圈說道：「兒媳冤枉，兒媳沒辱罵過小姑。至於打人的話，那的確是世子爺說的，兒媳覺得他沒說錯。不管他的哪個姊姊、妹妹挨了打，他都應該打回去——」

成國公喝道：「放肆！長輩教訓妳，妳還敢頂嘴？」

江意惜趕緊住嘴，用帕子抹著眼淚。扮可憐嘛，誰不會？

見大兒子把江意惜嚇成這樣，老國公不高興了，沈臉喝道：「有話不會好好說啊？嚇到我那還沒出生的重孫孫，你賠得起嗎？」又對江意惜緩下聲音問道：「辭墨媳婦，怎麼回事？」沒問成國公，不僅是因為他越來越不待見這個大兒子，還先入為主地認為一定是付氏又挑唆大兒子苛待繼子媳婦了。

江意惜哽咽道：「上次大姑奶奶被二姑打過以後，她和馨兒又被罵過幾次，二姑說她們是偏份，不該住回娘家，禍害娘家……聽了這些話，不僅兒媳生氣，大爺更生氣。大爺覺得他沒護好長姊和小外甥女，對不起仙逝的婆婆。今天看見二姑，孫媳就跟她說，大姑奶奶是成國公府的嫡長女，是祖父、公爹、我家世子爺請回來住的，是正份。我家世子爺還說了，以後誰若再敢打大姊，他就大耳巴子招回去，結果二姑就罵我賤人，說我在威脅她。我跟她說我不是威脅她，而是告訴她，若再這樣任性，動輒出口不遜、動手打人，會影響找婆家。這是我和二姑的原話，二弟妹及五個下人在場都聽到。」江意惜又依次向老公爺、老太太、成國公屈了屈膝，說道：「祖父、祖母、公爹，孫媳不覺得今天做錯了。愛護小姑也包括如何引導她們，她們做錯事要指出來，而不是一味地縱容，一味縱容才是害了她們。」

這跟華兒說的話不一樣啊！成國公本能地不相信江意惜，大聲喝道：「江氏，妳和孟辭墨那個王八羔子倒真是天生一對，都長了一副巧嘴！頂撞長輩、欺壓小姑，還振振有——」

老國公氣道：「住嘴！他們說真話就是巧嘴，難不成一定要順著你和你媳婦說瞎話才不是巧嘴？你個當爹的，從來一碗水端不平！」

老太太還是想給大兒子留臉面，那麼大的人了，又是從一品大員，當著晚輩的面不能讓他太難堪，因此連忙勸道：「老公爺，有話好好說。」

老國公看了成國公一眼，又看向孟二奶奶和孟華。「說，江氏剛才的話是否有出入？」

孟二奶奶為難地看了孟華一眼後，低頭說道：「沒有出入。」

老國公又看向孟月，問道：「華丫頭打了妳以後，又那樣罵妳們了？」

孟月流出了眼淚，低頭不敢言語。

坐在老太太身邊的黃馨說道：「是，不僅二姨趕我們走，有些下人也說過不好聽的話，我知道，她們是故意讓我和我娘聽見的。我想來告訴太外祖父和太外祖母，但我娘說你們歲數大了，不好讓你們生氣，我就去跟大舅娘說了……」說完，就嗚嗚地哭起來。

孟華見老爹落了下乘，老爺子明顯偏心江氏，便哭道：「不管怎樣，嫂子都不應該教唆大哥打我，咒我嫁不出去！」

老爺子說道：「這種事不需要江氏教唆，對於敢打他同胞長姊的人，辭墨自是不會手軟。不要說辭墨，就是我，我也會打回去！還有，這個家還輪不到妳來趕人，我說月丫頭住得，她就住得！妳一個姑娘家，敢打長姊、罵長姊，還惡人先告狀、顛倒是非，哪家敢要？妳自己不爭氣，怎麼是別人咒妳？」

孟華大哭道：「祖父，我沒有顛倒是非！孟月一回來我娘就倒楣，她就是禍害我們家了！還有江氏，她做了不要臉的事，下人議論，卻怪到我娘身上，她是故意的！」

老太太也氣極了。「胡說！明明是妳娘做了錯事，妳還倒打一耙！唉，付氏不是很會教人嗎？怎麼不多把心思放在親閨女身上……」

孟華嘴硬道：「我娘沒有錯！」

老國公道：「先不說妳娘的對錯，妳打長姊、罵長姊，犯口舌之忌，就是不對。長嫂如母，她教訓妳沒錯，妳卻歪曲事實，惡人先告狀，這是妳二錯。妳回吧，禁足一個月，抄《女誡》三十遍，好好反思妳的所作所為。若敢再犯，就去廟子裡禁足，勿怪我沒提醒妳！」

孟華捂著嘴大哭，不敢再鬧，她的丫頭走過來，把她硬攙扶走了。

成國公不高興了，怎麼自己要護著的閨女被罰了，而他要教訓的江氏還做對了？他鼓著眼睛說道：「爹，您說我一碗水沒端平，您老人家也要端平才是啊！一個巴掌拍不響，若江氏大度，關愛小姑，好好說話，她們也不會吵起來。既然是吵架，兩人就都有錯，不能只罰一個。公平起見，江氏也應該禁足！」

老爺子氣壞了，罵道：「你放屁！你個豬油蒙了心的狗東西，被付氏的迷魂湯灌傻了，睜著眼睛說瞎話！月丫頭是誰？馨兒是誰？辭墨又是誰？他們也都是你的親骨肉！這麼多年來，他們受了忒多委屈你都當沒看見，也沒見你說句公平的話，今兒江氏替你們管教了華丫頭，你就看見了，還要是非顛倒地禁她的足？之前老子沒有多的時間管教你，才會讓你四十幾歲的人了還是非不分、善惡不明，今天老子就好好教教你做人！」說著，老爺子站起身走到成國公面前，照著他的腦袋啪啪一陣亂打。

所有的人都嚇到了，乳娘趕緊抱著大哭起來的孟照安和黃馨向門外走去，二夫人、三夫人及晚輩們也都走了出去。

老太太哭著勸架，二老爺跪著勸架。

成國公也嚇著了，跪下任由老爺子打，還說道：「爹，是兒子錯了，兒子再也不敢了！

您要打用板子打，莫打痛您的手……」

老爺子聽了，又拎起一把椅子要往成國公背上砸。

還有一個晚輩沒走，就是孟辭羽。

他跪著抱住老爺子的腿說道：「祖父，您老人家莫氣。若是您和祖母氣壞了身體，我爹和我們這些當晚輩的萬死難辭其咎。祖父氣不過就打孫子吧，我爹公務繁忙，是孫子沒教好妹妹，惹長輩生氣了……」說著，也哭了起來。

老爺子和老太太都心疼這個三孫子，老太太哭聲更大了，老爺子舉起來的椅子再也砸不下去。

二老爺見狀，趕緊站起身把老爺子手中的椅子拿下來。

江意惜等人都待去了西廂房，聽到上房內傳出打人聲和罵人聲。

孟月嚇得不停地抹眼淚，覺得自己又惹事了。

孟二夫人說道：「月丫頭快莫難過，這事鬧出來，對華丫頭也是好事。在娘家被教訓，總好過去婆家被教訓。」孟二夫人聰明，不好說成國公，就拿孟華說事。說完還看了自己閨女一眼。孟華是前車之鑒，希望閨女汲取教訓。

孟三夫人也說道：「月丫頭不要多想，安心住下。」她心裡一直不明白成國公到底怎麼回事？就連她這個鮮少出門的寡婦都看得出來付氏對繼子、繼女不善，可他就是偏心那母子三人。月丫頭多可憐啊，從小被教得不知世事，嫁人後被婆家揉搓，投奔娘家還被妹妹打罵。當爹的不護著，辭墨和江氏護著，他還不高興。還有辭墨，從小被傳出那個名聲，小小年紀就上了戰場，差點沒能回來……

江意惜沒有安慰孟月，而是把黃馨拉到身邊。這孩子才六歲，卻聰明又有擔當，比她娘強多了。

她知道自己這個禍闖大了，跟公爹鬧成這樣總歸不好，得裝病在屋裡悶一段時間了。不過，她一點都不後悔把事情鬧大，孟華該收拾，孟道明那頭傻驢子更該收拾！

不奢望孟道明被打一頓就能明白，至少以後不敢明面上太過偏頗了。這個爹都被這麼收拾了，往後孟華也不敢再隨意欺負孟月母女。

等那邊動靜小了，老太太讓人過來傳話，都回吧，晚飯各吃各的。

這個時候的確不好看到成國公，眾人都起身離開。

天上寒星閃爍，夜風呼呼颳著。

垂花門停著幾頂轎子，除了孟嵐和孟霜要走著回去以利於說悄悄話，其他人都坐轎子。

回到院子不久，飯菜就送了過來。

吃完飯，江意惜找出一枚松花石領扣。這是孟辭墨打仗時的斬獲，頗具西域風情，非常別緻好看。

她讓臨梅送去給孟二奶奶，感謝孟二奶奶在那種情況下敢說實話。

江意惜剛洗漱完準備上床，花花就跑回來了。

牠一臉興奮，已經忘了跟江意惜有過不快。

江意惜把人打發下去，悄聲問道：「看完熱鬧了？」

花花喵喵叫道：「看完福安堂的，又跑去正院房頂看。娘親，妳是想聽實況轉播，還是聽解說？」

若實況轉播至少要花半個時辰，那幾個人的話也不會有自己特別想知道的情報，江意惜便說道：「你看著辦，重要的實況，不重要的解說。」

花花翻了個白眼，開始喵喵地解說起來。

看到老父、老母氣成那樣，成國公不敢再犯渾，承諾會把孟華管住，會多關心孟月母女，老太太苦口婆心教了一通，老國公又罵了一通，孟辭羽才把成國公扶回正院。

付氏看到成國公臉上有青痕，哭得肝腸寸斷。

「……我活了上千年，見過的人形形色色，第一次看到這麼會哭的女人！哭得孟傻帽直叫『寶兒』，連孟老三都不好意思繼續聽下去，趕緊跑了。娘親，孟傻帽把今天的事都算在了孟老大身上，他說一定是孟老大教娘親這樣做的。等孟老大回來會找由頭揍他一頓，以解今日之氣。付婆子則說，自從江氏進門後，他們就變得被動起來，江氏才是聰明人，還說教訓孟辭墨不如教訓江氏。孟傻帽說，江氏懷了孩子，除了禁足，沒有別的辦法教訓她。付婆子一下子又改了口，說辭墨媳婦懷了老爺的骨血，不能讓她生氣，連禁足都不行，還勸孟傻帽忍忍，結果孟傻帽又被感動得不要不要的。」

接著，花花的身子立了起來。「解說轉為實況轉播！」

牠跑去左邊，粗著嗓門喵喵叫道：「我的寶兒，妳這麼好，他們怎麼就是看不到呢？」又跑去右邊，捏著嗓子喵喵叫道：「老爺，只要你知道，我受再多委屈都值了！嚶嚶嚶嚶……」

再跑去左邊。「葭寶兒，妳為我生了個好兒子，孝順、知禮、多才，比孟辭墨那個王八羔子強多了！孟辭墨氣量窄、心思多，不孝敬父親、不關愛弟妹，對上峰同袍也好不到哪裡去，將來不知會惹出什麼禍。他這個性子，爬得越高就摔得越狠，還娶了個眼皮子淺的小戶女，我怎麼放心把偌大的家業和後輩子孫的命運交到他手裡？那一家子，只能守著一點祖宗留下的基業過活。等老父、老母不在了，還是得想辦法抓住他的把柄，把爵位交給辭羽。」

又跑去右邊用爪子抹抹眼睛。「嚶嚶嚶……老爺，我知道你看重羽兒，可這事還是不要吧？若真的換過來，又有人要說我當繼母的不慈……」

再跑去右邊，粗著嗓門喵喵叫。「這事葭寶兒別管，為夫自有計較。不僅爵位和大半家產，等我老了，所有私房也都留給辭羽。」

最後花花跑去正中趴下，恢復了正常聲音。「我聽得直想吐，趕緊跑回來了。娘親，我真想把孟傻帽的腦袋瓜子敲開，看看裡面裝的是不是豆腐？他怎麼只聽付婆子的好話？不好的話明明都說了，他卻全部自動過濾掉，還罵娘親是眼皮子淺的小戶女，想把孟老大的爵位再謀過去，真是氣死我了！我要罵人了，娘的，傻X！」牠氣得直呼氣，鬍子一抖一抖的。

這可愛樣子把江意惜逗樂了，若不是懷孕，一定把牠抱起來親一親。

江意惜並沒有那麼生氣，她對孟道明早就不抱希望了，遂勸道：「寶貝別生氣，跟那種糊塗蟲生氣不值得。什麼是色慾熏心、傻氣沖天？他就是，他已被付氏迷得沒有心智了。好寶貝，等風頭過了，想辦法出去放放風，咱們一起去。」

花花高興地喵喵叫幾聲，跑出去找水清了。

次日，江意惜說肚子痛。

吳嬤嬤和幾個丫頭都嚇哭了，趕緊稟報二夫人，讓人去請御醫。

御醫雖然摸著脈象平穩，覺得孟大奶奶比很多孕婦都健康，但他們多年遊走於深宮和深宅大院，自是知道這種情況下該如何處理，於是斟酌著用辭說道：「孟大奶奶的脈象不太平穩，要多臥床靜養，切忌動氣，多吃些補血、補氣的補藥……」又開了幾副安胎藥。

吳嬤嬤塞給了御醫二十兩銀子，讓水靈把藥方拿去二門，差吳有貴去藥堂抓藥。

老國公和老太太聽說後，覺得江氏定是昨天被成國公嚇著了，趕緊差人送來一堆補藥，晚上又把成國公大罵一頓。

二夫人、三夫人、孟月、二奶奶聽說後，都帶著補藥來看望江意惜。

這天開始，江意惜就過起了李珍寶嘴裡的「米蟲」生活。

偶爾孟月母女和二奶奶母子、孟嵐、孟霜會來陪陪她。為了裝得像，江意惜都是躺在床上跟客人敘話。

沒有客人時，她就在上房幾間屋裡轉悠，但不敢出上房門。

老太太怕江意惜想娘家人，又貼心地讓人去江家說了江意惜保胎的事。

冬月初十那天，江洵、江三夫人、江意柔攜著禮物來了浮生居。

昨天江洵回家後聽說姊姊不好，急得夜裡覺都沒睡好。

江意惜笑道：「沒有大礙，御醫說靜養一段時間就好了。」

聽說無大礙，江洵才放了心，抿嘴笑道：「先生讓我明年下場考武秀才，還說我非常有希望考中。」

江意惜喜得眉開眼笑，拉著江洵的手笑道：「我也覺得弟弟能考中。你這麼俊俏，被點武探花都不一定呢！」

江洵紅了臉，呵呵笑道：「姊姊看弟弟什麼都好，我沒有那麼好的。」

江意惜固執道：「我弟弟就是這麼好！老公爺現在在暖房，請他老人家晌午在這裡喝酒，多跟你講講策略。」

不多時，孟辭晏來浮生居陪江洵，兩個後生去東廂喝茶、說話。

江意惜就讓人去通知大廚房，送兩桌上好席面和一壺好酒過來，留老爺子和孟辭晏在這裡吃飯、喝酒。

江意惜跟三夫人悄悄講了衛樟有隱疾的事。

江三夫人拍了拍胸脯。「這些天老衛家著急得緊，想快些把親事定下，許了好些好處，居然還找到老太太那裡，老太太也喜歡得緊呢！我還納悶著，他家的條件比我家好得多，何至於如此？這麼說來，那個病不會輕了，這不是坑人嘛！三嬸謝謝妳，明兒就讓我家老爺把那樁事回了。」

江意惜拉著江意柔的手笑道：「三叔、三嬸心疼閨女，妹妹命好。」

江意柔紅著臉點點頭。若自己爹娘像老太太和江伯爺，肯定會用閨女為兒子和家裡換好處了。

江三夫人又道：「前些天家裡來了一位姑娘，叫段荷，今年十三歲，是老太太的一個表外甥孫女。老段家在定州，是定州首富，忒有錢。之前跟咱們家來往不算密切，三個月前突然示好起來，給老太太送了好些禮。我們想著，老段家應該是想透過江家攀上你們成國公府，這也是人之常情。可把他家姑娘送過來，說是陪老太太解悶，這就讓人費解了。老太太有親孫女、親孫子，還有重孫子，需要個一表三千里的遠房親戚來解悶嗎？偏老太太對段小姑娘比親孫女還稀罕，『荷兒、荷兒』的，叫得極為親厚，且洵兒一回來，老太太就誇段小姑娘如何如何的好……我和我家老爺覺得，老段家應該是看上了洵兒。」

江意惜氣紅了臉。

之前她根本不想搭理那個自私涼薄的老太太，後來知道江辰不是親爹還對她那麼好，感動之餘，便想把之前的恩怨放下，照顧好江辰的親人。因為不想讓老太太拿江洵的親事換好處，她送過不少禮，還寫信暗示過江洵的前程不可限量，他的親事她這個當姊姊的有計較，可那個老太太還是只看眼前利益！老段家送再多銀錢，能有子孫有大好前程重要嗎？

她對江三夫人說道：「三嬸回家跟三叔說，再讓三叔跟大伯說。三叔有能力，大哥處事圓滑，若謀劃好了，肯定能再進一步；若謀劃不好，現在的差事都不一定能保住。若老太太硬要插手洵兒的親事，阻了兒孫的前程，別怪我沒事先提醒。」她當然不會阻三老爺的前程，但江晉嘛，就要看老太太和大老爺的態度了。

江三夫人忙道：「好，我一定讓我家老爺跟大伯說清楚，把老太太看好。」

晌飯前，又讓人把孟嵐和孟霜請來，她們和江意柔已經玩得非常好了。

冬月中下旬，江意惜的身體慢慢「好」起來，偶爾會由丫頭扶著在浮生居和錦園裡散散步。

二十二這天下晌，江意惜收到一張帖子，鄭婷婷姊妹明天要來玩，她們還邀約了崔文君、趙秋月、薛青柳一起來。

江意惜苦笑。那個小姑娘，想保持距離卻又不忍心推遠。

想到江意柔一直想跟這些貴女們一起玩，她又讓人給江府送信，請江意柔明天過來玩。

這麼多小姑娘，自己身體又不好，江意惜便讓人跟孟嵐和孟霜說好，明天過來陪客。

晚飯前，內侍突然來了外院，讓孟辭羽去接懿旨。

接懿旨必須所有主子陪著孟辭羽去接，於是婆子匆匆去內院通知所有女主子。

太后下懿旨，一般都是賜婚和獎罰。孟辭羽是男人，獎和罰太后不會管，最大的可能就是賜婚了。

想到趙貴妃和鎮南侯府一直在想辦法要彌補付氏，江意惜心裡驀地一沈。

付氏心儀的是鄭婷婷，孟辭羽心儀的是崔文君，江意惜不想讓這兩個中的任何一個好姑娘嫁給孟辭羽。不說孟辭羽是不是好人，那付氏絕對不是善茬。

所有在家的主子都來到了前院，內侍見人來齊了，笑道：「孟三公子，接旨吧。」

眾人跪下。

內侍唱道：「皇太后懿旨——哀家聽聞成國公之三子辭羽，天姿聰穎，才貌俱佳，甚悅。崔次輔有女文君，品貌出眾，溫柔知禮，與汝堪稱才子佳人，天造地設。為成人之美，特將其許配於汝為妻。欽此。」

孟辭羽雙手伸過頭頂接旨。「謝太后娘娘！」他激動得聲音都有些顫抖，終於心想事成了！

內侍把懿旨放進孟辭羽手裡，笑道：「恭喜孟三公子，恭喜老公爺了。」

崔文君出身名門，其父是次輔，她本人美麗多才，賢慧知禮，還是京城「四美」之一，屬於一家有女百家求。

若是之前，老國公會大喜過望。但自從知道付氏暗地裡幫鎮南侯府辦事，老爺子就不想給孟辭羽找門第太高的媳婦了。一個是不想付氏裹挾兒子和兒媳婦為她辦事，一個是以後更好收拾付氏。

他已經看好了兩家，還沒等定下來，賜婚的懿旨就到了。而且，想到這可能是趙貴妃在背後的謀劃，就讓老頭子心裡更不舒坦了，偏又不能表現出來。

老太太是真的為孫子高興。三孫子要走科舉，有這樣一門親，他將來的仕途就更好走了。

付氏更是喜極而泣。之前趙貴妃的意思是讓孟辭羽娶鄭婷婷，但鄭家明確拒絕了。在此時定下崔家女，遂了兒子的心願，也最大限度地緩解了自己的窘境。

太后賜婚，作為生母必須去宮裡謝恩，還得同崔家商議訂親事宜，因此對外自己的「病」好了，「禁足」也就自動解除了。雖然不可能馬上把管家權弄回來，但丈夫是當家人，老倆口又已經年邁，這個家早晚會回到自己手中。此刻，她心裡是非常感謝趙貴妃的。

送走內侍後，眾人回內院之際，付氏對老太太說道：「婆婆，明兒要給宮裡遞個帖子，我想帶華丫頭去慈寧宮謝恩。既然進了宮，也想去看看貴妃娘娘，她到底是我的表姊。」她之前進宮見太后，五次中只有一次去見趙貴妃。為了避嫌，見面時間也不會超過兩刻鐘。

這事老太太不能反對，畢竟見表姊是人之常情。為了給三孫子面子，也為了尊重崔家和未來的孫媳婦，付氏也不好繼續關著了。
老太太點頭說道：「好，讓外事房去辦，妳也去福安堂吃晚飯吧。」得商量辭羽和崔姑娘的訂親事宜及聘禮準備，還得再敲打敲打付氏。丈夫和兒子才是她一輩子的依靠，不能為了外人害自家人。若敢再犯，管她兒媳婦姓啥，這個家是留不得她了。
「是。」付氏恢復了平靜，向老太太屈了屈膝。
孟華眉開眼笑地上前要扶付氏。
老太太阻止道：「華丫頭，妳還在禁足，回自己的小院。」她知道，若孟華再不矯正過來，這丫頭就徹底毀了。
孟華含著眼淚跺跺腳，不願意。
付氏心中暗惱，卻還是說道：「老太太說得對，妳回去吧。」
見老太太坐轎子走了，付氏又轉身找孟辭羽的身影，只見他已經扶著健步如飛的老爺子向外書房走去。他們要把懿旨放去那裡，再擇吉日請進祠堂。
閨女魯莽，好在兒子睿智，知道該做什麼，付氏心裡更加舒暢了。有聽她話的好丈夫，還有為她謀劃的好兒子，自己的前路比這裡的所有女人都光明。
等著吧，自己的恥辱總要找回來，屆時看她怎麼收拾江氏那個賤人！還有閔氏那個眼皮子淺的，一點小利就被收買了過去！至於孟月那個傻丫頭，她從來沒放在眼裡。
付氏對孟月笑道：「月兒，幾天前娘無事翻騰了一遍嫁妝，裡面有一架蘇繡的雙面繡小桌屏極漂亮，繡的是貓滾繡球，妳一定喜歡，明天去娘那裡看看。」

孟月低下頭，囁嚅道：「謝謝太太，不了。」

付氏眼含著淚說道：「月兒，我們二十幾年的母女情分是實實在在的，我對妳的好我不信妳沒看見。時間還長，妳會明白我的。」說完就傷心地扭頭上了轎。

拉著孟月手的黃馨此時突然低聲說道：「娘，馨兒想吃林嬤嬤做的玫瑰滷子。」她幾乎每天都會聽林嬤嬤跟娘親講大夫人如何害娘親和大舅舅，提醒娘親不要再被騙。再加上孟華打罵過娘親，她心裡更加恨大夫人和孟華。她也知道娘親心軟，便想著回去後再讓林嬤嬤數落一遍大夫人是如何害人的。

聽見聰明的小姑娘拿林嬤嬤來敲打孟月，江意惜不禁失笑。有黃馨和林嬤嬤看著孟月，付氏想再把孟月騙過去可不容易。但江意惜內心還是有些挫敗，好不容易把付氏打下去，她又憑著這門親事翻了上來。偏老爺子和孟辭墨想知道付氏有何把柄，不願意馬上下暗手把她處理掉。得讓花花再跑勤些，早些找出她的把柄，早些處理了。

只是可憐了崔小姑娘，所託非人，或許以後各為其夫，還會跟自己翻臉也不一定。當然，最好不要走到那一步。她是崔大人的掌上明珠，崔家挑女婿挑花了眼。孟辭羽正值婚配年紀，出身高貴又才貌雙全，崔家卻沒有把他列為女婿人選，狡猾的崔次輔應該是嗅出了什麼。這下突然被太后娘娘賜婚，不知崔次輔願不願意為了閨女而選擇站隊英王？

此時天已是暮色四合，燈籠都挑了出來。

眾女眷和孩子坐轎子去了福安堂。

二夫人、三夫人恭喜著老太太得了個好孫媳婦，卻沒有恭喜付氏得了好兒媳婦。

付氏似渾然不覺，也跟著一起拍老太太馬屁。

眾人在等男人們過來吃飯，還讓人備了許多酒。

下了衙的男人被請去外書房，幾人商量了一陣才回福安堂，喝酒、吃飯，恭賀著成國公和孟辭羽。

成國公是真的高興，因為有一個好兒媳婦，有些事就更好辦成了。他比當事人孟辭羽還高興，喝了很多酒，也沒看出老父不太高興。

飯後，留下成國公、付氏、孟辭羽、二老爺商量婚事，其他人回去。

說婚事就避免不了說錢，江意惜如今主管中饋，也應該留下，但她現在懷孕不能累著，又跟付氏母子是這樣的一種關係，老倆口便沒留她，最後要出多少錢再告知她就是了。

花花知道這時正是自己的用武之地，「哧溜」地鑽進羅漢床底下搞竊聽去了。

看見那敏捷的小身影，江意惜暗笑不已。

出了門，天空不知何時又飄起了小雪，江意惜坐轎回了浮生居。

半夜，江意惜睡得迷迷糊糊之際，聽到了撓門的聲音。

接著，又隱約聽見水清的聲音——

「大奶奶已經睡了，跟我回去。」

花花不願意了，喵喵地大叫起來。

水清低呼一聲。「哎喲，手背又撓傷了！」

江意惜清醒過來，大聲說道：「讓花花進來吧！」

側屋值夜的水靈走了出去，接過花花，拍了一下牠的小屁股，小聲罵道：「都半夜了，還在鬧！」

這幾個丫頭中，只有水靈敢打牠，花花也拿水靈沒辦法。水靈手腳靈活，花花想撓她、咬她，基本上都不會得逞。即便偶爾得逞了，水靈也不怕痛，還會使勁掐牠的小屁屁。牠找主人告狀，主人也只會不痛不癢地說幾句水靈，水靈下次照樣掐。久而久之，花花就不敢惹水靈了。

水靈把花花放下，又把燈點上，才出了臥房。

江意惜對今天的談話內容不感興趣，但又不好不領小東西的情，便起身倚在床頭說道：「很晚了，簡明扼要，挑重點說。」

花花喵喵說道：「孟傻帽想拿二萬五千兩銀子給孟老三置聘禮，老國公不同意，說那是世子的待遇。府裡嫡子的聘禮都是二萬兩銀子，就拿二萬兩。成國公又說他自己貼私房，他的兩個兒子待遇要一樣。老國公說，要貼私下貼，聘禮只能是兩萬，這是定例。老國公又說崔姑娘歲數小，孟老三年紀也不大，等孟老三春闈後再娶親。成國公和付婆子都不願意，特別是付婆子，都哭了，他們想明年就娶親。總之長話短說，經過一番爭論後，老國公完勝。之後，老太太教育付婆子，讓她記住婆家才是她的家，若再敢胳膊肘子往外拐，就別怪他們不客氣。孟傻帽又幫著媳婦說話，說付婆子不會出賣婆家，那件事是意外。老國公氣得又想打人，他才閉了嘴……然後是變換場地。」花花停下喘了幾口氣，又抖了抖鬍子，聲音突然變得怪異起來。「嗷～～嗷～～嗷～～」

江意惜聽得一個哆嗦，起了一身雞皮疙瘩，趕緊叫停。「停停停！你叫春呢，聲音這麼難聽。」

花花又怪異地叫了幾聲，才恢復正常聲音喵喵叫道：「不是我叫春，是付婆子叫春！聽得我四腿打顫，趕緊跑了。嘖嘖，我聽了那麼多壁腳，現任娘親的、原娘親的、原娘親的兒媳婦和孫媳婦的，都不像她，丟人！」

江意惜自己想想那個場面，笑出了聲，嗔道：「真是個小壞蛋！好了，你去歇息吧！」

花花走後，江意惜整個人已清醒了過來。

看來，無論基於政治原因還是家族原因，老爺子都不想在付氏活著時讓孟辭羽娶崔文君。孟辭羽考完春闈，起碼還有兩年半，這麼長的時間，應該查得出付氏的情況，到時再暗中把她弄死或者休棄。哪怕沒查出來，也不會留下付氏這個禍害。

付氏狡猾，肯定會想辦法讓崔家提出早日完婚。但崔次輔精明，若他不喜歡這門親，肯定也會想辦法往後推的。既然還有那麼久時間，聘禮也不忙在這一時。

不過，想到孟道明非得給孟辭羽貼五千兩銀子，想讓孟辭羽跟孟辭墨的聘禮一樣高，江意惜又暗罵一聲。聽孟辭墨說，從小到大，孟辭羽得的東西比孟辭墨多得多，包括物質和父愛。唯一這次孟辭墨比孟辭羽多了，還是按例，孟道明就不舒坦了。

這不是錢的問題，而是太讓人寒心了。

還好老爺子向著孟辭墨，私下給了他不少私房。這也不是錢的問題，而是讓從小缺愛的孟辭墨感受到了家的溫暖，有了念想。

次日，早飯後江意惜去福安堂請安。

老爺子和老太太通報了一下置聘禮的事，說時間很充裕，讓江意惜慢慢準備。

出了福安堂，孟辭羽又來給江意惜道謝。「辛苦大嫂了，在這個時候還要為弟弟忙碌。」

他眼含笑意，給江意惜躬了躬身，似乎從來沒發生過「她拉他下水」的事，也沒發生過孟辭墨和江意惜聯手打擊付氏的事。

但江意惜不想裝，前世那些悲慘經歷讓她今生不可能笑對付氏母子，只說了句。「三爺客氣了。」

巳時末，江意柔第一個來了浮生居，小姑娘打扮得非常漂亮。

她悄聲告訴江意惜，衛家那門親事退了，聽說老衛家非常不高興，說江家吊了衛家那麼久，最後還不同意。

江伯爺和三老爺跟江老太太談了許久，儘管老太太非常不願意，還是承諾不再管江洵的婚事，又想著把段姑娘許給江文。

江文是江伯爺的次子，今年十三歲，比段姑娘還小兩個月。

江伯爺對段姑娘的印象不錯，段家有錢，又有別的關係，用個次子聯姻他也願意。當然，這還要看段家願不願意，畢竟段家原先看中的是有成國公世子當姊夫，自己又上了京武堂的江洵。

江意柔沒敢說的是，老太太大罵江意惜，還罵得很難聽。

江意惜猜得到老太太不高興，但她已經不在乎了。

不多時，鄭婷婷、鄭晶晶、鄭芳芳、趙秋月、薛青柳都來了，崔文君沒來。

幾個小姑娘都聽說了太后娘娘給孟辭羽和崔文君賜婚的事。

除了鄭婷婷和鄭晶晶，其他幾個小姑娘都極羨慕這段姻緣，說男才女貌、門當戶對。

鄭婷婷是因為聽說了一些內情，鄭晶晶則是年紀太小，完全不懂。

孟嵐和孟霜被請來陪客。

下晌，幾個小姑娘帶著花花一起去暖房賞花，如今錦園的花草在京城是出了名的。

江意惜和鄭婷婷走在最後，鄭婷婷跟江意惜說著悄悄話。

「崔姑娘不會喜歡這門親事的。之前，我們都看出了孟三公子或許對崔姑娘有意，沒少打趣她。崔姑娘對孟三公子的印象也非常好，可她說她父親不喜歡。孟三公子很優秀，崔大人不喜歡的不會是他，那就應該是他背後的人。唉，崔家挑來挑去，還是挑了個崔大人不喜歡的女婿。」小姑娘說完，就意味深長地看了江意惜一眼。她非常幸運，自家拒了成國公的提親，太后娘娘在給大哥和孟華賜婚前，又先問了伯祖母。

兩人再對視一眼，一切盡在不言中。

申時，把鄭婷婷等人送走後，江意惜打開錦盒看了眼宜昌大長公主賞賜她的禮物。這是一套碧玉梅花頭面，共十件，樣式漂亮，雕工精細，由內務府製作，是大長公主尚鄭老駙馬時的嫁妝。

大長公主因為這段時間吃了江意惜煲的補湯，身體好多了，她心裡高興，便讓鄭婷婷把這套首飾轉送給江意惜。

鄭婷婷還打趣說，宜昌大長公主極是後悔沒早些發現江意惜的好，否則就搶先把江意惜說給鄭璟當媳婦了！

江意惜聽完後翻了個大大的白眼，鼻子還「哼」了一聲。

鄭婷婷覺得她的樣子是瞧不上鄭璟，還玩笑道：「璟弟除了比妳小兩歲，其他條件都很不錯。長得好、學問好、武功好，還家大業大！當然，能力上比起孟大哥還是差了不少。」

江意惜把錦盒蓋上，讓吳嬤嬤拿去庫房。

吳嬤嬤道：「大奶奶，這套首飾極漂亮呢，放在妝檯裡，大奶奶什麼時候想戴了，好取。」

江意惜道：「留著送人，我不喜歡這個樣式。」宜昌大長公主之前送的幾樣禮物也一樣，不是放去庫房，就是送人了。

吳嬤嬤沒想那麼多，真以為江意惜不喜歡這套首飾。

次日巳時初，付氏坐馬車去往皇宮，她先去慈寧宮給太后娘娘磕了頭。

夏太后本來對付氏的印象就很好，覺得她溫柔賢淑，又是孟老國公的兒媳婦。後來付氏成了江意惜的婆婆，江意惜又是李珍寶玩得最好的手帕交，因此對付氏的態度就更好了。

「以後妳進宮把江小丫頭帶著，哀家想看看她。」

付氏笑著應下，拍了幾記馬屁，說了幾句孟辭羽和崔文君如何般配。

之後夏太后就說起了李珍寶，說李珍寶如何可愛、如何孝順、如何聰慧、如何美麗……

付氏做足了功課，把李珍寶好一通誇，還都誇在了夏太后的心坎上，末了更是說道：「我常常聽江氏說想念珍寶郡主，還說她現在胎坐穩了，會找時間去看望珍寶郡主的。雖然看不到人，但在門外安慰安慰，珍寶郡主也會好過些。」

夏太后更滿意了，說道：「小珍寶正在受苦呢，哀家一想到就心裡難受。若是玩得好的手帕交去看她，她肯定高興。不過，江小丫頭還懷著孕呢，路上可要小心些……」

夏太后年歲大了，身體也不太好，沒說多久話就困乏起來，付氏便告退。

從慈寧宮出來後，付氏又去了趙貴妃住的長福宮。此時正是晌飯時間，趙貴妃留付氏在宮裡吃了晌飯。

等到身邊沒人了，付氏才含著眼淚說：「表姊，妹子知道妳慈善，知道妳一直對我好。可是、可是……我年少不知事上了當，那人不能拿捏了我，還要拿捏我兒子啊！辭羽是我的命，我就是拚著一死，也不許別人傷害他一絲一毫。」

趙貴妃疼惜地看了她一眼，說道：「看看妳，竟是一下子瘦了這麼多。放寬心，該處理的人早就處理了，又隔了這麼久，那邊不會知道的。辭羽是妳兒子，也是本宮的表外甥，本宮極是心疼他。英王也非常欣賞那個表弟，說他多才、穩重，假以時日定能成大器。」聲音放得更低。「本宮會勸著他些，不許他再拿辭羽說事，辭羽永遠姓孟。」

付氏流淚道：「辭羽本來就姓孟，是我家老爺的嫡次子，由不得人瞎想。」

趙貴妃又柔聲安撫道：「本宮知道、本宮知道。我們從小就玩得好，我對妳比對親妹子還看重，自不會讓人欺負妳。下次他進宮，本宮會好好說說他，看把妳嚇的……」

聽了這個表態，又看到趙貴妃眼裡的疼惜，付氏心裡總算好過了些。她知道眼前這位表姊不是慈善人，但自己為他們做了這麼多，又被那個惡人害得這樣慘，他們總應該有一點憐憫之心吧？

兩人又說了幾句話，付氏才告退出宮。

看著那個背影，趙貴妃嘴角滑過一絲冷笑。若她不先起了那個不要臉的心思，想嫁進侯門當繼室，巴巴地把自己送上床，人家還能強了她？

之前做的事還算漂亮，這兩年卻連連失誤！不僅沒弄死孟辭墨，還意外讓他治好了眼睛、孟老頭回府坐陣、看江氏看走了眼，還差點把她自己給暴露了！

付氏回到孟府，已是申時初。她直接去了福安堂，在家的女眷、孩子都在那裡了。

付氏笑咪咪地說了她同太后的對話，但把她主動說江意惜要去看李珍寶的話變了一下，成了太后娘娘希望江意惜去安慰李珍寶。

江意惜本來就想在天氣好的時候去昭明庵一趟，看望李珍寶的同時，在扈莊住一晚。第二天直接去報國寺看望愚和大師，把快裝滿的一筒眼淚水交給他，順便拿些茶葉過去給他。當然，回來的時候也要拿些愚和大師送的「好茶」。

那兩段路平坦，江意惜懷得穩，坐馬車沒有大礙。

但讓付氏拿她在太后娘娘那裡討好，江意惜就不高興了。而且，她嚴重懷疑是付氏主動提議讓她去的，偏偏江意惜又不能說不去，害她憋得快內傷。

老太太心裡也不高興，辭墨媳婦懷著身孕呢，出行有個萬一怎麼辦？但太后娘娘說了這個話，她也不能說不讓去，因此憋得老臉通紅。

江意惜安慰老太太道：「祖母放心，我身體無事。」

次日，老國公去暖房侍弄花草，中途去浮生居喝茶。

江意惜遣退下人，親自泡上茶奉上，笑道：「愚和大師送的好茶沒了，祖父將就點喝。」她小聲說了想趁著去看望李珍寶的時候再去報國寺一趟。

老國公特別高興孫媳婦被愚和大師看重，叮囑道：「出行要注意安全，不能被人設計進去。雖然這種可能性極小，但還是不得不防。」

江意惜也這麼想。

付氏那邊肯定不敢在這個時候動江意惜，但總要防著些。

兩人小聲商量了出行計劃。

老國公又說道：「妳再忍忍，等把那個禍害除掉就好了。我們有了一個重大發現，也找到了突破口，已經派人去尋了。」

江意惜沒好問什麼重大發現，只要找到方向就好。只不過，年代久遠，又不願意打草驚蛇，查起來不易啊！

二十六這天，天空湛藍，朝陽似火。雖然溫度沒有很高，卻把房上、樹上、道路兩邊的積雪照得泛紅。

江意惜、抱著花花的水香、吳嬤嬤、臨梅去外院坐上馬車，由吳有貴趕馬車，還跟了兩個護衛。

車椅上鋪著褥子，手裡抱著小暖爐，腳下踩著小炭爐，腿上還搭了床小褥子，江意惜倒不覺得冷。

路過南風閣的時候，馬車拐了進去。

這是孟辭墨的私產，生意不溫不火。成親後，孟辭墨把這座酒樓送給了江意惜，江意惜一直在想怎麼讓酒樓生意好起來。論實力和新穎，她再怎麼折騰也趕不上「食上」一二，就決定利用自己的特長，讓酒樓主營藥膳。名字已經取好了，叫「滋補玉膳堂」。

今天去跟郭掌櫃說說裝修情況，再重新招幾個大廚。

小半個時辰後，吳有貴趕著馬車及兩個護衛出酒樓向東門而去，吳嬤嬤還掀開車簾往外看了看。

不久，另一輛馬車出了南風閣，向西而去。江意惜帶著花花、水香、臨梅坐在這輛馬車裡，由孟虎趕車。孟虎是孟家私兵中的一個小頭頭，專門為孟老國公和孟辭墨在外跑腿。另有幾個私兵遠遠跟著這輛車。

午時初，馬車就到了報國寺前。

臨梅先下車，把江意惜扶下來，抱著花花的水香最後下車。

孟虎把馬車交給一個私兵，他從車裡拿了兩個大筐出來。

江意惜對外的說辭是，大筐裡裝的是含了茶葉的素點。

幾人剛走進報國寺，門口的一個小沙彌就雙手合十，笑道——

「江施主，又見面了，師父讓貧僧來這裡接妳。」正是愚和大師的小弟子戒九。

江意惜跟他合十回禮笑道：「大半年不見，小師父長高了不少。」

眾人向寺後走去。

來到一個禪院前，守在門口的戒七接過孟虎手中的大筐，戒五接過水香懷裡的花花，戒九請他們三人去往不遠處的亭子裡歇息。

三人看看江意惜，見江意惜點點頭，他們便跟著戒九向亭子走去。

江意惜跟著戒五、戒七進了禪院。

禪院幽深，到處覆蓋著白雪。

進了禪房後，一股暖氣和檀香撲面而來，再進入東側屋，小影子一閃，花花已跳入老和尚的懷裡。

愚和大師哈哈大笑。「小東西別來無恙？」說著，拿了一塊素點放在花花的小爪子上。

戒七把兩個大筐放在炕邊，戒五給江意惜倒了一盅茶放好，兩人便退下關好門。

屋裡只剩下愚和大師、江意惜和花花。

江意惜從兩個筐裡拿出兩包素點及四大包茶葉放在炕上，再從袖籠裡取出小銅筒交到愚和大師手上，這才雙手合十道：「大師，我的誠意夠足了吧？」

看到這麼多好東西，愚和大師滿意地點點頭，又把小銅筒打開看了看、聞了聞，笑得一臉褶子。他把小銅筒蓋上後，用手捏了捏花花戴在脖子上的避香珠，說道：「明年春末夏初那段時日，小東西要注意安全。阿彌陀佛。」

江意惜道：「大師的意思是，明年番烏僧和玄雕會來京城？」

愚和大師說道：「若料得不錯，八九不離十。」

江意惜有些擔心。「花花戴著避香珠就會無事吧？」

愚和大師笑道：「不止小東西的避香珠不能取下，女施主的避香珠也不能取下，切記、切記。有了避香珠，你們自會泯然於眾。老衲年後要出一趟遠門救人，若女施主有事，可找戒五。」

江意惜摸了摸手腕上的珠串，又問道：「就沒有打得過玄雕的動物嗎？」她心裡慌得厲害，不光是番烏僧和玄雕要來，腦中好像還閃過什麼她一時沒能抓住的事情。

愚和大師說：「玄雕幾乎沒有天敵，對付牠的唯一辦法就是用箭射死。不過，誰也不願意與番烏僧為敵，去射那個怪物。女施主莫慌，只要牠發現不了你們，就沒什麼可怕的。」

江意惜又問：「他們為什麼千里迢迢來這裡？」

愚和大師道：「自然是有吸引他們來的東西……阿彌陀佛，老衲已經說得太多了，言盡於此。阿彌陀佛……」他閉上眼睛開始唸佛，如石化一般，任由花花抓扯他的鬍子也不動。

這是送客了？今天沒白來，至少知道了番烏僧和玄雕要來的準確時間了。江意惜起身對花花說道：「走吧。」她開門走出去。

戒七又進屋把兩個大筐拿出來，裝了幾大包茶葉進去。

戒五抱著貓，戒七拿著筐，同江意惜一起出了禪院。

水香、臨梅和孟虎走過來，接過花花和大筐，幾人向寺前走去。

幾人拜了佛、吃了齋，又坐上馬車向扈莊而去。

水香已經給小炭爐重新換了炭，非常暖和。

江意惜閉著眼睛想老和尚的話，突然，她的眼睛一下子睜圓了，抓住了她之前沒想透的事！春末夏初！

花花說，丁二夫人告訴付氏，春末夏初會有一個非常重要的人來京城，那個人來了後，讓付氏幫著辦一件事。

趙貴妃、英王和鎮南侯專門請來的人，絕對不會簡單了。

番烏僧不是誰都能請到的，若不是有極大的誘惑，也不會把他吸引來這裡。

那麼，趙貴妃他們請的人極有可能是番烏僧！

請他來幹什麼？用什麼誘惑能把他請來？

要幹什麼江意惜實在猜不透，至於誘惑嘛，數不清的金銀珠寶、國師頭銜，或是……能提高番烏僧修為的什麼靈物？最有可能是後一種。

江意惜的心驀地狂跳起來。在不暴露花花的原則下，必須把這個時間點告訴老爺子和孟辭墨！

第三十章

一行人到扈莊的時候，天色已經全部暗下來。

吳嬤嬤和吳大伯正等在門口急得團團轉，看到馬車駛來，趕緊把大門打開。

「炕燒好了，大奶奶快去暖和暖和。」吳嬤嬤上前把江意惜扶下來。

江意惜凍得手腳發僵，去炕上坐好。

花花一來這裡就興奮，爬上房頂不下來。

飯菜擺上炕桌後，江意惜先喝了一碗滾燙的豬肚湯，才覺得渾身暖和起來。

吃完飯，林嬤嬤的兒子、媳婦及孫子、孫女來扈莊給江意惜磕了頭。

江意惜賞了兩個大人各一個裝了銀錠子的荷包，給兩個孩子各一個赤金項圈。

林家人走了後，江意惜又悄悄問吳嬤嬤。「路上有出意外嗎？」

吳嬤嬤搖頭道：「沒出任何意外，非常順利地來到扈莊。」

江意惜點點頭。看來，跟他們之前猜測的一樣，這時候付氏不敢動手，只是希望江意惜因坐車勞累而動了胎氣，甚至滑胎。這樣，即使江意惜有個不好，那也是太后造成的，怪不到付氏，也懷疑不到付氏。

江意惜又讓吳嬤嬤把她的小孫子吳超抱過來。

超小子半歲多，白白胖胖，咧著小嘴格格笑著，極是可愛。

江意惜把準備好的小銀項圈給他掛在脖子上。之所以給林嬤嬤的孫子金項圈，是感謝她當初對孟辭墨的提點。若沒有她，孟辭墨不僅不會知道那些往事，或許還會繼續渾渾噩噩、不思進取。而小吳超，江意惜平時可沒少給他送禮物。

花花在外面鬧騰夠了，回屋吃了飯、洗漱完後，才被水香抱來趴在炕上的另一頭。

小吳超已經昏昏欲睡，吳嬤嬤把他抱走了。

屋裡沒其他人了，江意惜才瞪了花花一眼，嗔怪道：「就知道玩！你就一點也不著急？」

花花鼓了鼓琉璃眼，喵喵問道：「急什麼？」

「愚和大師的話你沒聽到？」

花花用爪子扒拉一下脖子上的小珠子。

「聽到了。老和尚說我們戴著避香珠就無事，就能泯然於眾。我既是萬千貓中的一隻普通貓，還有什麼好著急的？」

江意惜道：「你上次不是聽說，明年春末夏初趙貴妃和鎮南侯要請一個人來，來了後還讓付氏做件事嗎？我懷疑，他們請的人或許就是番烏僧，讓他過來幫著他們對付政敵。政敵裡肯定包括祖父和辭墨，那番烏僧豈不是會注意我們家，也就會注意到我們了？」

花花嚇了一跳，身子都立了起來，小爪子把避香珠抓得緊緊的，喵喵叫道：「我們家只有五隻貓，我是五隻貓中的一隻，很容易被注意到！我不出門了，還要一直戴著它！」

江意惜又道：「能把番烏僧吸引過來，會不會他們找到了什麼可以供番烏僧練修為的靈獸？靈獸到底是指什麼？是你這樣的嗎？」

花花不高興了，眼淚都湧了上來，鼓著腮幫子喵喵道：「我雖然附在貓皮囊裡，卻不是貓！我是九天外的一朵雲，是有仙氣的靈物，不是獸！」

江意惜趕緊道歉。「寶貝，是娘親說急了，沒表達清楚。你是雲，不是貓。寶貝，到底什麼是靈獸？包括了哪些？除了靈獸，還有沒有像你這樣帶仙氣的靈物？」

顧名思義，靈獸就是有靈氣的獸，可這靈氣該怎麼界定？這些重要的問題她還沒來得及問，就被愚和大師打發走了。

花花的小身子軟下來，趴下說道：「在天上的時候，我沒發現這個世界有像我這樣帶仙氣的靈物。或許真的沒有，也或許有，但我沒發現。至於靈獸嘛……倒是有一些，比如變異的獸、活得夠久的獸、在沒有濁氣熏染的山巔或深水中生活的獸或魚等等，這些獸非常罕見，人多的地方根本不會有。我覺得，番烏僧之所以在烏斯藏修練，就是因為那裡人煙稀少，氣候惡劣，許多地方沒被濁氣熏染過，好找靈獸。」

江意惜道：「烏斯藏離我們這裡千里遙遠的，趙貴妃和鎮南侯府是用什麼把番烏僧誘惑來的？總不會是黃白之物吧？」

花花道：「那些只想練修為的僧人，連飯都可以不吃了，還惦記什麼黃白之物？應該是他們抓住了什麼靈獸，才能把番烏僧吸引來。」

小東西的猜測跟江意惜不謀而合。

江意惜瞥了花花一眼，小東西戰力低，根本不敢讓牠去鎮南侯府偵察有沒有什麼不一樣的獸，這事還是必須跟老爺子和孟辭墨商議。

江意惜轉了一圈腕上的珠串，嘆了一口氣，說道：「歇息吧，這事再看要怎麼跟祖父和辭墨透透。」又囑咐道：「你不要再到處跑了，以後暫時讓水靈負責你的一切。」

「不要！」花花癟著嘴想哭。「水靈沒有水清溫柔，她又厲害、又潑辣，只有吳有貴那個傻帽稀罕她。」

江意惜安撫道：「水靈身手好，哪怕在府裡，也要讓她隨時跟著你。我怕鎮南侯府為了找靈獸，招攬了什麼奇人異士，到時發現你的不同。」

本來花花還想趁著沒到那個特定時間前，再出去好好玩玩，一聽娘親的這些話，也不敢想著玩了，小腦袋點頭如搗蒜。

夜裡，江意惜輾轉反側睡不著，想著該怎麼跟那對祖孫說？怎麼避開番烏僧和玄雕？關鍵是，她生孩子的時間預計是明年四月中下旬，而這個時間，恰恰是夏初……

次日卯時初，江意惜就起床了。已經跟吳嬤嬤說好，今天她親自做點心和煲湯。出了臥房，看到側門的門外擺著一張小榻，花花正睡得香。

在徹底排除危險前，花花都會睡在側門外，盡可能的離她最近。

打開正房門，一陣寒風迎面撲來。天上閃著寒星，廊下的燈籠在風中飄搖著。

水靈扶著江意惜，臨梅在前面打著羊角燈，幾人來到外院廚房。

吳嬤嬤和大兒媳已經開始在廚房忙碌了。

江意惜做了兩樣點心，煲了一罐素補湯。

做完已是辰時末，幾人匆匆吃完早飯。

天氣冷，江意惜坐轎。沒敢找外面的轎夫，抬轎的是兩個孟府私兵。花花由水香抱著，老實多了，連大聲叫都不敢。

孟虎帶著兩個護衛，再加上吳大伯、吳有貴和水香、臨梅，一行人向昭明庵而去。

他們直接去了昭明庵後的一個小禪院。

柴嬤嬤和素味等人見江意惜親自來了，都十分高興。

柴嬤嬤笑道：「郡主非常想念孟大奶奶，甚至人不清醒時，偶爾還會叫聲『江二姊姊』。」

江意惜十分過意不去。

「我也想珍寶，因為懷孕的關係，現在才來看她。」

柴嬤嬤道：「孟大奶奶經常給我家郡主帶補湯和吃食，天寒地凍的，又挺著肚子跑這麼遠，我代我家郡主謝謝孟大奶奶了。我家王爺前天才回京，世子爺現在還在庵裡，半個月前鄭大姑娘和鄭小將軍也來看望了郡主。」

江意惜又問：「珍寶現在怎麼樣？」

一說到郡主的身體，柴嬤嬤就一臉愁苦。「這些天，郡主幾乎都在昏睡，每天有近十個時辰泡在藥湯裡，唉，遭罪喔……」

江意惜的鼻子酸澀了起來。她知道李珍寶在遭罪，但親耳聽到了，還是難受極了。

她一人被請進廳屋，素味又把花花抱著進了廳屋，側屋門關得緊緊的。

李珍寶在東側屋泡藥湯，只有素點陪在一側。

她的眼睛緊緊閉著，臉色蠟黃，嘴巴微張，似睡著一般。只有時不時皺一下的眉頭，看得出她睡得並不安穩。

李珍寶此時在另一個世界是有感知的，只不過不能說話，像死了一般……

爸爸出去忙了一天一夜後，又來到她的病床前，給她按摩著四肢，期待有一天她能醒過來，醒過來後還能行動自如。

爸爸按摩累了，坐下仔細觀察著她，又伸手在她的臉上摸了摸，輕聲說道：「珍寶，這麼久了，妳怎麼還不醒來？求妳了，醒來吧……只要妳醒了，爸爸保證只把妳放在心上，不再讓妳傷心……」

李珍寶想張嘴卻張不開，想伸手抓爸爸的手也不能動。她悲哀地想著，求你了爸爸，放棄我吧，放棄我吧。以後餘生，不要只把我放在心上，你要有自己的幸福！

突然，她聽到有一個熟悉的輕柔女聲在呼喚自己……

「珍寶、珍寶……」江意惜隔著門輕聲呼喚著。

「唔……姊姊……」

門的另一邊傳來李珍寶極其微弱的聲音。

江意惜又說道：「珍寶，要堅強、堅持，等把苦都受完了，就只剩下快樂和幸福。」

李珍寶的聲音幾不可聞。「嗯……」

江意惜又摸著肚子說：「我已經顯懷了，人也長胖了不少。等到明年妳病情穩定，說不定一回京就能看到寶寶。妳說了，要給寶寶做漂亮衣裳及可愛的玩偶，我等著呢！」

「唔……好……」

花花也掐著嗓子喵了幾聲。

柴嬤嬤小聲提醒道：「好了，不能讓郡主太過勞累。」

江意惜點點頭，又道：「珍寶好好的，我在這裡陪妳。」雖然她此時歸心似箭，可也做不到只在這裡跟李珍寶說兩句話就走。

她坐去羅漢床上喝茶，靜靜想著心事。

昭明庵就在山下，若是從前，花花早就撒丫子跑出去玩了，哪怕不進山裡，也會在山腳跑一圈。可此時牠卻老實得緊，蹲坐在小几上吃素點。

不多時，李凱來了。他咧開大嘴，衝江意惜笑了笑。

江意惜起身朝他屈膝施了禮。

李凱走去側門邊說道：「妹妹乖乖治病，哥哥在外面陪妳。」他側頭看向花花，若平時花花會來扯他的褲腳，或是衝他喵喵叫幾聲，可現在花花似沒看到他一樣。李凱納悶地問道：「我沒得罪牠吧？」

江意惜笑道：「花花現在老實得緊，不像之前那麼活躍了。」

李凱又說了幾句感謝江意惜來看望妹妹的話後，他一個男人不好意思坐在這裡，便去了廂房喝茶。

晌午吃了齋後，蒼寂住持來給李珍寶施針。

江意惜本想跟進去看一眼李珍寶，被蒼寂住持攔了。

「節食現在身體極弱，不相干的人不能靠近。」

蒼寂住持進去施了兩刻鐘的針才出來。

那扇小門又要關上之際，江意惜只來得及瞥見了裡面一眼——李珍寶斜倚在榻上，素味正給她餵著點心和湯。

哪怕只看了一眼，江意惜也看出李珍寶瘦了，小臉只剩巴掌大。

李凱也來了廳屋，他和江意惜隔著門跟李珍寶說了幾句話。

直到申時末，下人拎了幾桶熱水放在側門外，賀嬤嬤拎去屋裡，李珍寶又該泡藥湯了。

江意惜起身告辭，走之前說道：「珍寶珍重，我會定期讓人送吃食來。」

李珍寶已經昏迷過去，沒有任何反應。

江意惜的心情很沈重，起身回了扈莊。

次日，天空又飄起了小雪，江意惜等人還是按時回京。

這次她不是坐馬車，而是改坐轎，依然由兩名喬裝成轎夫的私兵抬轎。

到達浮生居已是下晌未時末。

江意惜又冷又累，直接躺上床睡覺。醒來後雖沒覺得不適，還是插上門，拿出光珠照了半刻鐘肚子。

晚上沒去福安堂吃飯，只是讓人送了幾樣從莊子帶回來的野味過去。

第二天，雪依然下著。

辰時末，老爺子按點去了暖房，侍弄了一陣花草後又去了浮生居，一進門就笑道：「愚和大師給妳好茶了嗎？」

江意惜泡上一杯好茶奉上，笑道：「給了，還給得不少呢！不過祖父還是要省著喝，大師說年後要出一趟遠門，不知何時回來。」說著又拿了一包兩斤裝的茶葉放在桌上。

老爺子暢快地大笑幾聲。喝慣了這種茶，如今他喝什麼茶都覺得寡淡。

江意惜把下人遣下去後，低聲說道：「這次大師告訴了我一件非常重要的事。」

老爺子的表情嚴肅起來。「何事？」

「大師說，鎮南侯府請了烏斯藏的一位番僧，或許明年春末夏初就會來京。」既然江意惜已經肯定番烏僧來京就是鎮南侯府請的，那麼就把這話變成是愚和大師說的。

老爺子皺眉道：「烏斯藏的番僧？據我們所知，鎮南侯一直在尋找奇人異士，也確實找了不少，但大多是江湖騙子，嘴巴會說，沒幾分真本事。若是一般的番僧倒也不怕，可烏斯藏有一種僧人叫番烏僧，這種僧人比其他僧人厲害得多，但他們只醉心於修練，一般不會跟世俗中人打交道……應該不是他們。」

原來鎮南侯府一直在找奇人異士！

江意惜道：「我聽愚和大師說，來的就是番烏僧！」

老爺子驚恐得眼睛都瞪了起來。他在西部邊陲待了多年，聽說過不少番外的奇事，其中也包括番烏僧，但番烏僧非常神秘，傳言也不過寥寥數語。據說他們終年待在烏斯藏的雪山之中修練，有玄雕相伴，幾乎不出烏斯藏，從來沒聽說他們來過中原。他所知道的就這麼多了。

他反問道：「就是番烏僧？妳沒聽錯？」

江意惜鄭重說道：「我沒聽錯。大師還說，或許他們來是為了找靈獸練修為的。」把她的猜測都推到了愚和大師身上。

老爺子深深地看了看江意惜。愚和大師之前除了對李珍寶特殊外，對誰都非常疏離，包括皇上。也從不參與俗世中的爭鬥，包括立儲等大事，許多皇子、皇孫找他，他都避而不見。現在他卻對自己這個孫媳婦如此青睞，不僅送了這麼多好茶，告知他要遠行，還告訴了她這件大事。這麼說來，孫媳婦跟李珍寶一樣，都是得上天眷顧之人。

老爺子垂目沈思片刻後，說道：「這麼說來，鎮南侯府最有可能是找到了某種能吸引番烏僧的神獸。我們儘量不要與番烏僧為敵，想辦法找出鎮南侯府找到的靈獸，讓鎮南侯無法跟番烏僧講條件……啊，膠海異動……」老爺子似乎想到了什麼，起身急急出了浮生居，向外院走去。

老爺子健步如飛，脊背筆直，一點兒也不像六十的人。

江意惜非常有成就感，他老人家的身子骨這麼好，是自己給他調養出來的！

想了想，又覺得不對勁。上年第一次見到老爺子時，他的身子骨也是極硬朗，腰身筆直、中氣十足，哪怕沒有自己的調養，他的身體也非常好。那麼，前世的兩年後，他怎麼會突然變成那樣了？她記得前世在食上看到過老爺子，她沒好意思上前相認，只躲在角落裡偷偷看。老爺子的頭髮盡數斑白，人變得很瘦，背也佝僂了。

在太子突然被人刺殺的時候，老爺子還上前救太子，以至於受了傷。

那件事發生在宮外，太子調戲弟弟的女人被追殺，戰神孟令為了救太子身負重傷的消息一下子傳得人盡皆知，造成了非常惡劣的影響。皇上暴怒，覺得太子荒淫好色、德不配位，彈劾太子的奏摺也多如牛毛，因此皇上才下決心廢了太子的儲君之位。

現在想來，看老爺子當時的身體狀況，即使沒受傷，也不會活太久。或許他之前得過什麼重病，致使身體遭受了重創吧？

還好自己重生了，又擁有了光貓，這世一定要想辦法把老爺子的身體調養得棒棒的。

江意惜進了側屋，看到躺在小榻上睡得筆直的花花，心裡充滿了感激。

若這個小東西沒來，自己哪怕重生了，能窺視出一些先機，要辦成想辦的事，也會吃力得多，付出的代價也將更大。想到這裡，江意惜叫著丫頭一起去了廚房，打算給小東西做牠最喜歡的清蒸魚。

臘月中下旬，孟府和崔府定下了孟辭羽和崔文君的婚期，定於大後年，也就是建榮二十年的七月初六成親。

這也是崔大人的堅持，說崔夫人心疼閨女，想多留她兩年。

付氏和成國公對推後這麼長時間極為不滿，卻也不好表現出來。

付氏徹底解禁了，成國公府對外的女眷交往都由她負責，家裡的中饋依然由江意惜、孟二夫人、孟月在管。

付氏沒有表現出一點不高興，孝敬長輩、恪守本分，對孟月和江意惜也和顏悅色。

江意惜聽花花說，成國公感動付氏的「隱忍」和「大度」，還非常不高興江氏，說她不識大體，抓著權力不放，對婆婆態度傲慢，幾次想訓斥她，都被付氏私下勸住了，說家和萬事興，他們喜歡管事，給他們就是了，她不在意那些，只要公婆高興、夫君滿意。成國公感動得直叫「寶兒」，也更加氣惱孟辭墨夫婦挑撥妻子和孟月之間的關係。

通過這麼久的觀察和花花的經常轉播，付氏會如何說、成國公會如何做，江意惜都能猜出個大概了。但每次聽了，她還是對成國公充滿了鄙夷，怎麼那個女人如何說他就如何信？

老太太對付氏的表現也非常滿意，覺得她知錯能改，又有那麼好的兒子和未來兒媳婦，該給她應有的臉面和尊重。

孟辭墨大年二十九下晌才趕回府。

他風塵僕僕，玄色斗篷很髒，眉毛和露出的頭髮掛滿白霜，鼻子跟臉凍得通紅，腮邊和下巴上的青鬍渣特別明顯，也瘦了。

江意惜心疼得心都抽緊了，下意識想去抓他的手。

孟辭墨退後一步，笑道：「手涼。」他看看江意惜，穿著玫瑰紫出風毛小襖，淡紫色長裙，肚子已經很大了，胸部也豐滿不少，小臉橢圓，小下巴的周圍多了一圈肉。目光最後又落到她的肚子上，他頗有成就感地笑起來，眼睛都笑彎了。「這裡長這麼大了。」

江意惜「欸」了一聲，又道：「水準備好了，我幫你洗頭。」

孟辭墨搖頭。「讓丫頭服侍就好。」

水香進去幫他洗頭，江意惜把衣裳、鞋襪找出來，從裡到外，從上到下全換。

洗完頭後水香就出來了，孟辭墨自己在裡面洗澡，再把短鬚給剃了。

他穿著中衣褲走出淨房，剛才那個邋遢大漢又變成了俊美公子。

江意惜親自給他套上一件長棉袍。

下人們退下後，江意惜幫他擦著頭髮。

兩人都有太多太多事情要跟對方說，但都選擇了不說那些事，只說了幾句各自的思念。

孟辭墨把江意惜拉著坐在腿上，臉頰輕輕蹭著她的臉，大手伸進小襖，在她的肚子上游移著。突然，他感覺手下的肚皮跳了一下，他嚇了一大跳。「怎麼回事？」

江意惜笑道：「看把你嚇的，是孩子在動。」

孟辭墨不可思議道：「孩子在肚子裡就能動？」

「當然了，孩子滿五個月就能動，這半個多月來，已經是第三次胎動了。」

孟辭墨的臉嚴肅了起來，大手繼續在肚皮上游移，生怕錯過了胎動。不多時，手掌又感覺到肚子動了一下。「動了，又動了！」他樂不可支，覺得實在是太神奇了。

這時，外面的吳嬤嬤高聲提醒道：「世子爺、大奶奶，該去福安堂了。」

晚飯後，老爺子只留下孟辭墨，其餘人各回各院。

江意惜等到戌時末孟辭墨還沒回來，就先睡了。

睡得迷迷糊糊之際，感覺有人親她的臉，熟悉的味道和濕潤的嘴唇讓她癡迷。

江意惜沒有睜眼睛，輕聲笑道：「回來了？」

「嗯。想我嗎？」

「想，作夢都在想。」

吻繼續游移著，一路向下……

兩人親熱完後，都沒有了睡意，抱著一起說悄悄話。

「我聽祖父說了那件事。我們已經有了眉目，妳現在身子重，養好胎才是，這些事有我們這些男人操心。」

江意惜還是忍不住問道：「眉目……是指膠海那邊嗎？」

牆角的羊角燈亮著，燈光透過厚厚的羅帳，帳內紅光昏暗。

孟辭墨見懷中的小媳婦泛著紅光的眼睛充滿好奇，不禁失笑。他輕捏了她的小鼻子一下，說道：「剛說不要妳操心，又問。」還是說道：「我們調查鎮南侯府的事情時，意外發現鎮南侯府的人在膠海一帶秘密尋找紅頭龜，說是趙太夫人病重，必須有紅頭龜做藥引，越老越好。我們的人去打聽後，才知道三年前有人看到一隻頭上長肉角的紅頭龜，據說頭上長角的紅頭龜已有千歲。讓人不解的是，他們現在還在尋找，卻已經派人去請了番烏僧。有可能他們還找到了其他的靈獸備用，也有可能已經找到千年紅頭龜，繼續尋找是為了混淆視聽。還有一種可能，他們知道某處有靈獸，在某個深山或是荒島，人不好取，但玄雕卻找得到。」

紅頭龜？江意惜靈光一閃，想起前世師父沈老神醫曾經說過紅頭龜！

他說紅頭龜生長在深海，壽命長，極稀缺，是一種珍貴的好藥。特別是頭上長角的紅頭龜，至少都存活千年以上。若用這種龜熬製成膏，不僅能延年益壽，還能根治許多疾病。老神醫也會想辦法弄紅頭龜，但絕對不會用頭上長角的紅頭龜。他說動物活了千年以上就是得上天照拂，是有靈性的，聰慧程度甚至不低於人，虐殺這種靈物不好。

他還說，三年前有人在膠海的生子灣捕獲了一隻長角的紅頭龜，紅頭龜都流淚了，趁看守牠的人不注意，伸長腦袋去吞放在牠旁邊的一把匕首，自殺了。

那年是建榮二十一年，那麼「三年前」就應該是建榮十八年，正好是明年。這麼說，明年或許趙家真的會找到頭上長角的紅頭龜，只不過抓牠的人沒看好，讓牠自殺了……

孟辭墨見江意惜眼露驚恐，小嘴微張，問道：「惜惜，妳怎麼了？」

江意惜不可思議地拍了拍胸脯，說道：「沒想到真有活了那麼多年的靈物……」她裝作眼睛惺忪的樣子，調整了一下躺著的姿勢。「睡吧。」心裡想著，這一世許多事情都出現了變故，萬一紅頭龜沒自殺成呢？還是要把這件事告訴他們，最好能提前把牠找到。

孟辭墨看了一眼沈入夢鄉的妻子，自己有一些話還沒說呢。這次他在見鄭吉前先喬裝去江辰的墳前祭奠，居然又在那裡遇到了鄭吉……想著家裡的事，內憂外患的孟辭墨沒有一點睡意，望著床頂想事情。

不知過了多久，只聽江意惜「啊」的一聲睜開眼睛，不停地喘著粗氣，似作了惡夢般。

孟辭墨忙側身安撫著她。「不怕，我在這裡。作惡夢了？」

江意惜側過頭拉著他的手說道：「辭墨，我剛剛夢見頭上長角的紅頭龜了，真的！夢裡我聽說膠海有一個地方叫生子灣，我就飛去了，結果真的看到一隻頭上長角的紅頭龜，頭和脖子是紅色的，殼是墨綠色的，個頭很大，跟小湯盆差不多。牠被人用繩子綁著，掙扎不開，都流淚了。我想喊卻喊不出來，想救牠也衝不上去。後來，牠看到有一個人不注意，把匕首落在離牠不遠的地方，牠就伸長脖子吞下匕首，自殺了！」

孟辭墨吃驚地看著江意惜。「紅頭龜吞匕首自殺？不過，膠海真的有一座小島叫生子灣……」

江意惜的樣子比他還吃驚。「我之前從來沒聽說過生子灣，真的有這個地方？」

孟辭墨點點頭，撫摸著江意惜的臉說道：「妳作這個夢，說不定又是上天在給我們警示。明天我親自……」想想不能暴露他們也在找紅頭龜，便又道：「讓陸戰帶人去。」

陸戰是孟府私兵的小頭頭，頗得老國公和孟辭墨信任。

江意惜問道：「就是一個夢而已，會準嗎？」

孟辭墨道：「我媳婦的夢準著呢，寧可信其有。」

聽了這話，江意惜才真正進入了夢鄉。

孟辭墨則是更睡不著了，想著該怎麼跟老國公說、怎麼派人尋找又不讓人發現……

兩人都睡得晚，辰時才被外面的水香叫起來。

孟辭墨洗漱完後，直接去福安堂找老公爺。「我在那裡吃早飯。」

他剛走出門又倒回來，從炕上拿起三個荷包交給江意惜。「路上不好帶東西，只給妳和祖母、大姊、馨兒各帶了一樣。祖母的我帶去，大姊和馨兒的妳再給她們。」

給江意惜和孟月、黃馨帶的是玉簪，花樣各異，一個雕菊花，一個雕蓮花，一個雕小兔子。

江意惜吃完早飯，讓人把好擺件從庫房裡拿出來，在樹上和廊下掛了彩綾、彩燈，院子裡立即喜慶起來。

午時初，打扮得喜氣洋洋的江意惜和花花乘轎去往福安堂，晌飯和晚飯都會在那裡吃。還帶上了她和孟辭墨對長輩的孝敬，孝敬老爺子和老太太的是各一套江意惜親自做的冬衣、一朵百年靈芝；孝敬成國公和付氏的是各一雙棉鞋，他們的鞋子江意惜一針都沒縫，全是下人做的。江意惜充分相信，那兩口子也不會穿。

江意惜又悄悄囑咐有些高興過頭的花花。「付婆子在的時候，一定要低調、低調再低調。要個小把戲可以，多餘的表情都要收起來。」

花花都要恨死付婆子了，喵喵叫道：「她比馬二郎的娘還壞，你們怎不一包藥毒死她？」

江意惜悄聲道：「毒死她了，怎麼知道她和鎮南侯的關係？不僅不能毒死她，還要讓她盡情地跳，不讓她和鎮南侯知道他們被懷疑了，免得收起狐狸尾巴。」說完她才覺得說的不對，應該是付氏和鎮南侯府的關係……等等！江意惜的眼睛又一下子鼓了起來，付氏和鎮南侯的關係？排除他們中間的一切利益和裙帶關係，只純粹的他們兩人之間的關係？

之前，老國公、孟辭墨加上江意惜都懷疑付氏有什麼把柄被鎮南侯府抓住，才不得不出賣夫家的利益。這種把柄，有可能是付家和趙家兩個家族之間的，也有可能是付氏跟趙貴妃或趙家其他女眷的，根本沒往趙互和付氏有私情這方面想。

若是正常人，趙互早已成親，有了兒女，再如何也不會去誘騙未婚的小表妹；付氏是大家閨秀，一個待嫁小姑娘，再如何也不會去勾引有老婆、有孩子的表哥。

不是他們相信付氏和趙互的人品，而是基於人倫和親情，正常情況下不可能發生那種事。不僅是他們不敢，親人也不會允。

而且，成國公已經有了老婆、孩子，怎麼可能連付氏不是處子都不知道？

可付氏是誰啊？當姑娘時就能跟有老婆、孩子的成國公勾搭上，還有本事和臉皮讓人把這種話帶給曲氏，就是打定了氣死人家老婆、搶人家男人的壞主意！還有，聽花花的實況轉播，付氏在那方面非常豪放，一點都不像有身分的貴婦人……

江意惜越想越激動，覺得很可能付氏和趙互之間有私情，趙互拿這個把柄威脅付氏。若這件事被揭出來，付氏不僅會死，還會連累自己的兒女。所以，不管什麼事，付氏都不敢不做。

他們去了福安堂，所有的主子都在那裡了。

屋裡歡聲笑語，除了孟華眼裡似有不甘，不能融入其中，每個人的臉上都掛著笑。

今天的付氏一掃往日的低迷，光彩照人，心情極佳，好聽的祝福話不時蹦出來，把老太太拍得笑瞇了眼。

見自己媳婦重新得了老娘的歡心，成國公也高興，在一旁湊著趣兒。

江意惜覺得，成國公頭上頂的不是束著碧玉簪的頭髮，而是一頂碧綠碧綠的大帽子。

江意惜收回目光，先把她和孟辭墨送老夫婦的孝敬奉上，丫頭接過。

老夫婦高興地點點頭，老太太還誇了幾句針腳細。

再把送成國公和付氏的鞋子送上，丫頭接了過去。

成國公連眼皮都沒瞄一下，只鼻子「嗯」了一聲。

付氏倒是很給面子，笑道：「辭墨跟辭墨媳婦有心了。」

江意惜回自己座位上坐下，目光幾次不由自主地看向成國公的頭頂。她心急如焚，好想快些把自己的這個想法告訴老爺子和孟辭墨。

因老太太身體不好，必須歇晌，飯後眾人先回去，申時初再來。晌飯吃得簡單。

老爺子讓孟辭墨留下，他還想聽聽雍城的事。本來還想留二兒子，但留二兒子就要留大兒子，便兩個兒子都沒留了。

孟辭墨現在多瞭解小媳婦啊，早看出今天江意惜心裡有事，還總往他爹的頭頂瞧，便說道：「來回辛苦，惜惜就在側屋靠一靠。」

孟二夫人打趣道：「看看辭墨，就是心疼媳婦！」

孟辭閱也打趣幾句，眾人便都離去。

老爺子、孟辭墨、江意惜去了東廂北屋密談。

當江意惜把那個想法說出來以後，老爺子和孟辭墨都瞪大了眼睛。

不是他們不相信付氏會做出那種事來，而是替孟道明覺得羞愧。

特別是老爺子，臉都羞紅了，心想著：操，老子怎麼養了那麼一個蠢貨！

待他們的情緒平復後，孟辭墨才恍然道：「算算時間，二十四年前，正好身為先太子妃的元后歿了，平王和英王又先後出生。興許，那時身為太子良娣的趙貴妃和鎮南侯府就有了奪嫡的心思。那年年底，付氏被接進鎮南侯府住了一個月，那時趙互還是世子，他媳婦在生次子時死了……」

這是他們查到的付氏與鎮南侯府交集最久的一次，又查到付氏走後，鎮南侯府和付府清理掉一大批人，其中應該有什麼隱情。但時隔久遠，鎮南侯府的人不好查，只查到當時跟付氏去鎮南侯府的一個奴才未被清理，在清理之前被當良民的家人贖走了。孟府已經派人去找那個人，若那人沒死，年後就應該會有消息傳回來。

老爺子喃喃說道：「太子妃歿了，她的兒子沒娘。曲德嬪那時雖然只是太子良媛，品級和家世都趕不上趙貴妃，但頗得太子喜愛，趙貴妃自然把曲德嬪母子當成了最大的敵人。曲德嬪的妹妹又是成國公府的媳婦，在皇上的眼裡，我比先鎮南侯強多了。趙貴妃和趙家怕我們孟家站隊曲德嬪的兒子，所以那一年就開始謀劃了。而徹底不讓我們站隊曲德嬪，最好還能站隊趙貴妃的辦法，當然是塞進一個他們的人……」老爺子又羞紅了臉，沒好意思往下說。

但孟辭墨和江意惜都明白了。

當年的趙互是世子，長相俊美，算得上是京城最漂亮的貴公子之一。付家家世不高，付氏愛慕虛榮，趙互一勾引，想當鎮南侯未來當家主母的付氏就上勾了。上勾以後，再許以重利，讓她勾引當時為成國公世子的孟道明。

那一年，孟老國公正在外面征戰，孟老夫人臥病在床，孟道明又心性簡單，他媳婦曲氏身懷有孕，總之，成國公府有空子可鑽。

而且，成國公府的富貴比鎮南侯府還甚，孟老爺子比當年的鎮南侯還得聖寵。

或許是被逼，也或許付氏後來看上了更加富貴的成國公府，鎮南侯府安排了孟道明與付氏的初遇、再遇，成就好事。

老爺子釐清思緒，閉著眼睛，喘了幾口粗氣。這只是他們的猜測，但這種猜測無疑有極大的可能。

他大手一揮，桌上的茶壺、茶碗都被掃落在地，又重重捶了一下桌子，罵道：「孟道明那個蠢貨！戴了那麼大一頂綠帽子還不自知！」

老爺子的話孟辭墨和江意惜都不好接，低頭不語。

幾人沈默許久後，老爺子才又說道：「我不想看見那兩人，否則會忍不住殺死一個，再打死另一個。我託病去莊子裡冷靜幾天，正好在那裡籌謀一些事。」想想他身子骨一直很好，不好說他犯病，更不能讓付氏和趙互察覺他們起了懷疑，於是又道：「算了，只當我聽辭墨說雍城一個跟隨我多年的老部下死了，我心裡難過，又不能讓大家陪著我過不好年，現在我先去外院歇歇，明天再去莊子。」只有找這個藉口了。

江意惜去西側屋的榻上小憩，孟辭墨陪老爺子去外院書房歇息。

申時初，眾人陸續來到福安堂。

聽說老爺子心情不好，成國公和孟辭羽父子、二老爺及兩個兒子都去了外院。

老爺子只把二房的孟辭閱留下，其他人都打發回福安堂陪老太太吃團圓飯。

因為老爺子的事，這個團圓飯大家也沒吃好。

飯後，老太太和長輩們給晚輩發了紅包，幾個成年男人去外院守歲，婦人及孩子則各回各院。

大年初一，宗室、三品以上的官員及家眷、皇上和太后點名的人都要進宮拜年。

天未大亮，成國公、孟辭墨、孟辭羽、付氏、江意惜、孟華幾人就坐車去皇宮拜年。

老爺子不想見孟道明和付氏，單獨帶著孟辭閱去，出宮就直接前往了孟家莊。

老太太的身體一向不好，特別是秋冬，太后娘娘施恩，她大年初一不用進宮。

每年付氏都會帶孟華進宮拜年，而孟辭羽則是皇上和太后點名讓去的。

這也是江意惜前世今生第一次進宮見太后。

男人和女人去的是不同宮門，男人去拜見皇上，女人去拜見太后。

到了宮門前，江意惜被臨香扶下車，看到不遠處的鄭夫人謝氏在向她招手。

今天人多，不允許下人跟進去，孟辭墨不放心江意惜，私下請求鄭玉，讓他母親謝氏同江意惜一起進宮。

鄭家人都知道孟辭墨和付氏不合，自然滿口答應。

江意惜笑著走過去，扶著鄭夫人，隨著人流向慈寧宮走去。

孟華翻了個白眼，扶付氏去了前面。

鄭夫人上下看了幾眼江意惜，外面雖然罩著大斗篷，還是能看出肚子不小。她笑道：「肚子這麼大了，人也胖了。胖了好，母胖兒肥，生下來好生養！」

江意惜笑問：「婷婷和晶晶呢？」

鄭夫人笑道：「婷婷陪大長公主去了，晶晶膽子小，不願意來這種場合。」來的夫人、小姐鄭夫人都認識，不停地跟她們打著招呼，又介紹江意惜給她們，道：「這是孟世子的小媳婦兒。」

江意惜看見認識的就打個招呼，不認識的就笑一笑。

鄭夫人謝氏的人緣關係更好，不時跟前後左右的人說笑著。

到了慈寧宮，外面站了許多人。

天空還飄著小雪，但幾乎所有人都披了厚斗篷，再加上人多和緊張，也不覺得冷。當然，冷也沒辦法。

眾人有序地進宮給太后娘娘磕個頭，再說兩句話，半刻鐘就出來了。也有太后娘娘特別喜歡，拉著手說話，甚至留膳的，這些人一般限於宗室，或者是皇家想特別施恩的。

付氏和孟華先進去，沒出來，她們後面的人則進去後又出來了。

這說明，付氏母女被太后留下說話了。

排到江意惜和鄭夫人了，二人相攜走向大殿。

大殿門口，有專門幫忙拿斗篷的小宮女，進去的時候把斗篷脫下給她們，露出鳳冠、霞帔，走的時候她們再把斗篷拿過來。

大殿裡燒了地龍和炭盆，溫暖如春。

正前方的羅漢床上坐了一位老太太，老太太穿著明黃色宮裝，滿頭白髮，戴著鳳冠，看似滿臉堆笑，卻頗有威嚴，這位就是夏太后。

兩邊還坐了兩排人，不知道是誰。

一個宮人先向夏太后介紹道：「啟稟太后娘娘，這位是鄭少保府的鄭夫人謝氏，這位是成國公府的世子夫人江氏。」

鄭夫人和江意惜垂目來到老太太面前，跪在蒲團上磕了三個頭，說道：「恭請太后娘娘金安，祝太后娘娘千歲千歲千千歲。」

夏太后認識鄭夫人，笑道：「起來吧。」又看向江意惜，笑容更盛。「妳就是小珍寶的好手帕交江小丫頭啊？好孩子，走近些讓哀家瞧瞧。」

江意惜走上前。

夏太后拉著她的手，上下看了好幾眼，笑道：「一看這面相就有福，小模樣跟小珍寶很像。」

一旁的一個宮妃笑道：「物以類聚，人以群分。就是因為她們像，才會玩得好啊！」

江意惜抿嘴笑笑。她深知這種場合不能多說話，言多必失。何況還有趙貴妃和升平公主在，趙貴妃跟付氏是一夥的，升平跟李珍寶不和。

突然，一個脆生生的聲音響起——

「皇祖母，她跟李珍寶有一點像，跟鄭婷婷特別像！」說話的便是跟李珍寶最不和的升平公主李喜。她不敢說江意惜一點兒都不像李珍寶，便說有一點像。鄭婷婷正站在宜昌大長公主身後，她發現江意惜跟鄭婷婷有一點像，就把她拉了出來，為了跟李珍寶做出區別，還說特別像。

夏太后特別不喜歡莽撞又口快的李喜，卻不好當著眾人的面喝斥她，眉頭皺了皺。

趙貴妃氣女兒又招太后不高興了，趕緊笑道：「喜兒說得沒錯，這個江氏跟婷婷還真有點像呢！」

她的話馬上把太后的注意力吸引過去，看了兩眼江意惜，又看了兩眼鄭婷婷後，這才笑道：「哎喲，真是有點像呢！」

宜昌大長公主笑得很開心。

「怪不得本宮第一次看見江小丫頭就覺得面善，原來是跟婷婷有些像啊！她們倆玩得又好，這就是緣分啊！」

江意惜快氣死了。李珍寶沒說錯，這個升平真是天下最討厭的母八哥！她瞥了一眼宜昌大長公主身後的鄭婷婷，目光飛快地在鄭夫人何氏面上轉了一圈。

何氏的臉色極差，怔怔地看著江意惜。

江意惜馬上拉著鄭夫人笑道：「是呢，還有人說臣妾跟鄭夫人長得像！」

聽江意惜如此說，眾人再看看謝氏，都紛紛笑說「是有點像」。

江意惜和鄭婷婷有一點點相像，鄭婷婷又跟謝氏相像，再被江意惜帶偏，不管眾人是不是真覺得像，就都這麼說了。

付氏也笑道：「凡是美人，大多有一個共同點，都是遠山眉、杏核眼、白皮膚，可不是看著都相像嘛！」她如此說，也是為她兒子長得像那個人找藉口。沒血緣關係的人都有相像的，有血緣關係的人相像就更不足為奇了。

眾人又笑說「極是」。

人都喜歡聽好話，鄭夫人聽付氏誇她是美人，也笑得歡暢，打趣道：「這孩子第一次來我們家時，我就覺得她像我的親閨女呢！」

升平還想說「根本不像」，但看到母妃的臉色，沒敢再放肆。

江意惜又把話題扯到李珍寶身上，說了她去看望李珍寶時的事。「……珍寶郡主堅強，再大的苦都挺了過來。臣妾跟她說，把所有的苦吃完後，就只剩下快樂和幸福，她『嗯』出了聲。」

鄭婷婷也去看望過李珍寶，說道：「是啊，這麼多年來，珍寶郡主一直都這麼堅強，等熬過最苦的日子，又有太后娘娘的疼愛，可不就只剩下幸福了嗎？聽伯祖母說，太后娘娘就是心性堅韌，挨過了許多打擊，原來珍寶郡主像太后娘娘呢！」

小妮子不愧從小在宜昌大長公主身邊長大的，會拍馬屁，還拍得恰到好處。

夏太后聽得頻頻點頭。

夏太后的大太監看到太后娘娘喜歡江意惜，又是第一次見她，便讓小太監捧上一枚玉如意賞她。

夏太后又慈愛地囑咐了幾句讓江意惜愛惜身體，生個大胖小子之類的話，才示意她們可以走了。
江意惜和謝氏、付氏和孟華便給太后娘娘屈膝告退。
來到大殿門口，正好跟崔文君和崔老太太、崔夫人碰上。
這裡不敢多說話，付氏只滿臉堆笑地招呼道：「崔老太君、崔夫人。」
崔文君紅著臉給付氏屈了屈膝，崔老太太和崔夫人都禮貌地笑了笑。
外面的風雪更大，天色更加陰沈了。
孟華十分鬱悶，她進慈寧宮的時間比江意惜還要長，卻沒撈到說話的機會。江意惜初次進宮，不僅被太后娘娘拉了手，說了那麼多話，還賞了玉如意！
她忍不住小聲嘀咕了一句。「小戶出身，一股小家子氣……」
付氏氣得使勁捏了捏她的手。
鄭夫人冷哼一聲，拉著江意惜停下腳步，看那兩人走去前面，才又抬腳走，心裡暗道：

就這樣魯莽又不知所謂的小姑娘，還敢肖想我的兒子？還好被大長公主幫著拒了！

鄭夫人小聲提醒江意惜道：「妳現在身子重，離那個小丫頭遠著些。有些大宅門裡的小姑娘，心思壞得很！」
江意惜笑道：「我曉得。」想到何氏不善的眼神，不知道她會不會憋著壞心思整自己？
來到宮門口，孟家三父子已經等在這裡了。
孟辭墨當然是在等江意惜，而成國公和孟辭羽則是在等付氏母女。

付氏母女一出去，就和成國公、孟辭羽說說笑笑，然後上車。

孟辭墨看到江意惜和鄭夫人了，衝她們笑笑。

鄭夫人冷哼道：「還真是有了後娘，就有後爹！」

孟辭墨向鄭夫人道了謝。

鄭玉也等在這裡，上前扶著鄭夫人上車。

孟辭墨沒騎馬，和江意惜坐一輛馬車。聽說江意惜很好，還頗得太后娘娘看重，才放下心。

兩人回到浮生居後，孟辭墨說了一下老爺子的現狀。

老爺子很傷心，但還是抱著一點幻想，希望他們的猜測只是猜測，不是真的，付氏只是為了一己私利才出賣夫家，而不是真那麼不要臉。若真是那樣，別說他大兒子情何以堪，他的老臉也都丟沒了。對大兒子徹底失望的同時，也更加懷念早逝的三兒子。唸叨「三兒」的時候，眼裡都含著淚水……

說起孟三老爺，江意惜便也想起了早逝的江辰，低聲嘆道：「為什麼好人命都不長呢？我爹那麼好……」

孟辭墨把她摟進懷裡，順著她鬢角邊的頭髮說道：「這次，我又去岳父的墳前祭拜了。告訴他，我娶了他最疼愛的閨女，讓他放心，我會跟他一樣疼愛惜惜，也會待洵兒如胞弟。」為了跟孟辭羽區別開來，他特別強調了「胞弟」二字。那個隔了肚皮的親弟弟他不稀罕，但「胞弟」就不一樣了。

他不好說的是，他說這話的時候，鄭吉也在旁邊。

那天沒有下雪，風很大，捲著黃沙，鋪天蓋地……

孟辭墨帶著孟連山和孟青山去了埋江辰的地方。那裡埋了許多將士遺骸，墳頭密密麻麻，但立了墓碑的墳頭卻不多，只有中高級將領才能享受這種待遇。

他離老遠就看到那裡站著一個熟悉的身影，是鄭吉。

孟辭墨沒有讓兩個親兵靠近，自己一個人走了過去。

鄭吉看到突然出現的孟辭墨，很詫異，也有些心虛。

孟辭墨說了一下自己來找鄭吉的目的，又說道：「我來給岳父磕頭。」

鄭吉知道孟辭墨娶了媳婦，卻沒想到娶的是江辰的閨女。

孟辭墨看他極是高興又欣慰的樣子，惡趣味地說：「我娶的是我岳父的閨女，又不是鄭叔的閨女，您幹麼這麼高興？」

鄭吉一噎，愣了愣才說道：「我一直把江兄弟看成好兄弟，也惦記著他的一雙兒女，還想著，等我回京城的時候，去見見他們。」他最後一次見明雅的時候，她聲淚俱下地求他，說她永遠是江辰的女人，讓他不要再打擾她的生活，也不要讓別人知道他們之間的關係。江辰死後，他讓心腹回京城打聽了一下江意惜和江洵的消息，聽說孟老國公和孟辭墨對他們頗多照顧，也就放了心。

孟辭墨想到了自己作過的那個惡夢——他的眼睛徹底瞎了，江意惜和江洵姊弟都死了。

他扯著嘴角苦笑了一下，說道：「鄭叔，我之前特別崇拜你，覺得你克己、豪邁、頂天立地，跟我祖父一樣是無往不勝的大將軍。可是現在，我覺得你只不過會帶兵打仗而已，家事卻想不明白，或者說，很多人情世故都想不明白。」

聽了孟辭墨的話，鄭吉愣愣地看著他。

孟辭墨又道：「惜惜姊弟在我岳父死後過得很不幸，江老太太和江伯爺都貪財、涼薄，把我家給的錢財盡數收了過去，還對他們很不好。好在惜惜聰慧，跟人學了治眼睛的手藝，她把我的眼睛治好，我和祖父也知道了她在江家的處境，時時幫補。即使我們訂了親，前江大夫人都還敢貪墨惜惜的嫁妝、給江洵下藥。若我的眼睛沒好，我們沒訂親，還不知他們會被怎樣欺負。」說完，就意味不明地看著鄭吉，意思是——你說惦記他們，卻沒出過手相幫，連他們姊弟被家人苛待、陷害都不知道。

鄭吉垂下的拳頭握得緊緊的。所有人都說他克己、豪邁，打仗無往不勝，是頂天立地的男子漢，包括當今聖上。但只有他自己知道，他沒有那麼頂天立地，他連最心愛的女人都沒能如願娶回家，還逼得她去自殺！他甚至到現在才知道，在有孟家祖孫看顧的情況下，明雅留下的一雙兒女之前過得並不好，還曾被親祖母和親大伯苛待！自己守著晉和朝的西門戶，把一切來犯的敵人消滅光，卻沒能護住心愛的女人和她的兒女……看到鄭吉抿得緊緊的嘴唇，孟辭墨自嘲地笑了笑，心裡暗道，何止是你？祖父征戰幾十年，被稱為戰神，家裡還不是被政敵扎進一顆釘子，弄得家裡烏煙瘴氣？還有皇上，都說他英明，卻沒看出真正作惡的人，把曲德嬪和平王攆去了皇陵。

修身、齊家、治國、平天下，又有幾個男兒真正做到了呢？不管別人，他一定要做到。不止要把妻子及兒女護好，還要護好自己想護的所有人。若是母親還活著就好了，都說她美麗、溫柔，他一定會盡一切所能地護住她。可惜了，她死的時候還那麼年輕……

「你想什麼呢？」

江意惜的聲音把孟辭墨從往事中喚醒過來，他的鼻子有些發酸，把江意惜摟得更緊。

「惜惜，我不會讓人傷害妳、傷害我們的孩子。」

江意惜的臉埋在他的頸窩裡，笑道：「我知道。」

孟辭墨又道：「在岳父的墓前，我遇到了鄭叔……」

江意惜立即道：「不要說他，我不想聽他的事。不管他懷念誰、思念誰，都於事無補。」

「好，不說他。」

大年初二，付氏、孟二夫人、孟三夫人、孟二奶奶還有江意惜，都帶著各自的丈夫、孩子回娘家。孟月就住在娘家，她們娘兒倆和老太太哪裡都不去。

付氏的娘家不在京城，只有兩個離了一帽子遠的族弟在，家世不顯，每年付氏都會去其中的一家。

孟辭墨等人懷疑，她跟鎮南侯府的人接觸，那家會是一個據點，他們已經花重金買通了那家的一個下人。

江意惜很久沒回江家了，非常歡喜。

江晉、江洵、江文、江斐都在江府大門前迎接。

為了跟孟辭墨這個「貴婿」多接觸，江三老爺和江晉都打算初四再回岳家。

孟辭墨和江意惜一下馬車，幾個小舅子就上前見禮。

江意惜跟他們打了招呼後，就看著江洵笑道：「又長高長俊了！」

江洵指了指臉上的幾顆紅痘子，笑道：「我長高倒是真的，哪裡俊了？姊姊怎麼看我都是好的。」

江斐笑道：「我爹說，二哥長痘是想媳婦想的！」

這話說得眾人大樂。

江晉又道：「大妹妹和大妹夫已經來了，二妹夫、二妹妹請進。」

眾人便去了如意堂。

令江意惜沒想到的是，江意慧居然把那個庶子帶來了。

江意惜和孟辭墨給老太太磕了頭，又給江伯爺和江三老爺夫婦見了禮後，讓水香奉上禮單。

江老太太知道江意惜如今大方多了，送娘家的禮都豐厚，笑得一臉褶子。她私下以為，江意惜如此，是不想讓自己插手江洵的親事。她現在也不想管江洵的親事了，能收厚禮，江洵日後還能攀個好人家，順帶自己的兒孫也有好前程，怎麼算自家都不吃虧。

看到老太太滿是算計的眼神，江意惜暗自搖頭。江辰爹爹是多麼風清雲淡的人物，怎麼會有這樣一個老娘？

江意言已經許久沒見到了，眼裡依然充滿了不甘和憤恨，比孟華表現得還露骨。

江意惜沒搭理她，朝大奶奶、江意慧、江意柔、江意珊笑笑。

江意慧推了推身邊的孩子，笑道：「捷哥兒，去給二姨丈、二姨磕頭見禮。」又對江意惜笑道：「孩子已經記在我名下了，由我扶養。」

郭子非又滿意地笑道：「意慧溫柔賢淑，孩子教得非常好。」

這跟前世完全相反。前世，郭捷的生母譚姨娘想把孩子記在江意慧名下當嫡子，又想自己撫養。江意慧不同意，說記在自己名下可以，但必須由她撫養。譚姨娘不願意，就陷害江意慧要害死孩子，最後江意慧就被休回娘家。算算時間，這件事應該會發生在今年夏天。

然而這一世，孩子已經交給江意慧撫養。

看郭子非對孟辭墨巴結的態度，江意惜雖然非常不喜歡郭家人，但能幫江意慧改變命運，讓她後半生有靠，江意惜還是挺高興的。

孩子三歲多一點，長得眉清目秀，一點都不像郭子非。江意惜充分相信，這孩子就是譚姨娘在百子寺懷上的。

江意慧看孩子的眼神滿是寵溺，郭子非也是滿眼喜愛。郭家和江意慧缺孩子，孩子無罪，江意惜當然不可能把那件事說出來。但願這個孩子在善良的江意慧教導下，能善良、孝順，有好的品行，把生父的惡完全摒棄掉。

江意惜笑道：「好漂亮的小哥兒。」

郭捷在孟辭墨和江意惜面前跪下，糯糯地說道：「給姨丈、姨姨磕頭，姨丈、姨姨吉祥！」

口齒不太清晰，但很可愛。

孩子都是可愛的，這個時候的江意惜更喜歡孩子，她笑道：「好孩子，起來吧。」

出門在外，他們都會準備一些禮物，以應付這種場合。

江意惜送了孩子一個小金鎖，孟辭墨扯下腰間的一個玉珮送給孩子，兩人又各送了一個裝了八顆銀花生的紅包。

小江興也來給二姑和姑丈磕頭拜年，兩人送了同樣的紅包。

眾人見完禮後，老太太招手讓江意惜坐來自己身邊，拉著她的手寵溺地看著她，說著自己如何想她。

這是老太太對江家晚輩的最高待遇，前世江意惜想了多年都未得。這一世江意惜「出息」了，老太太出於考量給過幾次，每次江意惜心裡都很抗拒，她不喜歡那雙老手和寵溺背後的算計，但為了自己和弟弟的前程，她都忍了。

然而這次，她任由老太太牽著，雖然不喜歡，卻不像之前那樣難以忍受了。

畢竟老太太再討厭，也是江辰的母親，當年同意江辰把扈明雅娶回家，生下了自己……

——未完，待續，請看文創風1172《棄婦超搶手》4

為流浪貓狗加油 和貓寶貝 狗寶貝 廝守終生(一定要終生喔！)的幸福機會

對人來說，貓寶貝狗寶貝只是生活的一部分，但妳（你）對牠們來說，卻是生活的全部，領養前請一定要考慮清楚——

▲ 喵系活力美眉——肉鬆

性　　別：女生
品　　種：米克斯
年　　紀：約1歲半
個　　性：害羞、容易緊張，熟悉之後很愛撒嬌
健康狀況：已結紮，已施打八合一和狂犬疫苗
目前住所：花蓮縣壽豐鄉（中途愛媽家）

本期資料來源：鍾小姐

『肉鬆』的故事：

當時還是幼崽的肉鬆，被狗園救援收容，之後因結紮需要照顧，所以先暫時帶回家，但相處下來發現肉鬆脾氣非常好，認為牠值得擁有專屬自己的家。

不要看肉鬆瘦瘦的，牠的力氣很大，爆發力十足，跑步、跳高都難不倒牠！出外溜達時最好抓緊牽繩，以免牠到陌生的地方會因緊張而暴衝。已學會坐下、握手、趴下的基本指令，而且超愛撒嬌，喜歡在人身後當個跟屁蟲，也很親狗，甚至可以把到口的食物讓給其他狗狗，不過可別以為牠不愛吃，要說最不挑食又愛吃的狗狗，絕對非牠莫屬！

肉鬆是個十分享受家庭生活的毛小孩，會自己找個安全的角落當牠的窩，收放牠的娃娃和玩具，還會趁人不注意偷走沒收好的小物件。因為還是個小朋友，所以很喜歡耐咬的寶特瓶和娃娃，也會像貓咪一樣窩在紙箱裡，無論箱子多小都想塞進去，甚至連洗衣籃也可以跳進去玩樂。

如果您家的毛孩子還缺個玩伴，就讓肉鬆美眉加入吧，保證全家歡樂翻倍。手機輸入Line ID：wendy5472或直撥0910220008，鍾小姐很樂意為您介紹肉鬆之樂在何處！

認養資格：

1. 認養人須有責任心，為肉鬆定期施打預防針、心絲蟲預防藥和驅蟲。
2. 不放養、不鍊養，出門務必上牽繩，不餵食人類的廚餘和骨頭。
3. 須同意簽認養寵物切結書，並植入晶片。
4. 須同意送養人日後之追蹤家訪，半年內偶爾回傳照片，對待肉鬆不離不棄。

來信請說明：

a. 個人基本資料：姓名、性別、年齡、家庭狀況、職業與經濟來源等。
b. 想認養肉鬆的理由。
c. 過去養寵物的經驗，及簡介一下您的飼養環境。
d. 若未來有結婚、懷孕、出國或搬家等計劃，將如何安置肉鬆？

結髮為夫妻，恩愛兩不疑／灩灩清泉

大四喜

她將他當成了弟弟般照顧，甚至拿出稀世藥膏治他的臉傷，
一開始他也確實將她當成姊姊般，雖然兩人只差幾個月，
可聽見媒婆說了些條件差的男子給她時，他極憤怒，
得知外貌、才幹、家世都頗佳的人對她有意後，他仍是不悅，
思來想去，自己怕是對她情根深種了，才覺天下男子都不配啊！

文創風 949 1

許蘭因擁有能聽見別人「內心話」的特殊能力——聽心術，
由於這樣，她每次相親總因聽見了對方內心的差勁想法而從未成功過，
某日又相親失敗後，她走在路上，突然一腳踩空，再醒來竟然穿書了?!
這兒是大名朝，皇帝姓劉不姓朱，而她是僅剩一個多月生命可活的負評女配！
呵，老天爺是在整她吧？既然回不去原本的世界，那她當然得想辦法活下去，
根據她腦中接收到的資訊，這女配跟她同名同姓，家中有寡母及兩個弟弟，
重點來了，她還有個自小就訂下婚約、長相俊俏又有功名在身的古姓未婚夫，
但按原書設定，他中舉後不久她就要溺斃了，根本來不及當舉人娘子享福啊！

文創風 950 2

錯把古渣男當良人，原主許蘭因就是個愛到無藥可醫的傻棒槌無誤啊！
雖然她平時很勤奮工作又會做事，但攢下的錢全獻給了未來夫家，
這還不夠，古家母子倆甚至攛掇著她偷賣家中田地，拿錢供他們花用，
結果，不僅娘親氣得許久不跟她説話，就連兩個弟弟也煩她、厭她了，
如今她沒了利用價值，古家還打算暗地裡壞她名聲甚至害死她好另娶他人，
幸好自己不是原主那個癡情小傻瓜，早知他的真面目並成功退親保住小命，
當前最要緊的，就是趕快想辦法把之前被原主敗光的錢掙回來，
畢竟這個家窮得連頓像樣的飯都沒，娘親和幼弟還一身病，樣樣都要錢呀！

文創風 951 3

黑根草，簡單地説就是每六十年才會出現一次的神奇藥草，
原主因為鼻子特別好使，曾誤打誤撞地在山裡挖出了兩棵，
就這麼巧，聞名天下的老神醫遍尋不著它卻又急需它，
所以當場以僅有的一錠銀角子、一塊刻了字的神祕小木牌及一盒藥膏買走，
據老神醫説，藥膏既能讓皮膚又白又細還能治疤，省著用放二、三十年也不會壞，
偏偏原主不信這話，隨手丟在家中，幸好許蘭因翻箱倒櫃尋了出來，
都説老神醫有三寶，其中一寶就是這個能去疤生肌的如玉生肌膏，
但話説回來，當初老神醫跟她換還覺得她虧了，可見那黑根草更是珍寶吧？

文創風 952 4 完

尋覓黑根草期間，她先是跌落獵人設的陷阱中，命懸一線時被那個叫趙無的男子所救，
後來她又碰巧救了被親戚謀害推下崖的他，並在現場發現了心心念念的黑根草，
算他幸運，雖然那張俊臉摔出不少傷痕，還被老鷹啄出兩個洞，變得血肉模糊，
但不怕，她手裡有如玉生肌膏啊，保證還他一張比之前加倍俊美的臉！
傷癒後，這傢伙卻老愛在她耳邊唸叨著：若她因退親一事而嫁不出去，他願意娶她，
本來她是不當一回事的，可不知是否被他洗腦了，她竟也覺得嫁他似乎不賴，
而且，他還意外救了她「失蹤多年」的爹爹一命，是他們許家的恩人啊！
兩人互救相許、天價賣掉黑根草、父親生還大團圓，這許是她的人生四大喜吧？

馭夫有術，福運齊家／灩灩清泉

2021年7月出版

旺夫續弦妻

「喵～～一頓能吃十顆雞蛋？我對妳嫁進馬家充滿了期待哪！」
開玩笑，她穿越後要是連隻貓都養不活，那也輸得太淒慘了吧……

文創風 973 1

意外穿越又被下凡修行的精靈驚著，還在宴會上撲倒賓客當眾失儀?!
這種出場嚇死謝嫻兒了，身邊雖因此多了隻被精靈附身的貓咪太極，
卻為保全侯府顏面被迫嫁人，塞給育有一子的二爺馬嘉輝當續弦。
反正她這庶女也不受寵，嫁出去自謀生路或許還好點呢！孰料——
這親事只是暫時的，待一年後風平浪靜，便要把她丟進家廟當尼姑去。
天啊她不要！她得設法和太極留在馬家，後宅求生可是難不倒她的～～

文創風 974 2

利用高超廚藝與討人喜歡的太極，謝嫻兒逐漸收服繼子和馬家人的心，
還做起鐵器生意，又以地利之便設計遊樂園，陪家人邊玩邊賺銀子。
但出門巡鋪時，竟有不長眼的拐子想騙走繼子，氣得她捲起衣袖開打，
孰料挨揍成豬頭的拐子是來探望兒子的丈夫，她被當成潑婦該怎麼辦？
幸好他對兵器情有獨鍾，還對煉鐵術大感興趣，就用這些培養感情吧，
依她看，懂兵器的他絕非傳聞中的呆漢，加以調教定成人中龍鳳啊！

文創風 975 3

丈夫馬嘉輝分明是兵器天才，卻因笨嘴拙舌和傲嬌脾氣被譏為呆漢，
她心疼了，既然他將妻兒牢牢放在心上，定要陪他把日子過起來！
鄉間的事業順利進軍京城不說，連玩遍莊子的太極也領客人來了——
竟是愛美不下於她的母熊熊大姊，爾後因狼群咬傷，被她和丈夫救走。
為報答救命之恩，熊大姊不僅在家裡住下，還帶丈夫找到石炭礦源，
驚喜歸驚喜，但她沒想過養熊當寵物啊，家有兩隻靈獸，可有得忙了！

文創風 976 4 完

她上山為老國公摘藥引子，卻被射下懸崖，還遭誣說她和順王長子有染，
幸虧老國公夫妻與丈夫合力為她雪冤，且肚裡有了與丈夫期待的寶貝，
加上可愛繼子和毛孩陪著，終彌補前世因丈夫外遇而家庭破碎的遺憾。
孰料薄待她的娘家竟因眼饞她幸福，想逼她替其他堂妹說門好親事，
三番兩次廝纏不說，又當眾譏諷她的庶出身分，臉皮簡直堪比城牆。
往昔她受盡冷落無人聞問，這會兒想來沾光？她定不會讓他們如願的！

世間萬物，唯情不死／灩灩清泉

2022年6月出版

莞美人生

在現代，離了婚的女人是單身貴族，可在此卻成了棄婦，
拜託，明明是她主動提出和離的，被拋棄的又不是她！
而且身為一個名聲極差的棄婦，夜裡沒睡好都不能直說，
為何？就怕別人以為她在想啥亂七八糟的才睡不好！
唉，她發現古代女人不好當，古代棄婦更不好當啊……

文創風 1075 1

剛結束一段失敗的婚姻，韓莞收拾家當欲前去他方開間藥店展開新生活，
不料路上下車察看拋錨的車子時，卻被一輛疾馳而來的大卡車撞飛墜崖，
再睜開眼，她正慶幸大難不死，卻發現她的肉身早躺在不遠處沒氣了，
而她這會兒則穿著一身古代女子的衣裳，腦袋被寶特瓶砸破一個洞！
所以說，她這是摔死自己又把另一女子的靈魂擠兌出去，占了人家的身體？!

文創風 1076 2

透過跟雙胞胎兒子及家裡忠僕的套話，韓莞總算知道了一些原主的事，
要她說，這原主實在倒楣，因為生得花容月貌，年紀輕輕就被人算計，
那年，原主傻傻地被人下藥，與齊國公次子謝明承發生了關係，
偏偏這事不僅鬧得京城人盡皆知，原主還成了那個犯花癡下藥的加害者，
於是又羞又怒的受害者在大婚前夕跑去打仗，原主是抱著大公雞拜堂的！

文創風 1077 3

家中惡奴當道，正經主子吃的竟還比不上奴才？這日子實在沒法過啦！
幸好她韓莞不是傻白甜的原主，不會繼續任人魚肉，當個苦情小媳婦，
她先使計收拾惡奴夫妻，把人送進官府發落，奪回掌家大權，
接著再開始做些吃食生意，攢足本錢創辦她的玻璃大業，
但畢竟是封建的古代，隨便來個貪婪的達官貴人，她就護不住這份家業，
因此還是得找根粗壯大腿抱才行，正好住隔壁的皇子就是現成的合夥人，
光是想到日後躺著就有數不完的錢，她的嘴角就忍不住要失守啦！

文創風 1078 4

老天爺待她還是不薄的，竟然讓她的汽車也跟著穿越過來了，
這汽車空間別人看不到，只有她能掌控進出，且裡頭一直是發動的狀態，
最棒的是不僅她的手機、電腦能充電，空間還能保鮮、優化及再生物品，
靠著這強大的金手指，她的各項事業做得是風生水起，
並且她還把「神物」望遠鏡贈給短暫回京的謝明承，與他談起和離條件，
想到他戰勝回來後她便能帶著孩子展開新生活，就覺得人生真美好啊！

文創風 1079 5

不枉費她日也盼、夜也盼，還開著汽車空間前去戰地，悄悄救助將士們，
如今謝明承不僅全須全尾回歸，並靠著她贈的望遠鏡立下彪炳戰功，
但，說好的和離呢？怎麼她每每提起，他就推三阻四玩起「拖」字訣了？
她知道兒子們長得漂亮又聰明，他們謝家人一見到就眼饞得不行，
可當初原主母子三人在鄉下過著生不如死的悲慘日子時，謝家人在哪裡？
現在見著孩子好就想討要回去？沒門！離，必須得離，沒得商量！

文創風 1080 6 完

她覺得自己看男人的眼光實在太差，因此發誓這輩子不再讓男人挨邊，
哪怕她穿越女的光環強大、魅力無法擋、男人愛得發狂，也不踏入婚姻，
何況那謝明承的顏值、能力與家世都達高標，又生在這一夫多妻的時代，
即便現在兩人互生情意，他也不可能一生一世只守著她這個女人吧?!
可是周遭親友都對他讚不絕口，兩個兒子又崇拜他、時不時倒戈幫他，
要不，就再給彼此一次機會，說不定這一世能迎來屬於她的完美人生？

文創風 1171

棄婦超搶手 3

國家圖書館出版品預行編目資料

棄婦超搶手 / 灩灩清泉著. --
初版. -- 臺北市 : 狗屋出版社有限公司, 2023.06
冊 ; 公分. --(文創風 ; 1169-1174)
ISBN 978-986-509-432-4(第3冊 : 平裝). --

857.7　　112006627

著作者　灩灩清泉
編輯　黃淑珍　李佩倫
校對　吳帛奕
發行所　狗屋出版社有限公司
地址　台北市104中山區龍江路71巷15號1樓
電話　02-2776-5889～0
發行字號　局版台業字845號
法律顧問　蕭雄淋律師
總經銷　知遠文化事業有限公司
電話　02-2664-8800
初版　2023年6月
國際書碼　ISBN-13　978-986-509-432-4

本著作物由起點中文網(www.qidian.com)授權出版

定價280元
狗屋劃撥帳號：19001626
網址：love.doghouse.com.tw　E-mail：love@doghouse.com.tw